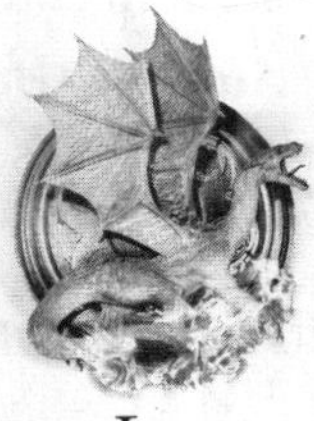

La Malédiction
des
Dragensblöt

Du même auteur, chez Michel Lafon Poche

Les Royaumes d'Enkidiev

Cycle 1 : Les Chevaliers d'Émeraude, tomes I à XII
(série terminée)
Cycle 2 : Les Héritiers d'Enkidiev, tomes I à XII
(série terminée)
Cycle 3 : Les Chevaliers d'Antarès, tome I à IX
(série en cours)

Autres séries

A.N.G.E., tomes I à X (série terminée)
Les Ailes d'Alexanne, tomes I à IX (série en cours)

Du même auteur, chez Michel Lafon

Les Royaumes d'Enkidiev

Cycle 1 : Les Chevaliers d'Émeraude, tomes I à XII
(série terminée)
Cycle 2 : Les Héritiers d'Enkidiev, tomes I à XII
(série terminée)
Cycle 3 : Les Chevaliers d'Antarès, tome I à XII
(série terminée)
Cycle 4 : Les légendes d'Ashur-Sîn, tomes I à V
(série en cours)

Autres séries

A.N.G.E., tomes I à X (série terminée)
Les Ailes d'Alexanne, tomes I à X (série en cours)
Les Chevaliers d'épée
La Malédiction des Dragensblöt, tomes I à VII
(série terminée)

ANNE ROBILLARD

LA MALÉDICTION DES DRAGENSBLÖT

TOME 1 : LE CHÂTEAU

Michel LAFON POCHE

118, avenue Achille-Peretti – CS 70024
92521 Neuilly-sur-Seine Cedex
www.michel-lafon.com

Loi n° 48-956 du 17 juillet 1949
sur les publications destinées à la jeunesse.

« Le passé, parfois, vous saute à la figure, toutes griffes dehors, comme un chat. »

– Jean Dutourd

Chapitre 1

Il était très tard, mais des clients traînaient encore dans le pub enfumé d'un quartier peu recommandable de Londres. De la musique populaire jouait dans l'établissement aux lumières tamisées. Personne ne l'écoutait. La plupart des hommes, assis autour des petites tables rondes, étaient perdus dans leurs pensées. Certains buvaient pour tuer le temps, mais la plupart vidaient verre après verre pour oublier leurs problèmes. Samuel Sven Andersen faisait partie de ceux-là.

Pianiste compositeur de chansons populaires dans la trentaine, Samuel venait de traverser cinq années de malheur sans le moindre répit. Non seulement son contrat de musique avait été médiocrement négocié par son ex-agent auprès de son premier studio d'enregistrement, mais la boîte avait fini par faire faillite. Une clause obscure avait alors permis à l'entreprise qui avait racheté le contrat de Samuel d'offrir ses compositions à d'autres artistes sans qu'il reçoive quelque redevance que ce soit. Pour ajouter à ses tourments, il entendait continuellement tourner à la radio ses propres chansons, qu'il n'avait même plus le droit de jouer en public. Incapable de gagner convenablement sa vie, Samuel avait d'abord eu recours à la justice pour se libérer de ses obligations contractuelles. Les avocats n'avaient rien pu faire pour lui, sinon lui prendre le peu d'argent qui lui restait. Pire encore, le musicien avait été forcé d'écrire et d'enregistrer d'autres chansons pour la nouvelle maison de disques qui le vampirisait.

Cédant aux pressions de ses parents, qui considéraient que Samuel ne pouvait plus faire vivre sa famille, Kathryn, son épouse, avait obtenu le divorce et conservé la garde de leur fille Emily, âgée de neuf ans. Le cœur en pièces, Samuel avait vu partir les deux femmes de sa vie sans pouvoir rien faire pour les retenir. Le juge ne lui avait permis de voir la petite que deux fois par année : une semaine pendant les vacances scolaires et le jour de son anniversaire de naissance en décembre, deux jours avant Noël. Voyant que sa fille sombrait dans la tristesse au retour de ces courts séjours avec Samuel, Kathryn avait finalement consulté un psychologue. Ce dernier lui avait recommandé de couper l'enfant de son père dépressif, qui exerçait une mauvaise influence sur elle. En réalité, l'enfant ne faisait que s'ennuyer de lui lorsqu'elle rentrait à la maison.

Samuel avait très mal réagi à la décision de son ex-femme, car Emily était désormais sa seule raison de vivre. Il avait donc commencé à la voir sans en informer Kathryn pendant quelques minutes le jour de son anniversaire dans la cour de son école pour qu'elle ne l'oublie pas. Malgré leurs rares rencontres, son amour pour cette fillette merveilleuse demeurait toujours aussi fort. Emily ressemblait à sa mère, mais elle avait ses yeux à lui et sa douceur, aussi. Samuel lui prédisait un bel avenir, à condition qu'elle ne devienne pas artiste...

Pour assurer sa survie, Kathryn s'était remariée avec un homme d'affaires. Morton Madigan était austère et calculateur. Il avait installé sa nouvelle famille dans sa grosse maison et inscrit la petite dans la meilleure école de Londres. C'était un milieu beaucoup plus sain pour Emily que l'appartement miteux où Samuel l'avait forcée à vivre avec sa mère durant les dernières années de son mariage. Samuel avait scruté la propriété de Madigan à partir de la rue, ébahi par ses dimensions. Quel magnifique endroit : des fleurs partout et des arbres taillés à la perfection, des allées de petits cailloux serpentant entre les jardins et une maison qui aurait pu loger une dizaine de familles. « Si j'avais été payé pour chacune de mes chansons qui sont interprétées par d'autres artistes, j'en aurais une, moi aussi », s'était-il dit. Ses maigres redevances lui permettaient tout juste de se payer une chambre non loin du pub, de manger un repas par jour et d'engourdir tous ses sens grâce à l'alcool au moins un soir sur deux. Le musicien avait bien sûr cherché du travail ailleurs, mais partout, on lui avait claqué la porte au nez.

Ce soir-là, assis au bar de son pub préféré, Samuel avalait un scotch après l'autre en faisant le point sur sa pitoyable existence. Il était ruiné et désenchanté de la vie, mais au moins sa femme et sa fille ne connaîtraient plus jamais la misère, grâce à Madigan. Emily pourrait faire des études supérieures. Elle pourrait même avoir un petit frère ou une petite sœur.

« Si je disparaissais, qui s'en apercevrait ? » s'attrista-t-il. Le propriétaire du studio d'enregistrement, sans doute, mais il en profiterait certainement pour faire paraître un album souvenir de ses meilleures compositions et ferait encore plus d'argent sur son dos.

Samuel vida d'un trait un autre verre, puis le déposa durement sur la surface de bois verni du bar. Il s'assoyait toujours sur le même tabouret et buvait toujours la même chose. Ce soir-là, le barman remarqua qu'il avait largement dépassé sa consommation habituelle. Il s'accouda devant lui.

– Sam, tu as assez bu, l'avertit-il sur un ton amical.

– C'est moi que ça regarde, Ray, riposta le musicien désillusionné.

– Je veux qu'il te reste assez d'argent pour te nourrir cette semaine, mon ami.

– Je n'aurai plus jamais besoin de manger après ce soir, alors, je t'en prie, laisse-moi boire en paix.

– Écoute, Sam, je connais un psy du tonnerre qui pourrait t'aider.

– Sais-tu combien ça coûte, un psy ? Moi, je le sais, parce que ma femme m'a forcé à consulter le sien. Il a dit que j'étais un cas perdu. Plus personne ne peut m'aider, tu vois, et ma décision est prise de toute façon.

– Et c'est quoi, ta décision ?

– Je vais aller dire ma façon de penser à mon créateur.

Raymond Sikes entendait souvent ses clients parler de suicide. Toutefois, la plupart avaient succombé à une cirrhose avant d'avoir mis leur projet à exécution.

– Commence par rentrer chez toi pour dormir un peu. Demain, tout sera beaucoup plus clair dans ta tête, je te le promets.

– C'est drôle, parce que ce soir, tout me semble déjà très lumineux.

Samuel fouilla dans les poches de sa vieille veste de laine. Il en retira ses derniers billets fripés et les déposa sur le bar.

– Je ne peux pas te prendre le peu que tu as, Sam.

– À moins que tu m'offres gratuitement mes prochaines consommations, il va bien falloir.

Les yeux bleu pâle de Samuel auraient dû être embrumés par l'alcool, mais ils étaient étrangement sereins. Cela aurait dû mettre le barman en garde.

– Garde ton argent, soupira-t-il. C'est moi qui t'offre ton prochain verre, mais c'est le dernier.

Samuel ne protesta pas. Il accepta le scotch avec un sourire triomphant, mais il abandonna tout de même les billets sur le bar. Il n'en aurait plus jamais besoin. À la fermeture de l'établissement, le barman l'aida à marcher jusqu'à la sortie. Il offrit même de le reconduire à l'immeuble où il logeait, mais le musicien refusa. À contrecœur, Ray ferma les portes derrière lui. Il avait vu passer beaucoup d'hommes et de femmes désespérés dans le pub depuis qu'il y travaillait et il ne s'était jamais vraiment attaché à aucun d'entre eux, mais Samuel Andersen ne ressemblait pas à sa clientèle habituelle. Il avait entendu ses compositions à la radio et elles étaient magnifiques, l'œuvre d'un esprit brillant, pas d'un pauvre type qui n'avait eu qu'un seul instant de gloire dans sa vie. Ce musicien était aussi un père qui aimait profondément sa fille unique dont il ne pouvait plus s'approcher, mais dont il parlait sans arrêt quand il prenait place sur son tabouret. En laissant partir Samuel ce soir-là, le barman pria le ciel de veiller sur lui.

Le musicien se retrouva donc dehors, assailli par l'air froid et humide de l'hiver londonien, le tout assaisonné d'un épais brouillard. Il n'avait plus vraiment besoin de voir où il allait. Il avait déjà parcouru la distance entre le pub et le pont des centaines de fois pour l'imprimer dans sa mémoire. Ce serait la dernière fois.

Il fit un pas en direction de la rue. Son équilibre était précaire, mais rien ne pressait. Il se rendrait à la Tamise, même s'il devait y mettre toute la nuit. Il dépassa le premier lampadaire, perdit pied sur le pavé humide et s'étala de tout son long dans une flaque d'eau. Il secoua la tête, dans l'espoir de reprendre ses sens, en vain. Il se redressa tant bien que mal sur ses coudes et vit deux souliers de cuir démodés à quelques pas de lui. Son regard remonta lentement sur le pantalon, puis la redingote noire et s'arrêta sur le visage renfrogné d'un homme aux cheveux gris qui semblait sorti tout droit d'une autre époque.

– Monsieur Samuel Sven Andersen, je présume ? fit-il d'une voix sévère.

Le musicien parvint à s'asseoir dans l'eau. De ce nouvel angle, l'étranger lui sembla encore plus vieux. Il ne pouvait être qu'un policier, sinon pourquoi se serait-il trouvé dans ce quartier minable à une heure pareille ?

– Êtes-vous Samuel Sven Andersen ? reprit l'autre sur un ton agacé.

– Oui, c'est moi, grogna le musicien. Qu'est-ce que j'ai encore fait ?

– Je suis Edwin Lambert de la firme d'huissiers Lambert et Reeves.

– Si c'est pour saisir mes biens, vous arrivez trop tard, très cher monsieur. Je n'en ai plus. À moins que vous vouliez mon caleçon, bien sûr, mais il est désormais trempé.

Son ironie ne fit pas sourire son interlocuteur du tout. Ce dernier portait ses cheveux aux épaules et ses favoris touffus descendaient très bas sur ses joues. De petites lunettes cerclées d'or étaient accrochées à son nez proéminent et, curieusement, il portait un chapeau d'un style ancien.

– On m'a chargé de vous annoncer que vous avez hérité de la propriété de monsieur Ulrik Dragensblöt, qui a rendu l'âme il y a quelque temps déjà.

– Mais je ne connais personne qui porte un nom pareil, protesta Samuel, qui connaissait en partie la généalogie des Andersen.

– Il s'agit d'un descendant de Scandinaves ayant traversé la Manche pour venir s'établir ici.

– Et ce vieux Viking vient juste de mourir ?

Plus Samuel tentait de comprendre comment il pouvait être relié à ce Dragensblöt, plus son esprit s'embrumait. Et si cet huissier n'était qu'une hallucination provoquée par l'alcool ? Il tendit prudemment la main et toucha le bas de son pantalon de drap épais.

– Monsieur Andersen ! s'offensa l'homme en reculant.

– Je voulais seulement savoir si vous étiez vraiment là.

– Vous croyez qu'un mirage vous remettrait les titres d'une aussi importante propriété ?

– Nous sommes au milieu d'une rue déserte. Je suis assis dans l'eau et vous êtes habillé comme un personnage de Charles Dickens. Vous ne trouvez pas que c'est un peu curieux ?

L'homme haussa les sourcils sans dire un mot.

– Mais il faut aussi dire que je suis saoul, balbutia Samuel.

Il s'agrippa au lampadaire et rassembla toutes ses forces pour se relever. À sa grande surprise, l'huissier lui atteignait à peine le menton.

– Écoutez, monsieur…

– Lambert.

– Monsieur Lambert. J'ai une fille qui s'appelle Emily Andersen, à moins que son beau-père ait changé son nom pour Emily Madigan. Remettez-lui ces papiers. Sa mère saura quoi en faire.

– C'est à vous que monsieur Dragensblöt a légué sa fortune, pas à elle.

– Cet héritage ne me servira à rien, puisque dans une heure, tout au plus, je serai mort.

L'homme ne réagit même pas. « Il a dû en entendre d'autres », comprit Samuel.

– Mon travail est de vous remettre ce testament, un point, c'est tout.

L'huissier lui saisit la main et y déposa un rouleau de parchemin.

– Voilà, c'est fait ! annonça fièrement l'homme. Bonne nuit, monsieur.

Le curieux petit personnage tourna les talons et disparut dans le brouillard. Samuel examina le document tant bien que mal.

– Les ordonnances qu'on m'a transmises ces dernières années ne ressemblaient pourtant pas à ça.

Le dos appuyé contre le réverbère, il entreprit de détacher le cordon de cuir qui retenait le papier sur un cylindre de cuivre. L'alcool le rendait plutôt gauche, mais il parvint tout de même à le dénouer. Le testament se déroula de lui-même. Samuel déchiffra les premières lignes manuscrites malgré l'éclairage réduit.

– Moi, Ulrik Dragensblöt, lègue tout ce qui suit à mon descendant, Samuel Sven Andersen, dit Dragensblöt, lut-il à voix haute. Mais je ne m'appelle pas ainsi... Et quel âge pouvait bien avoir ce vieux Viking que je ne connais même pas ?

À cause du scotch qui lui embrouillait l'esprit, Samuel ne saisit pas l'importance du document dont le destin venait de lui faire cadeau. Il le rembobina et le fourra dans la poche de sa veste de laine.

– Mon cher Ulrik, je suis justement sur le point de faire ta connaissance.

Plus décidé que jamais, Samuel s'enfonça dans la brume. Une fois qu'on aurait retrouvé son corps, sa logeuse n'aurait qu'à vendre ses maigres effets. Cela ne suffirait pas à payer le loyer du dernier mois, mais elle serait au moins débarrassée de lui.

Il marcha sans se presser. « Y a-t-il vraiment des gens qui se hâtent vers la mort ? » se demanda-t-il en naviguant d'un lampadaire à l'autre. Ces derniers temps, il avait pensé à toutes les façons de s'enlever la vie et la noyade lui avait semblé la moins douloureuse. Une vieille femme au port prétendait qu'en entrant dans les poumons, l'eau provoquait une merveilleuse euphorie. Samuel ne voulait pas souffrir. De plus, il ne savait pas nager. Il ne pourrait donc pas changer d'idée, une fois dans le fleuve.

Au bout d'une heure, il s'immobilisa, épuisé. Mais pourquoi n'avait-il pas encore atteint le pont ? Dans un brouillard aussi épais, il était facile de se perdre. Pourtant, ce n'était pas la première fois que le musicien parcourait ce trajet en état d'ébriété.

Il se demanda s'il devait revenir sur ses pas ou continuer encore un peu.

– Il est étrange de ne rien entendre du tout, ce soir, remarqua-t-il.

Il dégrisait rapidement et risquait de perdre courage.

– Peut-être ai-je finalement trouvé le pont et que je suis déjà mort ?

Personne ne savait vraiment ce qui se passait lorsque l'âme quittait le corps. Était-on condamné à errer dans les rues de Londres pour toujours ? Il décida de rebrousser chemin, au cas où il aurait emprunté une avenue transversale. Après un moment, il commença à distinguer la brique blanche d'immeubles inconnus.

– Mais où suis-je ?

Le testament tomba de sa poche et heurta le macadam. Samuel se pencha pour le ramasser, mais il se mit à rouler en s'éloignant de lui. Le musicien le poursuivit jusqu'aux grilles d'une propriété coincée entre deux hautes maisons.

Le cylindre s'arrêta finalement sur ce qui semblait être une allée. Samuel le ramassa et recula. À son grand étonnement, de grosses lettres en métal étaient soudées sur les barreaux : DRAGENSBLÖT.

– Je ne suis pas mort ! Je nage en plein cauchemar !

Le vieux Viking lui avait-il légué une mansarde en ruines au beau milieu de Londres ?

– Je dois tenir de lui, grommela-t-il.

Il y avait aussi une adresse sur l'une des portes. Samuel déroula encore une fois le document. Il constata que c'était celle de son héritage. Pourquoi ne pas y jeter un coup d'œil pendant qu'il y était ? Il remit son suicide à plus tard, poussa les grilles et s'enfonça dans l'obscurité.

Chapitre 2

Les dalles du passage entre les deux immeubles étaient usées comme si elles avaient plusieurs siècles. Elles étaient craquées ou arrachées à plusieurs endroits. Samuel n'arrêtait pas de trébucher. Il ne voyait plus les murs de chaque côté de lui, mais crut qu'ils étaient toujours là.

Puis, un étonnant phénomène se produisit. Le brouillard se dissipa et la lune, bien pleine, éclaira un château en pierres. Il ressemblait à s'y méprendre à ceux que le jeune homme avait vus jadis avec ses parents lors d'un voyage en Écosse. Pris de panique, Samuel voulut faire demi-tour. Au lieu de se tenir dans la sombre allée entre deux immeubles, il se trouvait sur une route de terre bordée de chênes majestueux dont il ne voyait plus la fin.

– Je ne comprends pas...

Samuel n'était pas un amateur de mystères et de science-fiction, mais ses amis au collège lui avaient parlé de la possibilité d'entrer accidentellement dans des mondes parallèles à certains endroits précis sur la planète. Il s'avança jusqu'à un arbre, persuadé que sa main passerait à travers, mais se frappa durement les jointures sur le tronc et laissa échapper un juron.

– On n'est pas censé ressentir de la douleur quand on est mort ! hurla-t-il en se frottant les doigts.

Il se retrouvait encore devant le même choix : avancer ou reculer. « L'histoire de ma vie », nota-t-il. Il avait trop souvent baissé pavillon par le passé et remis son destin entre les mains de gens qui ne méritaient pas sa confiance.

– Ce doit être une dernière épreuve avant d'aller au ciel ! conclut-il soudain.

La flaque dans laquelle il était tombé devant le pub était en réalité le fleuve et l'huissier était sans doute un ange !

– Et cette forteresse sert de portail au paradis ! crut-il comprendre.

Samuel n'eut pas besoin de plus d'encouragements pour s'y rendre. Il examina attentivement les pierres rectangulaires ayant servi à ériger cette demeure féodale, étonné qu'elles ne soient pas aussi usées que le chemin qui y menait. Il se risqua à caresser leur surface. Elle était lisse et douce, comme si les blocs venaient tout juste de sortir de la carrière. Il ne s'agissait donc pas d'un site historique, mais de la reproduction d'un vieux château avec des matériaux tout neufs. Les joints serrés ne permettaient aucune escalade jusqu'aux hautes fenêtres. D'ailleurs, aucune d'entre elles n'était ouverte ou fracassée.

Il fit le tour du château et arriva finalement devant l'entrée. Elle consistait en un portique au fond duquel se trouvait une imposante porte en bois verni. Là encore, le modèle était ancien, mais la façon récente. Puisque le musicien était certain de n'avoir aucun ancêtre portant le nom de Dragensblöt, il décida que cet édifice devait être une fantaisie du bon Dieu. Il actionna le mécanisme d'ouverture, persuadé que la cohorte des anges allait l'accueillir avec des éclats de trompette, et poussa la porte. L'endroit était silencieux.

Ce qui l'étonna davantage, ce fut de flairer l'odeur d'un feu de bois.

Il entra dans la demeure aux plafonds démesurément hauts. Dans le vestibule, un candélabre en fer garni de bougies était suspendu à une chaîne au-dessus de lui. Il n'y avait aucune décoration : que des murs et des planchers en pierre. Guidé par son nez, Samuel pénétra dans une immense salle circulaire. Deux escaliers monumentaux couraient en sens inverse le long des murs, un vers la droite et un vers la gauche, en grimpant vers l'étage. L'ébéniste qui avait sculpté leurs rampes et leurs barreaux était certainement un grand maître. Il avait métamorphosé de simples morceaux de bois en un long lierre qui descendait en spirale jusque sur les carreaux du plancher.

« Je suis sûr que c'est encore plus beau que chez Madigan », s'émerveilla Samuel.

De chaque côté s'ouvraient des portes en forme d'arc. Laquelle choisir ? Samuel se dirigea vers celle de droite. Il mit le pied dans une vaste pièce qui ne pouvait être qu'un salon. Sur le mur du fond se dressait un énorme foyer en pierres des champs. Quelques bûches y brûlaient.

– Il y a quelqu'un ? appela Samuel.

Il attendit un moment sans recevoir de réponse. Les occupants se trouvaient probablement à l'étage. Délivré de son état d'ivresse, le musicien s'approcha du feu pour se réchauffer. Il s'assit dans une bergère en velours sombre datant d'une autre époque. La chaleur de l'âtre lui fit le plus grand bien.

– Pourquoi m'aurait-on légué une maison qui est déjà occupée ?

Une affreuse pensée lui traversa l'esprit. Il ne connaissait rien de cette famille. Que se passerait-il si feu Ulrik Dragensblöt lui avait donné cette propriété au détriment de ses autres descendants ? Au centre du salon trônait un piano à queue reluisant, qui contrastait dans le décor vieillot.

– Pas un autre musicien, soupira Samuel.

Il s'approcha du meuble apparemment tout neuf et souleva le couvercle du clavier. Les touches immaculées lui indiquèrent que personne n'avait joué de cet instrument depuis son achat. Samuel égraina une gamme, persuadé que les notes seraient fausses. À sa grande surprise, le piano était on ne peut mieux accordé.

Un bruit le fit sursauter. Cela ressemblait au choc d'un petit objet de métal tombant sur des carreaux en céramique. Le plancher du salon était pourtant recouvert d'une épaisse moquette. Ce son provenait donc d'une autre pièce. Samuel vit une autre porte à sa gauche. Décidé à en avoir le cœur net, il quitta le salon et arriva dans une très grande bibliothèque dont tous les murs étaient couverts de livres. Il inspecta le plancher aux lattes de bois cirées, mais ne trouva pas d'objet qui aurait pu produire le son qu'il avait entendu.

Il retourna donc dans le hall d'entrée, qu'il scruta de la même façon. La porte de l'autre côté de l'escalier attira son attention. S'il continuait de visiter ainsi le château, il finirait bien par croiser quelqu'un.

La pièce de gauche avait exactement la même dimension que le salon. Cependant, elle semblait réservée à des activités plus sociales. Quiconque entrait dans cette salle voyait tout de suite l'énorme cible de dards fixée au mur du fond. Samuel avança entre les tables carrées, recouvertes de nappes de couleur émeraude. Au centre de chacune reposaient un support à jetons et des jeux de cartes. Le long des murs s'adossaient des canapés séparés par des guéridons. Au-dessus, des tableaux représentaient des scènes de chasse de plusieurs époques. Une ouverture en forme d'arche donnait accès à une autre pièce sur le mur de droite.

Samuel poursuivit par là son exploration. Il s'agissait d'une somptueuse salle à manger occupée par une longue table où pouvaient facilement s'asseoir une vingtaine de convives. Quelques chandeliers y avaient été placés, à intervalles réguliers. Tout au bout, une autre cheminée dégageait une chaleur accueillante. Les bûches y étaient encore presque entières. « On vient certainement de les y déposer », déduisit le musicien.

Il se dirigea vers la dernière pièce du rez-de-chaussée : la cuisine. C'était un endroit déroutant pour un homme qui n'avait vécu que dans de petits appartements. Un des murs était couvert d'armoires, le deuxième de fours anciens, le troisième de tablettes où reposait une imposante collection de chaudrons. Le mur du fond lui coupa le souffle. Il était percé d'une immense fenêtre qui non seulement laissait entrer la lumière bleutée de la lune, mais permettait de jouir du paysage. Le domaine d'Ulrik Dragensblöt semblait s'étendre à l'infini !

– Au beau milieu de Londres ? souffla Samuel, estomaqué.

Il demeura un long moment devant la baie vitrée, incapable de comprendre ce qui lui arrivait. Il avait quitté le pub ivre mort pour aller se jeter dans la Tamise. Le vieux bonhomme qui lui avait remis le testament pouvait-il être un sorcier ?

– Qu'est-ce que je suis en train de penser ? se raisonna-t-il. Les sorciers n'existent que dans les contes de fées.

Mais comment expliquer la présence de cet immense domaine au milieu d'un quartier de Londres où les immeubles étaient écrasés les uns contre les autres ?

– Je suis mort en tombant sur le pavé et c'est mon imagination qui a fait tout le reste, décida-t-il.

Il avait cru toute sa vie que le paradis était une succession de gros coussins en forme de nuages où les âmes se prélassaient en écoutant les notes cristallines des harpes des anges. « Et pourquoi suis-je seul au ciel ? » se demanda-t-il. Il rebroussa chemin et monta à l'étage. Il y avait un long couloir jalonné de portes en bois dont la ferronnerie rappelait celles des cachots. Samuel fronça les sourcils : ce corridor semblait plus long que le château lui-même !

– Ce doit être une illusion d'optique.

Il tenta d'ouvrir les portes. Malheureusement, elles étaient toutes fermées à clé. Il appela sans recevoir de réponse. Désemparé, il dévala l'escalier. Il n'y avait qu'une façon de savoir s'il avait bel et bien quitté ce monde. Il sortit du château et remonta l'allée pour retourner aux grilles. Il marcha très longtemps, mais ne les atteignit jamais.

– Elles n'étaient pourtant pas aussi loin que ça quand je suis arrivé, haleta-t-il.

Il s'arrêta pour reprendre son souffle. « Si je suis mort, pourquoi ai-je si mal aux jambes ? » s'étonna-t-il. Le soleil se levait, éclairant la route d'une douce lumière rosée. Épuisé, Samuel comprit qu'il ne pourrait pas faire un pas de plus. Il regretta tout à coup la chaleur du logis. Il se retourna alors pour évaluer la distance qu'il avait parcourue : le château était juste derrière lui !

– Est-ce qu'il m'a suivi ? s'alarma Samuel.

Il y entra une seconde fois. Le décor n'avait pas changé. À bout de forces, le musicien s'allongea sur un des sofas du salon.

– Il n'y a qu'une seule explication : je suis en enfer. Au lieu de me jeter dans les flammes avec le diable, le bon Dieu m'a isolé de mes semblables dans une cage dorée.

Il ferma les yeux et sombra dans le sommeil. Le tiroir du buffet s'ouvrit alors de lui-même. Une couverture de laine en sortit et vola jusqu'à Samuel. Des mains invisibles la déplièrent et la posèrent doucement sur lui.

Chapitre 3

Sitôt qu'il ouvrit les yeux, quelques heures plus tard, Samuel crut que sa tête allait exploser. L'alcool qu'il avait ingurgité au pub était très certainement responsable de son mal de bloc. Il parvint tout de même à s'asseoir malgré la douleur. Rien n'avait changé autour de lui… sauf cette couverture qui le recouvrait. Il ne se souvenait pas de l'avoir vue la veille. Quelqu'un avait donc pris le soin de le garder au chaud durant son sommeil.

– Si j'ai dormi, je ne suis certainement pas mort…

Sa propre voix fit battre un énorme tambour contre ses tempes. « Mon bienfaiteur aurait pu aussi me donner quelque chose pour soulager cette douleur », pensa-t-il. Il remarqua alors le verre d'eau et les comprimés sur le guéridon. Quelques secondes plus tôt, ils n'y étaient pas ! Samuel se tordit le cou pour regarder derrière lui : il n'y avait personne. Il avala les pilules en se disant que si le châtelain avait l'intention de l'empoisonner, cela ne ferait qu'accélérer ses plans. Au lieu d'embrasser son repos éternel, le musicien fut rapidement libéré du lancinant mal de tête. Il se tourna vers le foyer, où des bûches brûlaient toujours. En fait, elles avaient la même forme et la même position que celles qu'il y avait trouvées à son arrivée.

– C'est peut-être un de ces nouveaux foyers électriques qui imitent le feu.

Il s'agenouilla devant l'âtre et tendit la main au-dessus des braises. Leur intensité le fit aussitôt reculer. C'était un véritable feu ! Samuel dut en venir à l'évidence que cet endroit était habité.

– Vous n'avez rien à craindre de moi ! cria-t-il, à tout hasard.

Personne ne lui répondit.

– J'aimerais seulement vous parler et vous demander de m'excuser d'être entré ici sans y avoir été invité.

Samuel parcourut une fois de plus la vaste demeure sans trouver âme qui vive. Cette fois, il poussa son exploration plus loin et s'aventura dans le jardin. Le domaine s'étendait à perte de vue, ce qui était tout à fait impossible dans le Londres qu'il connaissait. Les pelouses étaient bien entretenues, les arbres taillés. Une grande étendue d'eau partait de la terrasse en pierre et s'arrêtait au pied d'une majestueuse forêt, à l'autre bout de la propriété. Il vit une curieuse embarcation échouée dans une roselière.

– Un drakkar ? s'étonna le musicien.

Il se rappela que l'huissier avait mentionné que ce Ulrik était un Viking. Samuel n'avait pas été l'élève le plus studieux de son école, mais il avait prêté une oreille distraite à ses cours d'histoire ancienne, qui le faisaient rêver. Les envahisseurs nordiques appartenaient à une autre époque. Ils avaient laissé des traces dans son pays, mais un tel vaisseau de guerre n'avait certainement pas survécu à l'air libre jusqu'à ce jour.

– C'est sans doute une reconstitution, tenta-t-il de se persuader.

Il descendit l'escalier de la terrasse afin d'étudier le drakkar de plus près. Sa proue ressemblait à une tête de dragon stylisée. Une inspection plus approfondie de l'embarcation lui apprit que la coque était endommagée à plusieurs endroits, comme si elle avait participé à de nombreux raids.

– Ils poussent le réalisme un peu loin, nota Samuel.

Les gens riches qui achetaient des châteaux étaient pour la plupart des excentriques. Les propriétaires de celui-ci s'intéressaient visiblement au passé.

Le musicien jeta un coup d'œil à sa montre. Les aiguilles indiquaient midi. Il nota cependant que la trotteuse était immobile. Il leva les yeux au ciel mais il lui fut impossible de deviner l'heure grâce à la position du soleil, car il ignorait l'orientation des points cardinaux de cet endroit. Il ne faisait pas froid sur la propriété du défunt Viking. Toutefois, une brise fraîche parvenait à se faufiler sous sa veste. Il retourna donc à l'intérieur, où un arôme de café assaillit immédiatement ses narines. Il le suivit et entra dans la salle à manger. Un repas avait été déposé au bout de la table, devant une cafetière.

– Mais comment persuader ces gens de se montrer ? soupira le musicien, de plus en plus exaspéré.

Sa raison lui recommandait de foncer vers la cuisine pour voir s'il s'y trouvait quelqu'un, mais son estomac vide l'emporta. Samuel arracha une cuisse de volaille et la huma, incapable d'identifier les épices dans lesquelles elle avait mariné. Affamé, il mordit dans le pilon.

– C'est vraiment délicieux…

Il prit place à table et avala tout ce qu'on avait préparé pour lui : poulet, petites pommes de terre rissolées, carottes découpées en dés, salade truffée de petits fruits, pain frais et beurre parfumé, un véritable repas de seigneur. Puis, il arrêta subitement de mastiquer.

– Tout cela n'a peut-être pas été préparé pour moi, s'alarma-t-il.

Il se sentit soudain comme Ulysse dans la caverne du cyclope.

– Sont-ils en train de me gaver pour m'engraisser et ainsi mieux me manger ?

Il repoussa son assiette. Maintenant qu'il était redevenu lucide, il sortit le testament de sa poche pour le dérouler. Il était écrit à la main, dans une langue juridique un peu vieillotte, et le papier jauni était craquelé sur les bords. Samuel s'obligea à en lire tous les mots, même ceux qu'il ne comprenait pas. Dans un premier temps, le testateur établissait la longue liste de ses possessions. Il y nommait absolument tous les objets que contenait le château, puis délimitait la propriété en unités de mesure indéchiffrables. Samuel arqua un sourcil lorsqu'il arriva au paragraphe qui lui léguait également tous *les habitants du domaine*.

– Il parle sûrement d'animaux qui sont morts depuis longtemps, devina-t-il.

Il poursuivit sa lecture en sirotant l'excellent vin que quelqu'un avait préalablement versé dans sa coupe en métal ciselé. Lorsqu'il parvint à la date de la signature de l'acte juridique, soit l'an de grâce 1066, il s'étouffa avec le vin ! En toussant, il roula le parchemin pour revenir au début afin de relire les noms du testateur et de son héritier, persuadé que l'heureux mortel qui avait jadis hérité de la propriété portait le même nom que lui par le plus grand des hasards. Il eut un terrible choc en constatant que c'était bel et bien son adresse de Londres qui apparaissait sous son nom !

– Mais l'immeuble où je loge n'existait même pas il y a neuf cents ans ! s'exclama-t-il.

Il n'y avait qu'une seule explication : quelqu'un avait fabriqué de toutes pièces ce document pour se payer sa tête.

– Qui que vous soyez, j'espère que vous avez bien ri ! Avant de me voir partir, je veux que vous sachiez que vous êtes tombés sur un pauvre type qui n'a plus rien dans la vie. Tout ce que je veux désormais, c'est mourir, pas qu'on se moque cruellement de moi. Ayez au moins la décence de vous montrer.

Il tendit l'oreille, mais n'entendit absolument rien. Il était impossible qu'il n'y ait personne dans ce château, puisque des bûches brûlaient dans les cheminées et que quelqu'un avait forcément fait cuire le repas qui se trouvait devant lui.

– Je ne sais pas pourquoi vous m'avez ciblé, mais le spectacle est terminé.

Samuel abandonna le testament sur la table et se dirigea vers la sortie. Un vent glacial lui effleura la nuque. Il fit volte-face, persuadé qu'une porte venait de s'ouvrir quelque part dans la pièce pour laisser passer son hôte.

– Il se déplace dans des passages secrets ! conclut-il.

Pour en avoir le cœur net, le musicien longea les murs en tendant l'oreille. Aucune voix humaine ne parvint à son ouïe pourtant aiguisée. Il entra dans la cuisine pour y répéter le même exercice.

– Dans le plancher, alors ?

C'était peu probable, puisqu'il était composé de moellons. Il l'examina tout de même pour s'assurer qu'il n'y avait pas une trappe quelque part. Il inspecta de la même façon la salle de jeu et le salon.

– Ça n'a aucun sens, se découragea-t-il.

Peu importe à qui appartenait désormais cette propriété, Samuel ne désirait plus y rester. Il sortit et se précipita sur la route qui menait aux grilles. Encore une fois, il fut incapable de les atteindre. Pourtant, il venait de courir pendant au moins quinze minutes ! Il se retourna et vit qu'il se trouvait à quelques pas à peine de l'entrée du château. Paniqué, il fit un deuxième essai sans parvenir à retourner dans la ruelle.

– C'est ridicule...

Couvert de sueur, il retourna à l'intérieur de sa nouvelle prison.

– Je suis condamné à rester ici pour l'éternité, on dirait, comprit-il.

Il fonça vers l'escalier de droite et grimpa à l'étage, persuadé que les farceurs s'y cachaient. Il tenta d'ouvrir les premières portes, en vain. Elles étaient toujours verrouillées. Samuel s'arrêta pour les compter. Il y en avait quarante-six. S'agissait-il de chambres à coucher ? Pourquoi ne pouvait-il pas y avoir accès ? Des inscriptions apparaissaient sur ces portes, mais dans une langue qu'il ne connaissait pas. En dernier recours, il frappa à l'une d'elles.

– Je suis vraiment désolé de vous déranger, mais je dois vous parler.

Il se heurta à un silence de plus en plus troublant. Il refit la même chose devant plusieurs autres portes, avec le même résultat. Démoralisé, Samuel retourna au rez-de-chaussée en réfléchissant. Manifestement, quelqu'un l'avait guidé jusqu'à cette propriété.

– Je n'ai pourtant pas cherché à me rendre à l'adresse indiquée sur le testament, alors pourquoi ai-je abouti ici ? Et qui m'y a poussé ? Dans quel but ?

Il retourna au salon, où le feu brûlait toujours. Il fouilla dans les tiroirs des commodes sans rien trouver qui aurait pu le renseigner, puis alla s'asseoir devant le foyer.

– Est-ce ainsi que Dieu punit ceux qui se suicident ? se désola-t-il.

Il se cacha le visage dans les mains et éclata en sanglots amers. En plus d'avoir perdu sa femme, sa fille et sa carrière, on venait de lui enlever son dernier soupçon d'espoir. Plongé dans son chagrin, Samuel ne perçut pas derrière lui le va-et-vient des entités qui habitaient le château depuis des centaines d'années. Attirées par les émotions de cet homme dont le cœur battait toujours, elles ne savaient cependant pas comment se comporter avec lui. Lorsque Samuel se redressa pour essuyer ses larmes, elles disparurent toutes d'un seul coup.

Épuisé moralement, le musicien retourna sur le sofa où il avait dormi la veille et s'allongea pour se reposer. Il sombra dans un profond sommeil et rêva aux événements qui l'avaient marqué ces dernières années. Il se revit pousser le fauteuil roulant de Kathryn de sa voiture jusqu'à l'entrée de l'hôpital, alors qu'elle était sur le point de donner naissance à leur fille. Des infirmiers avaient pris la relève et il les avait suivis jusqu'à ce qu'on le dirige vers la salle d'attente. Le musicien avait manifesté le désir d'assister à l'accouchement, mais Kathryn avait refusé.

– Tu es trop sensible, Sam, lui avait-elle dit dans la voiture. Tu ne supporteras pas ma douleur.

Il s'était donc contenté de faire les cent pas dans la pièce d'à côté, où quelques personnes étaient déjà assises. Il ne leur avait prêté aucune attention tellement il était inquiet pour sa femme. Lorsque le médecin lui avait enfin fait signe, Samuel avait foncé vers lui.

– Kathryn et la petite se portent bien, lui avait-il dit en l'entraînant dans le couloir.

Le nouveau papa avait senti tomber la tension d'un seul coup. Il était entré dans la chambre. Les cheveux collés sur le crâne par la sueur, sa femme contemplait le poupon qu'elle tenait dans les bras. Le bonheur qui illuminait alors son visage avait réchauffé le cœur de Samuel. Et, quand l'infirmière avait déposé Emily dans ses bras à lui, il n'avait plus voulu vivre que pour elle.

Comme il arrive souvent quand on rêve, le musicien se retrouva subitement seul dans la chambre. Il n'était plus au centre hospitalier, mais dans l'appartement qu'il avait partagé avec sa famille quelque temps avant le divorce. Il traversa dans le salon et trouva Emily devant lui, les bras croisés sur sa poitrine, imitant Kathryn lorsqu'elle était fâchée.

– Pourquoi vous disputez-vous tout le temps ?

Samuel s'accroupit devant la fillette aux belles boucles brunes.

– Maman et moi ne voulons plus les mêmes choses, mon cœur.

– Avez-vous au moins essayé ?

– Oh que oui.

– Je ne veux pas que tu partes.

Le musicien se réveilla en sursaut, le visage baigné de larmes, et constata qu'il se trouvait toujours au château. Il se rendit à la salle de bains qui se trouvait entre le salon et la salle de jeu pour s'asperger le visage d'eau froide. Il s'épongea avec la belle serviette qui pendait sur un anneau tout en s'observant dans le miroir antique.

– Je dois arrêter de m'en faire pour Emily, décida-t-il bravement. Kathryn est bien mieux équipée que moi pour lui procurer un avenir extraordinaire.

Samuel retourna au salon et s'installa au piano. Quelques jours après le départ de sa femme avec sa fille, il avait composé une chanson pour Emily. C'était d'ailleurs la seule de ses pièces que son ex-studio d'enregistrement n'avait pas vendue à d'autres artistes. Il commença par en jouer la mélodie, puis se mit à chanter d'une voix cassée :

Une étoile s'est allumée un soir de décembre
Dans l'immense firmament du monde
Sans le savoir, elle est devenue mon phare dans la nuit
Ma persistante obsession, ma seule raison de vivre

Emily, tu es l'astre le plus brillant de mon univers
Tu éclipses même le soleil et la lune
Ta jolie voix charme même les anges
Tu es une fée et une sirène, ma princesse

Puis un soir de septembre, tu es partie...
Emportée par une rafale de vent insensible
Me jetant dans de tristes ténèbres
Où plus rien n'a plus de sens...

– Cette Emily, c'était ta femme ? demanda soudain une voix d'homme.

Samuel sursauta et ses mains produisirent l'accord le plus discordant qu'il ait entendu depuis le début de sa carrière. Il se retourna vivement sur le banc du piano pour scruter le salon. Il était pourtant seul.

– Qui est là ?

Aucune réponse ne lui parvint.

– Si vous êtes le maître de ces lieux, alors veuillez pardonner mon intrusion.

Un formidable Viking apparut alors au milieu de la pièce. Samuel eut si peur qu'il glissa de son siège et s'écrasa sur le dos. En voyant l'inconnu s'approcher de lui, il se mit à reculer sur ses mains et ses pieds pour lui échapper.

– Tu ne peux pas sortir d'ici et je ne te veux aucun mal, lui dit le Scandinave vêtu d'une tunique bordeaux cintrée à la taille par une ceinture en cuir.

Ses cheveux blond foncé dépassaient ses épaules et ses yeux bleus étaient perçants.

– Relève-toi, bon sang ! On dirait que tu as vu un fantôme !

L'homme éclata d'un rire sonore, qui acheva de déconcerter le musicien. Celui-ci parvint maladroitement à se remettre sur pied. Il s'empressa d'augmenter la distance entre l'impressionnant personnage et lui.

– Je m'appelle… commença-t-il.

– Je sais très bien qui tu es. C'est d'ailleurs moi qui t'ai invité ici.

– Invité ? répéta Samuel, encore plus confus. J'ai plutôt reçu un vieux testament que je n'avais aucune intention d'honorer.

– Ah bon.

– Sauf votre respect, j'avais d'autres plans.

– Te jeter dans le fleuve pour mettre fin à ta vie ? C'est exactement ce qu'elle voulait.

– Qui, elle ? Qui êtes-vous ? Pourquoi m'êtes-vous apparu comme un ange ?

– Un ange ?

Le Scandinave s'esclaffa de plus belle.

– Sommes-nous en enfer ? poursuivit Samuel, qui nageait en plein mystère.

Son hôte se laissa tomber dans un fauteuil. Son visage s'attrista d'un seul coup.

– Oui, on pourrait dire ça. Est-ce que tu vas rester planté là ?

Samuel choisit de s'asseoir plus loin.

– Avant de te dire qui elle est, je vais d'abord te parler de moi.

– Je vous en prie.

– Je m'appelle Ulrik Dragensblöt.

– Vous êtes le type sur le testament ?

– Il a été rédigé à ma demande par Andrew, mon vingt et unième descendant.

– Descendant ? Je ne comprends pas.

– J'ai eu une fille qui a eu un fils et ainsi de suite. Faut-il vraiment que je t'explique tout ça ?

– Mais pour avoir une vingtaine de descendants, il faudrait que vous soyez âgé d'au moins cinq cents ans…

– J'ai arrêté de compter depuis longtemps, mais je dois en avoir plus de neuf cents, maintenant.

– Vous moquez-vous de moi ?

– Désolé, j'ai oublié de te mentionner dès le début que j'ai rendu l'âme en 1066, selon Andrew.

– Je suis en train de parler avec un mort ?

– On dirait vraiment que l'intelligence des Dragensblöt s'est perdue au fil des siècles, soupira Ulrik. Je suis un fantôme, alors forcément, je suis mort.

Samuel se mit à trembler de façon incontrôlable.

– Ce château est la prison de toutes les âmes de ma lignée, poursuivit le Viking.

Effrayé, le musicien bondit vers la porte. Il fonça dans le hall, ouvrit si brutalement la porte qu'elle claqua contre le mur opposé, et s'élança encore une fois sur l'allée de pierres qui menait aux grilles du domaine.

Chapitre 4

Samuel courut à perdre haleine jusqu'à ce que ses jambes n'arrivent plus à le porter. Il tomba sur les genoux, soufflant comme une locomotive. Terrifié, il apercevait au loin les grilles dont il n'avait pas réussi à se rapprocher.

– Je me suis noyé… et je suis devenu un fantôme… haleta-t-il.

– Pas tout à fait, l'informa la voix d'Ulrik.

Le musicien se retourna lentement, troublé non seulement de constater qu'il était encore à proximité du château, mais aussi de trouver le Scandinave devant lui.

– Si tu veux jouer au chat et à la souris, pourquoi pas ? Je n'ai que ça à faire. Mais quand tu auras envie de savoir pourquoi tu es ici, je serai à l'intérieur.

Ulrik s'évapora comme un mirage, laissant Samuel dans un indescriptible état de panique. Depuis qu'il s'était aventuré dans l'allée, entre deux immeubles de Londres, son monde avait basculé dans l'invraisemblable. Il resta un long moment à genoux, pendant que son cerveau cherchait désespérément à comprendre ce qui lui était arrivé, et il était plutôt sûr que cela n'avait rien à voir avec l'alcool.

– Samuel, calme-toi, s'ordonna-t-il. Dans la vie, tout s'explique.

Il se releva lentement en ralentissant sa respiration.

– Un homme ne peut pas apparaître et disparaître ainsi, à moins d'être un illusionniste très doué, fit-il pour se rassurer.

Il prit le temps de rassembler son courage et marcha vers l'entrée du château. Lorsqu'il arriva au salon, il ne trouva personne.

– Pourquoi m'avez-vous invité ici ? demanda-t-il.

Ulrik se matérialisa dans la bergère la plus rapprochée du feu, faisant sursauter le musicien.

– Viens t'asseoir, l'invita le Viking.

En se donnant un air brave, Samuel prit place dans la bergère en face de lui.

– Et comment faites-vous pour surgir ainsi de nulle part ?

– Le purgatoire n'est apparemment pas soumis aux mêmes règles que le monde des vivants.

– Si c'est vraiment là que nous sommes, est-ce que ça veut dire que je suis mort ?

– Pas du tout. Tu es le seul être vivant du château.

– Comment un homme peut-il se retrouver au purgatoire s'il n'a pas encore quitté son corps ?

– Tu te poses beaucoup trop de questions, petit.

– Il y en a encore un grand nombre dans ma tête. Depuis quand les défunts peuvent-ils inviter les vivants dans l'au-delà ?

– Commence par te détendre. Je vais tout t'expliquer.

Une bouteille de whisky écossais et un verre apparurent sur le guéridon à côté de Samuel. Celui-ci dérogea à ses bonnes manières et en but une gorgée à même le goulot avant de reposer la bouteille à sa place.

– Ce que je t'envie, en ce moment, laissa échapper Ulrik.

– J'imagine que vous ne pouvez ni manger ni boire.

– C'est exact, mais il faut aussi dire que, privés de notre corps, nous n'avons ni faim ni soif.

– Si vous n'êtes pas matériel, alors qu'est-ce que je regarde, en ce moment ?

– Une projection de ce à quoi je ressemblais dans mes belles années. Tu n'aurais pas aimé mon apparence au moment de mon trépas, quand j'ai été massacré par la sorcière.

– La sorcière ? balbutia Samuel en regardant autour de lui.

– Surtout ne t'inquiète pas. Elle se trouve quelque part à Londres, où elle te cherche.

– Moi ? Mais pourquoi ?

– Tu es mon quarante-sixième descendant, Samuel. Il est donc naturel que tu sois, toi aussi, victime de la malédiction.

– Naturel ? Quelle malédiction ?

– Bois encore un peu.

– Non merci. Je préfère demeurer parfaitement lucide, si vous n'y voyez pas d'inconvénient.

Ulrik tenta de s'emparer de la bouteille, mais sa main passa au travers.

– Quel dommage, grommela-t-il.

Il se cala dans sa bergère, comme s'il s'apprêtait à raconter un long récit.

– Laisse-moi commencer du début.

– Oui, ce serait préférable.

– Il y a presque un millénaire, maintenant, je suis né dans un petit village du pays que vous appelez désormais le Danemark. Avant que tu me le demandes, je suis très au courant de ce qui se passe dans ton monde moderne grâce à mes descendants qui sont aussi emprisonnés ici.

– Si je suis le quarante-sixième, cela signifie-t-il qu'il y a quarante-quatre autres fantômes dans le château ?

– Excellente déduction !

– Où sont-ils ?

– Ils se cachent, car ils ne te font pas encore confiance.

– Sont-ils d'accord avec ma présence ici ?

– Ils le seront quand je leur aurai expliqué pourquoi je t'ai fait venir.

– Je n'aime déjà pas ça.

– Laisse-moi continuer. Je n'étais pas issu d'une famille riche et je n'avais pas de sang royal, alors j'ai appris à me battre pour me bâtir une réputation lors des nombreux raids que nous avons effectués sur les pays voisins. Mais, comme nous étions très nombreux, ma partie du butin n'était jamais très importante. Cependant, j'ai refusé de me décourager. J'ai acheté le bois qu'il me fallait pour construire ma propre maison et quitter celle de mon père. Mais avant de pouvoir jeter mon dévolu sur une des filles célibataires de mon village, j'ai été enlevé par une Valkyrie.

– Qu'est-ce que c'est ? demanda Samuel en arquant un sourcil.

– Les Valkyries sont des divinités belliqueuses qui servent Odin. Elles portent une armure invincible et volent au-dessus des batailles pour choisir les guerriers d'exception morts l'arme à la main afin de conduire leur âme au Walhalla.

– Oui, il me semble avoir entendu cette légende dans mes cours d'histoire.

– Ce n'est pas une légende, petit. C'est la stricte vérité.

Puisque le Scandinave semblait sérieux, Samuel jugea plus prudent de ne pas s'attarder sur ce détail.

– Où vous a-t-elle emmené ?

– La belle Kara m'a fait l'amour pendant plusieurs jours avant de m'abandonner dans une forêt que je ne connaissais pas. C'était elle que je voulais marier, alors j'ai attendu son retour durant des mois. Lorsqu'elle m'est finalement apparue de nouveau, elle a déposé un bébé dans mes bras et m'a révélé que j'étais son père. C'était une petite fille qui me ressemblait déjà. Sans plus d'explications, Kara est partie.

– Pourquoi vous a-t-elle confié l'enfant ?

– Parce que les Valkyries sont des vierges. Si Odin avait appris ce qu'elle avait fait, il l'aurait expulsée d'Asgard.

– Votre fille est donc une déesse ?

– À moitié seulement et cela la contrarie beaucoup. Kara lui avait déjà donné le nom de Thorfrid, alors je n'ai pas osé le changer. Je l'ai élevée de mon mieux. Elle était magnifique comme sa mère, mais elle avait aussi son détestable caractère. Elle me tenait tête sans cesse, même si elle finissait toujours par s'acquitter de ses tâches. Pour pouvoir lui assurer un avenir convenable, il fallait que j'accumule plus de biens. Alors j'ai décidé de participer à un raid en Angleterre. Thorfrid n'avait que neuf ans.

Samuel se demanda s'il finirait par arriver à la raison de sa captivité dans le château.

– Je l'ai confiée à la famille de la sœur de mon père et je suis parti. Lorsque nous avons enfin atteint la côte, mon groupe s'est retrouvé beaucoup trop au nord. Nous sommes débarqués sur la terre ferme aux premières lueurs de l'aube. Notre but était de piller une église qui était censée se situer dans la région. Mais nous sommes tombés sur une vieille chaumière qui nous bloquait la route. J'étais si furieux que j'y ai mis le feu. J'allais ordonner à mes compagnons de me suivre quand une vieille femme est sortie de la forêt.

– La sorcière ? devina le musicien.

– Exactement. C'était sa maison que je venais de détruire. Elle a marché vers moi en prononçant une terrible malédiction sur ma famille. Elle m'a dit que mes enfants et leurs enfants ne bénéficieraient jamais de la protection de leurs parents, mais elle a oublié de préciser qu'ils se retrouveraient tous ici. Avec sa terrible magie, la sorcière s'est mise à me lancer des tonnes de pierres pointues. Mes compagnons ont eu si peur qu'ils ont couru jusqu'au drakkar, m'abandonnant à mon sort.

– Si je comprends bien, elle vous a lapidé ?

– Jusqu'à ce que j'expire, vidé de mon sang, tellement mon corps était couvert de plaies. J'ai fermé les yeux et je les ai ouverts dans ce château.

– Est-ce vous qui l'aviez construit ?

– Certainement pas. Au début, ce n'était qu'un grand immeuble vide comme un cachot. Ce sont mes descendants qui y ont ajouté ce que tu y vois.

– Comment ont-ils pu le faire s'ils ne peuvent rien transporter qui soit solide ?

– Uniquement par la pensée.

« Cet homme est décidément dérangé, songea Samuel. Cet endroit n'est pas un purgatoire, c'est un asile de fous… »

– C'est Howe, mon neuvième descendant, qui a découvert cet étrange pouvoir que nous possédons tous. Ils ont décoré le château chacun à leur manière et l'ont meublé selon les goûts de leurs époques respectives. De la mienne, il ne reste plus que le drakkar dans l'étang. Malgré toutes leurs interventions, je pense m'être quand même bien adapté à ma dernière demeure.

– Qui allume le feu dans les cheminées ?

Ulrik se tourna vers les bûches dans l'âtre. Elles cessèrent aussitôt de flamber.

– Nous ne pouvons évidemment créer que ce que nous avons déjà vu ou connu, précisa-t-il.

Les flammes se rallumèrent.

– Les autres fantômes connaissent-ils la malédiction ?

– Oh que oui et ils ne cessent de me reprocher d'avoir provoqué la colère de cette vieille harpie.

Une femme apparut alors derrière Ulrik. Elle portait un bonnet et une longue robe bleu ciel sous son tablier blanc. Ses mains étaient jointes sur son ventre. Ce fut surtout son expression de bonté qui frappa le musicien.

– Samuel, je te présente Esther, ma trente et unième descendante, fit le Viking.

– Enchanté de faire votre connaissance, madame.

Elle ne répondit que par un hochement de tête, puis se tourna vers son ancêtre.

– Ne te rends-tu pas compte, Ulrik, que ce jeune homme est mort de faim ? lui reprocha-t-elle.

– Qu'est-ce que j'en sais, moi, de la faim ?

– Venez avec moi, Samuel, l'invita Esther.

Il jeta un regard incertain à Ulrik, qui lui fit signe de la suivre. Pendant qu'il marchait derrière elle en direction de la salle à manger, le musicien dut résister à la tentation de passer la main au travers de son corps pour voir si elle était solide.

– Qu'aimez-vous manger, le matin ? s'enquit-elle.

– Normalement, un bagel tartiné de fromage à la crème et un café.

Il n'osa pas lui dire que ces derniers temps, il n'avait pas souvent eu ce luxe. Quand ils arrivèrent dans la grande pièce, il découvrit que ce qu'il venait de lui mentionner se trouvait déjà sur un beau napperon brodé au bout de la table.

– C'est pour moi ? osa-t-il demander.

– Oui, c'est pour vous, puisque nous ne pouvons pas manger. Je vous en prie, assoyez-vous.

Samuel ne se fit pas prier. Il prit une bouchée dans le petit pain en forme d'anneau et le mâcha les yeux fermés.

– C'est le meilleur que j'aie jamais mangé, avoua-t-il, un moment plus tard. Mais comment arrivez-vous à faire la cuisine uniquement avec votre esprit ?

Un sourire amusé effleura les lèvres d'Esther.

– Cela ne se fait pas exactement ainsi, précisa-t-elle. Nous commençons par visualiser ce que nous désirons matérialiser et une faculté, dont nous ignorons le fonctionnement, va le chercher là où il s'en trouve.

– Donc, ce bagel existait déjà quelque part ?

– C'est ce que je crois. Cependant, personne ne peut le certifier.

– S'il vous plaît, assoyez-vous avec moi.

– Même si j'ai quitté cette vie il y a plus de deux cents ans, je n'ai pas réussi à me débarrasser de toutes mes habitudes terrestres. Ma position de bonne ne me permettait pas de partager la table de mes maîtres.

– Mais je n'en suis pas un, Esther. D'une certaine façon, je pense que nous sommes parents. C'est bien différent.

Elle considéra son argument pendant un instant, mais resta debout.

– Parlez-moi de vous, la pria Samuel.

– Je ne veux pas vous embêter comme Ulrik l'a fait.

– Ne pensez-vous pas qu'il est normal que je me renseigne sur cet endroit et ses habitants puisque je suis condamné à rester ici ?

– Sans doute... Eh bien, je m'appelle Esther Thompson.

– Pas Dragensblöt ?

– Le nom de notre ancêtre commun s'est perdu dès que son unique fille s'est mariée. Ensuite, il a souvent changé, comme vous le constaterez vous-même. Je suis la fille de Henry Thompson et Lucy Wilson. Mon père et sa sœur jumelle étaient ingénieurs. Ils sont morts à l'âge de trente-sept ans, victimes de la malédiction, quand la machine sur laquelle ils travaillaient leur a explosé dans les mains.

– Je suis vraiment navré.

– Vous les rencontrerez probablement plus tard. Ce sont des gens vraiment formidables.

– Quel âge aviez-vous lorsque votre père a perdu la vie ?

– Dix ans. Sa fortune étant épuisée, ma mère a dû vendre notre maison pour nous installer toutes les deux dans un petit appartement. Elle a alors trouvé du travail comme bonne. J'ai fréquenté l'école du quartier jusqu'à ce qu'elle tombe malade. Alors j'ai pris sa place pour que nous puissions payer le loyer et nous mettre quelque chose sous la dent. C'est en me mettant au service d'un grand seigneur que j'ai rencontré mon mari, Joseph Andersen.

– Andersen ? Comme moi ?

– C'est en effet grâce à lui que vous portez ce nom.

– Pardonnez-moi de vous avoir coupé la parole.

– Je comprends votre surprise, Samuel. Nous sommes tous passés par là. Nous avons alors acheté une petite maison non loin de celle de notre maître et nous y avons installé ma mère dont la santé déclinait. Anthony, notre fils unique, est né un an plus tard. Ma mère nous a quittés tout doucement un beau matin, au bout de six ans. Mon fils l'a beaucoup pleurée, car il passait une grande partie de son temps avec elle. Puis, quatre ans plus tard, alors que je repoussais constamment les avances du seigneur, celui-ci m'a fait empoisonner par ses cuisinières. Je sais bien que ce n'était pas sa faute. Il y a été poussé par la sorcière.

– Mais quel âge peut bien avoir cette femme si Ulrik a fait sa connaissance il y a neuf cents ans ? s'étonna Samuel.

– Nous avons longuement débattu cette question entre nous et nous en sommes venus à la conclusion qu'elle est immortelle.

– Ce serait donc la même femme qui me poussait à me jeter dans la Tamise ?

– Sans l'ombre d'un doute. Heureusement, nous sommes intervenus à temps.

– De quelle manière ? Je croyais que vous ne pouviez pas quitter le château...

– Deux d'entre nous ne semblent pas soumis à cette partie de la malédiction, soit mon arrière-grand-mère Isabel et moi. Nous avons été incapables d'empêcher la mort des quinze Andersen après moi, mais nous sommes arrivées à temps pour vous.

– Dois-je vous remercier de m'avoir sauvé la vie ou vous en vouloir parce que je suis coincé ici ?

– Je crains que notre intention ait surtout été égoïste, Samuel.

– Vous avez besoin d'un homme de votre lignée qui soit encore vivant pour ne pas être jetés en enfer ? tenta le musicien, ébranlé.

– Tout ce que nous désirons, c'est de connaître le repos éternel et de retrouver nos êtres chers qui ne nous ont pas suivis ici. Ulrik est persuadé que seul un de ses descendants peut renverser la malédiction.

– Mais comment ?

– Il vous l'expliquera en temps et lieu. D'ici là, profitez de cette période loin de vos anciens problèmes pour apaiser votre âme.

Tout comme Ulrik, elle s'effaça, mais plus lentement.

Samuel mangea en repassant les réponses des deux fantômes dans sa tête. Il avait manqué sa tentative de suicide grâce à eux, mais il ne savait pas encore ce qu'ils attendaient de lui.

– Renverser la malédiction ? murmura-t-il. Est-ce seulement possible ?

Chapitre 5

Une fois repu, Samuel se demanda ce qu'il pourrait bien faire d'autre que manger, dormir ou jouer du piano dans la magnifique résidence. Il décida d'aller prendre un peu d'air dans la cour et de faire le tour des lieux, à moins qu'elle soit elle aussi enchantée et qu'elle l'empêche de s'éloigner du château… Il sortit sur la terrasse et vit que le drakkar était toujours échoué au même endroit. Le musicien promena son regard sur l'étendue d'eau, puis sur les jardins, où poussaient toutes sortes de fleurs aux couleurs éclatantes. Il crut alors voir circuler un homme entre les tournesols et se rapprocha de la balustrade pour mieux le voir. Celui-ci aperçut Samuel et disparut aussitôt.

– Ils ont des fantômes jardiniers ? s'étonna-t-il.

Le musicien descendit du balcon par le large escalier en pierre et se dirigea vers le côté gauche de l'étang. Une douce brise soufflait sur la propriété. Il se demanda si elle était aussi créée par ses habitants, comme tout le reste. Il marcha sur le bord de l'eau, où s'élevaient parfois des roseaux. Il trouva même plusieurs bancs de parc dispersés autour du point d'eau. Lorsqu'il parvint à l'autre bout de l'étang, il constata qu'il était bien plus vaste que ce qu'il avait imaginé à partir du château. Il poursuivit tout de même sa route, car plus rien ne le pressait à présent.

Quand il eut contourné l'extrémité de l'étang, il aperçut une barque sur l'eau. Deux hommes y étaient assis, mais tout comme le jardinier, dès qu'ils le virent, ils disparurent.

– Ulrik a bien raison de dire qu'ils se méfient de moi, soupira Samuel.

Il prit place sur un banc pour réfléchir et capta l'odeur de ses vêtements.

– Je ne me souviens pas d'avoir vu de douche dans le château. J'espère qu'un de ces fantômes pourra m'en procurer une si jamais il n'y en a pas. Et une lessiveuse, aussi.

Il se demanda si quelqu'un remarquerait sa disparition, à Londres. Son barman, possiblement, et sa locatrice, sans aucun doute. Les musiciens qui comptaient sur lui pour de nouvelles compositions mettraient combien de temps avant de s'en apercevoir ? « Et Emily ? » s'attrista Samuel. Il devait la revoir le jour de son anniversaire, dans quelques jours. Comment réagirait-elle lorsqu'il ne se présenterait pas à son école avec un petit présent ?

– Si je m'étais jeté dans la Tamise au lieu d'aboutir ici, la police aurait fini par retrouver mon corps et ma fille aurait pu faire son deuil. Mais qui pourrait s'imaginer que la raison de mon absence, c'est que je suis captif dans un repaire de fantômes ?

Déprimé, il retourna à l'intérieur, où la chaleur le réconforta un peu. Il pénétra dans le salon et vit qu'une tasse de thé et quelques sablés au beurre l'attendaient sur le guéridon. Il les grignota, le regard perdu dans les flammes qui n'arriveraient jamais à consumer les bûches parce qu'elles étaient magiques. Esther choisit ce moment pour lui apparaître.

– Merci de ne pas avoir peur de moi, lui dit Samuel.

– J'ai déjà été vivante, rappelez-vous. Mieux encore, mon nouvel état spectral me permet de lire directement dans l'âme des autres. Vous êtes une bonne personne.

– Parfois…

– Je suis venue vous informer que je vous ai préparé une chambre. Ainsi, vous n'aurez plus à dormir sur le canapé. J'ai aussi demandé aux fantômes de ne pas s'y rassembler pour vous regarder dormir, la nuit.

– Merci mille fois, répondit le musicien en dissimulant son inquiétude de son mieux. Ma chambre est-elle à l'étage avec toutes les autres ?

– Elle est au rez-de-chaussée. Il n'y a aucune autre chambre dans le château.

– Mais j'en ai vu au moins une quarantaine, là-haut.

– Ces pièces ont une utilité différente.

Esther le conduisit dans la salle à manger. Sur le mur du fond se trouvait maintenant une porte double qui n'y était pas quelques heures plus tôt. La bonne poussa les deux battants et laissa entrer Samuel le premier.

– On dirait qu'elle a été meublée pour un roi… souffla-t-il, impressionné.

– Elle ne vous plaît pas ?

– Au contraire. Je n'ai jamais couché dans un lit aussi grand.

Elle lui pointa une autre porte à sa gauche.

– C'est votre salle de bains.

Samuel y jeta aussitôt un œil. Elle contenait tout ce dont il pouvait rêver et, surtout, une énorme douche en Plexiglas.

– Prenez tout votre temps, l'encouragea Esther. Vous aurez de l'eau chaude à volonté.

– Si c'était possible, je vous serrerais dans mes bras, Esther.

La bonne se contenta de sourire et de refermer la porte en reculant.

Le jeune homme se débarrassa immédiatement de ses vêtements et se réfugia sous la douche. Il se lava de la tête aux pieds avec un savon qui sentait vraiment bon. Après s'être épongé avec un moelleux drap de bain, Samuel découvrit que ses vêtements avaient été nettoyés, pliés et déposés sur sa commode. Il s'habilla et explora plus attentivement la chambre. Quelle ne fut pas sa surprise de trouver toutes ses affaires dans les tiroirs et les penderies.

– Mais comment...

Il quitta la pièce et partit à la recherche d'Esther. C'est plutôt sur Ulrik qu'il tomba dans le salon. Il était assis devant la cheminée et taquinait le feu avec le tisonnier.

– Pourquoi ce château se situe-t-il au beau milieu de Londres ? s'enquit Samuel.

– En réalité, il se dresse à Northumberland sous un paravent d'invisibilité. C'est le passage pour y accéder qui change de temps à autre.

– Donc, si j'arrivais à repasser les grilles, il se pourrait que je ne me retrouve plus dans ma ville ?

– Qui sait ?

Ulrik tourna lentement la tête vers son descendant.

– Tu es le seul Dragensblöt qui puisse mettre fin à notre supplice et il n'y a qu'une façon d'y parvenir, lui dit-il.

– En tuant la sorcière ?

– Personne n'y arrivera jamais. C'est une créature maléfique qui ne peut pas mourir.

– Comment, alors ?

– En m'empêchant de détruire sa maison. Ainsi, elle n'aura aucune raison de prononcer sa malédiction.

– À ce que je sache, les voyages dans le temps n'ont pas encore été inventés et ce n'est pas parce que les savants n'ont pas essayé.

– Ils échouent parce qu'ils ne possèdent pas de magie.

– Êtes-vous en train de me dire que votre esprit vous le permet ?

– Non, autrement je l'aurais déjà fait. La clé de notre délivrance se trouve dans le château, mais les fantômes n'y ont pas accès.

– C'est donc pour cette raison que vous m'avez attiré ici…

– Il n'est pas question que je passe encore mille ans dans cette prison, Samuel. J'en ai assez d'entendre mes descendants se plaindre sans arrêt.

– Revenons un peu en arrière, s'il vous plaît. Vous voulez m'envoyer dans le passé ?

– Toi seul peux y aller.

– À l'époque où les Vikings pillaient tout sur leur passage ? poursuivit le musicien, très inquiet. Je suis un de vos descendants, mais je n'ai certes pas le physique requis pour passer inaperçu sur un drakkar.

– Il est évident que ma constitution ne s'est pas transmise jusqu'à ta génération.

Samuel se mit à arpenter nerveusement le salon.

– Que se passera-t-il si je réussis ?

– Nous serons enfin libérés.

– Et que m'arrivera-t-il à moi ?

– Tu te retrouveras dans la rue où tu t'es arrêté quand tu as vu les grilles.

– Alors que j'étais en route pour la Tamise… Autrement dit, tout le monde sera délivré de ses tourments, sauf moi.

Bouleversé d'apprendre que rien ne changerait pour lui, le musicien quitta le salon et retourna dans la salle à manger, où Esther était en train de faire apparaître des couverts.

– Je ne veux pas reprendre mon ancienne vie ! lâcha-t-il. Ni continuer d'entendre d'autres artistes interpréter mes chansons pendant que je crève de faim !

– Je sais, Samuel. Mais pensez un peu à Emily.

Cette révélation le frappa en plein visage. Il était également un des descendants du Viking. C'était pour cette raison que sa vie n'avait été qu'une série de malheurs. Et Emily serait elle aussi soumise à la malédiction.

– Je refuse qu'elle souffre comme moi, s'étrangla-t-il.

– Si vous réussissez à changer le passé, la sorcière n'aura plus aucune emprise ni sur vous, ni sur Emily.

– Est-il aussi possible que je cesse d'exister ?

– Nous n'en savons rien.

Effrayé, le musicien poursuivit son chemin jusqu'à sa chambre, où il s'enferma.

– Ai-je vraiment envie de sacrifier ma vie pour une quarantaine de personnes que je ne connais même pas ?

– Pourtant, sans nous, vous ne seriez pas venu au monde, répliqua une voix d'homme qui n'était pas celle d'Ulrik.

Samuel fit volte-face et aperçut un homme richement vêtu, assis dans le fauteuil près de la fenêtre. Esther avait demandé aux fantômes de ne pas l'embêter la nuit. Elle ne leur avait apparemment pas défendu d'entrer dans sa chambre durant la journée.

– Je suis Andrew Bradley, se présenta l'inconnu, ou, si vous préférez, le descendant numéro vingt et un, comme se plaît à m'appeler Ulrik. J'étais avocat.

– Vous êtes celui qui a rédigé le faux testament ?

– Ce n'était pas ma spécialité, mais j'ai voulu faire plaisir au vieux Viking.

– Vous êtes donc d'accord avec sa démarche ?

– Je suis ici depuis plus de quatre cents ans, monsieur Andersen.

– Vous pouvez m'appeler Samuel. Je suis le numéro quarante-six.

Son ajout arracha un sourire à Andrew.

– Cette malédiction s'acharne sur nous à cause d'Ulrik. J'ignore si son plan fonctionnera, mais je ferai ce qu'il faut pour quitter cet endroit une fois pour toutes.

Le musicien s'approcha et s'assit sur le lit devant l'avocat. Ce dernier portait une chemise blanche ainsi qu'une redingote et un pantalon noirs. Autour de son cou était noué ce qui ressemblait à la fois à un foulard et à une cravate.

– Avez-vous aussi été victime de la malédiction ? lui demanda Samuel.

– Hélas, oui. Je suis le fils de William Bradley et de Diana Blyth. Je n'avais que onze ans quand mon père est mort et mon fils avait le même âge quand j'ai été poignardé dans une ruelle par un client mécontent de notre cabinet.

– Pas par la sorcière ?

– Je n'ai pas péri de sa main, mais il est évident qu'elle avait ensorcelé mon meurtrier pour qu'il fasse son sale travail. Sa soif de vengeance ne sera jamais assouvie.

– Elle a failli avoir ma peau également, avoua Samuel. Je ne suis pas insensible à vos souffrances, Andrew, mais je ne crois pas posséder la force requise pour accomplir ce qu'Ulrik attend de moi. Je suis un musicien et un pacifiste. Comment pourrais-je l'empêcher de détruire la maison de cette vieille femme ?

– Le sang des Dragensblöt coule dans vos veines, que vous le vouliez ou pas. Vous êtes un guerrier qui s'ignore.

– Je ne crois pas, non. Et puis, la sorcière me laissera-t-elle vraiment changer votre destin ?

– Nous n'avons pas l'intention de la mettre au courant, plaisanta Andrew.

– Qui vous a enfermés ici, Ulrik ou elle ?

Le sourire d'Andrew s'évanouit sur-le-champ.

– Nous ne nous sommes jamais posé la question.

– Ce château n'est-il pas la souricière de cette méchante femme ?

L'avocat hésita.

– C'est peut-être ici qu'elle a choisi de vous faire payer la faute de votre ancêtre, poursuivit Samuel.

Andrew comprit que la sorcière était sans doute au courant de tout ce qui se passait dans la demeure hantée. Désemparé, il disparut.

– Je ne veux pas passer pour un oiseau de malheur, mais il faut bien que vous en soyez conscients, ajouta Samuel, même si le fantôme n'était plus là.

Il s'allongea sur le lit et songea à sa fille. Il ne voulait pas qu'elle devienne aussi une victime de la malédiction des Dragensblöt, mais il ne voyait tout simplement pas comment il pourrait raisonner un Viking obsédé par les richesses que lui rapporterait un raid. « Et il n'était certainement pas seul à bord de son drakkar », soupira Samuel.

Cette entreprise lui semblait déjà vouée à l'échec. Il ferma les yeux et tâcha de rappeler à son esprit les quelques moments heureux de sa vie pour résister à la tentation d'aller chercher la bouteille de whisky dans le salon. Il se revit en train de bercer Emily quand elle n'était qu'un poupon qui pleurait la nuit. Ce souvenir le remplit aussitôt de joie. Il pensa si fort à la petite qu'il la sentit presque dans ses bras. Le sourire aux lèvres, il sombra dans le sommeil.

Chapitre 6

Même si la plupart des descendants d'Ulrik détestaient profondément ce dernier, ils étaient coincés dans le château avec lui et ils ne voyaient pas la fin de leurs tourments. En quittant Samuel, Andrew s'était rendu au salon, où le fantôme de son ancêtre aimait bien errer. Il le trouva assis devant le feu, songeur.

– Si tu es ici pour me répéter ta litanie de récriminations, je n'ai pas envie de l'entendre, l'avertit Ulrik.

– Je n'ai qu'une question, en fait. Qui a conçu le château ?

– Tu me le demandes quatre cents ans après ton arrivée ? répondit le Viking sans même se retourner.

– C'est la première fois que j'y songe. Cette résidence existait-elle lorsque vous êtes arrivé ici ?

– Elle était déjà là, oui, mais elle ne contenait rien.

– Appartient-elle à la sorcière ?

– Comment le saurais-je ?

– Vous avez bien fini par apprendre qu'elle se situait à Northumberland.

– Grâce à mon quarante-cinquième descendant et je ne sais pas comment il a fait.

– Possède-t-elle le pouvoir non seulement de nous empêcher de connaître le repos de l'âme, mais aussi de nous y enfermer pour l'éternité ?

– Peut-être bien. J'ai toujours cru que ça faisait partie de sa malédiction.

– Si je comprends bien, parce qu'il est vivant, Samuel n'est pas soumis à cette imprécation ?

– Tu es lassant avec toutes tes théories, Andrew, soupira Ulrik. J'ai attiré Samuel jusqu'ici pour éviter que la sorcière le noie dans le fleuve et je me suis dit que le fait qu'il puisse manipuler des objets et pas nous pourrait sans doute nous aider à sortir de cette prison.

– Mais vous ne savez pas comment.

– Pas encore, mais je n'arrête pas d'y songer.

– À mon avis, nous devrions en discuter tous ensemble.

Ulrik pivota lentement vers lui avec une expression d'incrédulité.

– Avec mes quarante-quatre autres descendants ? Rappelle-toi ce qui s'est passé la seule fois où nous avons eu une pareille réunion.

– C'était il y a fort longtemps.

– Vous n'étiez qu'une vingtaine et elle s'est soldée par une pluie d'insultes que je ne méritais pas.

– Je me dois d'insister, Ulrik. Il est primordial que nous mettions nos connaissances en commun afin de décider si Samuel peut ou non nous venir en aide.

– Fais ce que tu veux, Andrew.

– Je vais donc réunir tout le monde.

Le Viking haussa les épaules et continua de remuer les braises sous les bûches.

– Et je m'attends à vous y voir, ajouta l'avocat avant de disparaître.

Il réapparut dans la vaste salle à manger. D'un geste de la main, il allongea la table et dupliqua les chaises pour qu'elles puissent accueillir la communauté spectrale en entier. Il était parfaitement inutile d'y ajouter des rafraîchissements et des amuse-gueules, puisque aucun des fantômes ne pouvait boire ou manger. Ulrik avait raison de dire que ce ne serait pas facile, mais s'ils voulaient un jour sortir de là, ils devaient tenter quelque chose.

– Je vous convoque tous à une importante réunion, maintenant ! ordonna Andrew.

Ils commencèrent à se matérialiser les uns après les autres, debout derrière les sièges et pas nécessairement dans l'ordre de leur arrivée au château. L'avocat promena son regard de l'un à l'autre en se remémorant leurs noms : sa sœur Joyce la typographe, Thorfrid la guerrière, Gulbran le forgeron, Halvor et Svend les pêcheurs, Kjald et Steen les boulangers, Winter le meunier, Howe et Phillip les professeurs, Simon le tailleur de pierre, Adam le menuisier, Walter le charpentier, Peter le fauconnier, Geoffroy le bahutier, Nicholas et Isabel les potiers, Edith la tisserande, Juliet la pâtissière, Anwen la délaissée, William le médecin, Martin le gardien, Ambrose le jardinier, Phoebe la torturée, Paul le soldat, Jacob le pirate, Henry et Emeline les ingénieurs, Esther la bonne, Anthony le vampire, Stephen le politicien, Mark le violoniste, Jonas le tueur en série, Rose la petite traumatisée, Sidney l'ouvrier, Clara la tenancière, Lionel le pilote d'avion de chasse, Daisy, Charlotte, Elizabeth et Edward les jeunes victimes, Ben le hippie et Stuart le criminaliste. Ils échangèrent des regards inquiets, puis se tournèrent vers Andrew, debout à l'une des extrémités de la table.

– Merci d'avoir répondu à mon appel, fit-il.

– Tu sais bien que nous n'avons pas le choix, grommela Thorfrid. Quand un de nous provoque une réunion, nous y sommes tous attirés, que ça nous plaise ou pas.

– J'espère que tu as une bonne raison de nous obliger à être ici tous ensemble, ajouta Lionel, qui n'avait pas plus envie d'y être que son ancêtre Valkyrie.

Andrew fit la sourde oreille à leurs lamentations.

– J'aimerais que nous discutions de notre libération.

– Notre libération ? répéta Anthony, intéressé.

– Si tu penses retourner dans le monde des vivants pour continuer de boire le sang de pauvres gens, oublie ça, l'avertit Esther. C'est de la poursuite de l'évolution de notre âme dont Andrew veut nous entretenir.

– Comme si c'était possible, ironisa Jonas.

– Eh bien, je crois que ce pourrait l'être, poursuivit Andrew.

Ulrik passa au travers du mur derrière lui, provoquant des murmures de mécontentement dans la petite assemblée. Même les cinq jeunes enfants fantômes firent la grimace en l'apercevant.

– Moi aussi, je suis heureux de vous revoir, répliqua le Viking en prenant place à côté de l'avocat. Qu'on en finisse.

– Vous avez sûrement tous remarqué la récente arrivée d'un nouveau descendant, n'est-ce pas ? continua Andrew.

– J'ai en effet capté une perturbation dans l'énergie du château, affirma Ben.

– Qu'est-ce que c'est, une « perturbation » ? demanda Gulbran, intrigué.

Thorfrid, sa mère, lui fit signe de se taire.

– À la demande d'Ulrik, Esther et Isabel ont réussi, je ne sais comment, à le soustraire à la mort juste au moment où la sorcière s'apprêtait à le tuer, expliqua Andrew.

– Il est ici et il est vivant ! Pourquoi Ulrik a-t-il fait ça pour lui et pas pour nous ? s'offusqua Stephen.

– Pour un tas de raisons que vous ne pourriez pas comprendre, maugréa le Viking.

– Ce n'est pas ce dont je veux vous parler, précisa Andrew en conservant son calme.

– Cessez de l'interrompre, exigea Henry.

– Ce quarante-sixième descendant pourrait bien être l'instrument de notre salut.

À l'autre bout de la table, Stuart écarquilla les yeux avec stupeur.

– Samuel est ici ? s'étrangla-t-il, bouleversé.

– C'est ton fils, donc, comprit Ulrik.

– Mais comment est-ce possible ?

– Si vous n'aviez pas tous aussi peur de ce qui vit, tu aurais immédiatement su que c'était lui, grommela le Viking.

– Je vous en prie, revenons au sujet qui nous intéresse, réclama Andrew.

– Que pourrait-il faire pour nous ? le pressa Thorfrid.

– Ceux qui étaient là lors de notre dernière rencontre se souviendront que nous en étions venus à la conclusion que chaque porte de l'étage concerne l'un d'entre nous.

– Mais personne n'a jamais été capable de déchiffrer ce qui y est écrit, leur rappela Jacob.

– Je suis d'avis que nos passés respectifs se trouvent juste derrière, laissa tomber Ulrik.

– Et tu en es venu à cette conclusion de quelle façon ? lui demanda sa fille avec scepticisme.

– Je suis ici depuis le début, alors j'ai pu remarquer que chaque fois qu'il arrivait un de mes descendants au château, une nouvelle porte apparaissait dans le couloir.

– C'est vrai qu'il y a quarante-six portes là-haut, confirma Howe.

– Ouais, la mienne et les vôtres. Le problème, c'est qu'au fur et à mesure qu'il s'en ajoute une, les autres se déplacent au hasard.

– Donc, on ne sait pas derrière laquelle se cache une vie en particulier, comprit Phillip.

– Exactement.

– Pourquoi est-ce que nous sommes en train de parler de portes ? s'impatienta Thorfrid.

– Parce que nous ne pouvons pas les ouvrir, mais Samuel, oui.

Le silence tomba dans la pièce alors que tous réfléchissaient à l'impact de ce que venait de leur apprendre Ulrik.

– Pour quelle raison les ouvrirait-il ? demanda finalement Joyce.

– Si Samuel pouvait retourner dans mon passé, il pourrait m'empêcher de démolir la maison de la sorcière et ainsi faire disparaître la malédiction, expliqua Ulrik.

– C'est brillant, le félicita Emeline.

– Mais est-ce seulement réalisable ? douta Thorfrid.

– Je n'en sais rien, mais si nous ne tentons pas quelque chose, il continuera d'arriver des victimes ici pendant encore des centaines d'années, lui fit remarquer le Viking.

– Qu'arrivera-t-il s'il n'ouvre pas la bonne porte ? demanda Ambrose.

– S'il se retrouve dans ma vie à moi, par exemple, intervint Clara. Il ne réglera pas grand-chose, mais il aura bien du plaisir.

– Nous devons donc à tout prix déchiffrer ce qui est écrit sur chaque porte, décida Lionel.

– Il n'y a malheureusement pas eu de linguiste parmi mes descendants, déplora Ulrik.

– Et si ça faisait partie des talents de Samuel ? lança Esther.

– On ne sait presque rien de lui, pour l'instant, admit Andrew.

– Il n'est pas question non plus que vous l'agressiez pour en savoir davantage, les avertit le Viking.

– Vous avez raison. Il faut choisir tout de suite ceux qui pourront l'approcher avec ce but en tête.

Puisque aucune main ne se levait autour de la table, Esther et Isabel se portèrent volontaires. Les autres craignaient encore trop les vivants.

– Nous avons aussi un autre souci, ajouta Andrew.

– Il me semblait bien que c'était trop simple, marmonna Martin.

– Personne ne s'est jamais posé la question, mais il se pourrait que ce château ait été créé par la sorcière, même s'il ne faisait pas partie de la malédiction originale, martela Andrew. Donc, à partir de maintenant, afin de ne pas la laisser saboter nos efforts, je vous demanderais d'oublier tout ce qui s'est dit ici aujourd'hui et de me faire confiance. Je dirigerai seul l'opération de sauvetage pour ne pas ajouter à vos souffrances.

– Parle pour ceux qui ont peur de la douleur, protesta Thorfrid. Moi, elle ne me fait pas peur.

– Alors, d'accord, laissez-moi reformuler ma phrase. J'exige que vous ne pensiez plus à ce que nous projetons de faire pour que la sorcière ne nous déménage pas en enfer.

– Oui, là, c'est plus clair, plaisanta Clara.

– Merveilleux.

– Maintenant, il faut faire avaler ça à Samuel, lâcha Ulrik.

– Je m'en occupe, tenta de le rassurer Andrew. Cette rencontre est terminée.

Les fantômes disparurent d'un seul coup.

L'avocat demeura debout près d'Ulrik. Il préparait déjà son argumentation.

– Pourquoi te sens-tu obligé de leur demander leur avis ? s'enquit le Viking.

– Parce que nous sommes tous dans la même galère.

– Bonne chance avec Samuel, car ça ne sera pas facile. Il manque totalement de confiance en lui.

– Mais il aime sa fille plus que tout au monde, alors il fera son devoir.

Au lieu de retourner dans la bibliothèque, où il avait passé les neuf dernières années, Stuart se matérialisa dans la chambre où dormait son fils. Esther lui avait demandé de ne pas y aller la nuit, mais elle n'avait émis aucune restriction au sujet de la journée. Il demeura debout près du lit et contempla le visage de Samuel, qu'il n'aurait pas cru revoir aussi rapidement. Tout comme les autres descendants d'Ulrik, le jour de sa mort, son âme se retrouverait dans le château. « Mais il est vivant », s'émerveilla Stuart.

Samuel avait été un enfant docile et charmant, sauf qu'il avait décidé de gagner sa vie dans le monde de la chanson. Stuart n'avait pas tout de suite compris pourquoi il n'avait pas choisi de marcher dans ses pas à lui. Contrairement à Evelyne, son épouse pianiste, le garçon n'était pas un interprète. Il ne jouait que ses propres compositions. Après sa collation des grades à l'académie de musique, au lieu de devenir professeur, il avait envoyé sa démo à une maison de disques, qui lui avait offert un contrat. Samuel avait commencé à jouer dans des clubs londoniens. Stuart était même allé l'écouter en cachette. Le talent de son fils était indéniable, mais pourquoi tenait-il tant à se produire devant le public blasé de la plupart de ces établissements ? C'était lors d'un tel spectacle que le jeune musicien avait rencontré Kathryn, la fille d'un homme très influent. Elle était tombée enceinte quelques mois plus tard, alors qu'elle n'avait même pas terminé ses études de traduction. Toutefois, l'avocat n'avait jamais pu voir le bébé, puisqu'il avait été tué à coups de couteau dans sa maison, le jour de sa naissance.

Stuart hésita à réveiller Samuel, qui pouvait encore dormir à poings fermés, ce qui n'était pas le cas des fantômes. Neuf ans sans fermer les yeux, sans manger ni boire... sans pouvoir aller où que ce soit. « Mais il y en a qui sont plus à plaindre que moi », se consola le criminaliste, en songeant à Ulrik qui était emprisonné dans la résidence depuis plus de neuf cents ans. Il allait partir quand le musicien s'agita, sans doute en proie à un rêve ou à un cauchemar. Samuel se redressa brusquement sur ses coudes en battant des paupières.

– Papa ? se réjouit-il.

– Je suis désolé, Sam. Je ne voulais pas troubler ton sommeil.

– J'aurais dû me douter que tu étais quelque part dans le château.

Le musicien finit de s'asseoir en posant sur son père un regard à mi-chemin entre la joie et la tristesse.

– Est-ce que ça va ?

– Maintenant, oui, mais les premiers temps, je n'acceptais pas d'être ici avec tous ces curieux personnages.

– Puis-je te rappeler qu'il s'agit de nos ancêtres ?

– L'évolution de notre famille ne s'est pas tout à fait passée comme je l'avais imaginé. J'étais loin d'imaginer que nous descendions d'une espèce de guerrier sanguinaire dont le seul but dans la vie était de piller des villages.

– Je ne le connais pas encore beaucoup, mais je suis certain qu'il doit avoir des qualités, le défendit Samuel.

– C'est vrai que tu as hérité de l'indulgence de ta mère.

– Est-elle ici ?
– Non. Seuls les héritiers d'Ulrik subissent ce châtiment. Nous avons donc tous été séparés de nos femmes et de nos maris. Cependant, les fantômes finissent par être réunis avec leurs enfants. Ce n'est pas dans des circonstances très plaisantes, mais ces retrouvailles nous apportent du réconfort.
– Sauf que je ne suis pas mort.
– Je viens en effet d'apprendre que tu l'as échappé belle.
– C'est ce qu'on dit, mais quand je me suis dirigé vers le fleuve pour y finir mes jours, c'était par choix. Je n'ai jamais senti qu'une vieille sorcière m'y poussait.
– Tu dois faire attention, Sam. Elle est très rusée.
– Maintenant que je connais son existence, je vais me tenir sur mes gardes.
Il tendit la main pour prendre celle de son père, mais passa à travers.
– Le manque de contact physique fait également partie de notre punition, soupira Stuart.
– Ce doit être atroce...
– Plus que tu peux l'imaginer.
Le fantôme fit un effort pour lui cacher son chagrin.
– Est-ce que tu as eu un garçon ou une fille ? s'enquit-il.
– Une fille. Nous l'avons appelée Emily. C'est le portrait de Kathryn.
– Elles doivent être mortes d'inquiétude de ne pas savoir où tu te trouves.
– Nous ne vivions plus ensemble, avoua Samuel en baissant les yeux. Tous les malheurs qui me sont tombés dessus ont eu raison de la patience de Kathryn. Elle a demandé le divorce et elle est partie avec notre fille.
– Est-ce pour cette raison que tu as voulu te tuer ?

– C'est plus compliqué que ça, soupira le musicien. Disons que je voulais mettre fin à toutes ces malchances qui me tombaient constamment dessus.

– Je ne suis pas ici depuis très longtemps, mais j'ai tout de même appris que la sorcière s'est toujours fait un malin plaisir de séparer les parents et leurs enfants avant que ceux-ci deviennent des adultes.

– En effet, Emily n'a que neuf ans.

– C'est pour elle que tu vas risquer ta vie et tenter de mettre fin à la malédiction ?

– Je n'ai pas encore accepté cette mission et pour tout te dire, je ne sais même pas comment je pourrais y arriver. Il faut que je prenne le temps d'y penser.

– Rien ne presse, Sam. Nous n'irons nulle part.

– Je te promets d'étudier la question sous tous ses angles, parce que j'aimerais vraiment tous vous libérer et peut-être même vivre enfin heureux.

– J'ai confiance en toi, mon fils.

Stuart s'évapora avant que Samuel ait pu lui dire qu'il l'aimait.

– Ils ont tous confiance en moi, sauf moi, soupira-t-il en marchant vers la porte.

Chapitre 7

Désemparé, Samuel retourna dans le grand salon, où se trouvait le piano à queue. Chaque fois qu'il ne savait plus quoi faire, il se réfugiait dans sa musique. Tiraillé entre sa crainte de l'aventure et son devoir de sauver ses ancêtres, il prit place sur le banc et se mit à jouer la mélodie d'une de ses tristes chansons d'amour. Il en avait écrit beaucoup après son divorce. Il s'imagina en train de retenir Ulrik par sa tunique pour l'empêcher de débarquer sur les terres de la sorcière. « Il va me mettre en pièces », soupira-t-il intérieurement. Car si le fantôme du Viking le connaissait maintenant, une fois plongé dans le passé, ces souvenirs n'existeraient pas dans la tête du guerrier.

Le gémissement d'un violon fit sursauter Samuel. Il leva la tête et aperçut un homme à quelques pas de lui qui en jouait pour l'accompagner. Le pianiste rallongea donc sa composition pour lui faire plaisir, puis s'arrêta dix minutes plus tard. L'homme aux cheveux bruns, qui retombaient comme un rideau du côté droit de son visage, était très grand. Il portait une redingote noire sur un gilet gris clair et une chemise blanche à haut col, ainsi qu'un pantalon gris sombre et des chaussures noires reluisantes. Il semblait être au début de la trentaine. Il portait la moustache et ses yeux sombres étaient infiniment tristes.

– Vous ne savez pas à quel point je suis heureux de voir enfin arriver un autre musicien dans ce château, déclara-t-il avec un accent vraiment étrange. Je me sentais plutôt perdu au milieu de ces pêcheurs, meuniers, tailleurs de pierre, forgerons, menuisiers et j'en passe.

– J'imagine qu'ils ne partagent pas tous votre passion pour la musique, répliqua Samuel, empathique.

– Il n'y a qu'Ulrik qui aime m'entendre jouer. Les autres me chassent. Alors, je m'enferme dans l'une des tours pour m'adonner à mon art.

« Pourquoi mâche-t-il ainsi ses mots ? » se demanda Samuel.

– Qui êtes-vous, exactement ?

– Je m'appelle Mark Andersen. Je suis le fils de Stephen Andersen et de Florence Evans.

– Je suis aussi un Andersen. S'il vous plaît, parlez-moi de vous.

– Il n'y a pas grand-chose à dire sauf que j'étais un enfant heureux jusqu'à la mort de mon père. Je n'avais que dix ans. Ma mère m'a alors élevé de façon très stricte. C'est elle qui m'a forcé à apprendre le violon pour que j'acquière de la persévérance et de la discipline. Je suis devenu un virtuose et j'ai joué avec de grands orchestres partout en Europe… jusqu'à ce que je rencontre ma femme, Ursula, une talentueuse violoncelliste. J'ai hérité de la grande maison de mes parents et je m'y suis installé avec elle. C'est à partir de ce moment que ma vie a chaviré.

« Tiens donc, ça ressemble à mon histoire », songea Samuel.

– Nous avons d'abord eu un garçon, que nous avons prénommé Jonas. Cet enfant était d'un calme désarmant, mais ce qui nous a le plus chagrinés, c'est que chaque fois que nous tentions de jouer des pièces classiques ensemble, il se mettait à pleurer jusqu'à ce que nous nous arrêtions. Ursula a donc décidé de lui faire suivre des cours de piano pour lui faire aimer la musique. Cela n'a duré qu'un mois. Jonas faisait si peur à son professeur qu'il a refusé de continuer les leçons. Mon fils a commencé à nous éviter et à rester seul dans sa chambre jusqu'à la naissance de Rose, sa sœur. La petite n'avait que quelques mois quand Jonas est entré dans le salon où je me reposais, un couteau à la main. Je n'ai pas eu le temps de lui demander ce qu'il faisait là avec une arme. Il s'est mis à me poignarder sans que je puisse la lui enlever. Et...

Samuel vit le violoniste frissonner d'horreur et s'attendit au pire.

– ... il m'a ouvert la bouche avec une main et il m'a tranché une partie de la langue avec l'autre.

Mark lui montra l'organe atrophié. C'était donc pour cette raison qu'il parlait de façon si étrange.

– Je ne pouvais plus appeler à l'aide. Il a reculé et il m'a regardé me vider de mon sang. Juste avant de perdre la vie, j'ai vu, derrière Jonas, une vieille femme qui me souriait.

– La sorcière...

– Mais ce n'est pas mon trépas prématuré qui me cause le plus de chagrin. C'est tout le mal que mon fils a fait après ma mort.

– Il a continué à tuer ?

– Hélas, oui. Je n'ai cessé depuis de me demander ce que nous avions pu faire, ma femme et moi, pour qu'il se transforme en un tel monstre.

– Dans ce cas, cessez de vous torturer, parce que c'est certainement la sorcière qui l'a poussé à agir ainsi. Je ne vous connais pas tous encore, mais je commence à percevoir l'influence de cette vieille femme dans plusieurs des drames qui ont ébranlé cette famille.

– Peut-être bien…

– Jonas se trouve-t-il au château ?

– Oui, mais il m'évite.

– Maintenant qu'il est un fantôme, j'imagine qu'il ne peut plus agresser personne, voulut s'assurer Samuel.

Mark secoua la tête.

– Je vous en prie, jouons encore un peu, réclama-t-il. Vous ne savez pas à quel point vous me faites du bien.

– Il y a un petit détail qui me tracasse, Mark. Si les fantômes ne peuvent pas prendre des objets avec leurs mains, comment se fait-il que vous teniez un violon dans les vôtres ?

– Ils ne peuvent pas utiliser ceux qui se trouvent dans le monde mortel, c'est vrai, mais ils peuvent encore manipuler tout ce qui leur a inspiré de la passion ou de fortes émotions quand ils étaient vivants. En ce qui me concerne, c'est mon violon et mon archet. Thorfrid est capable de matérialiser les armes qu'elle a chéries. Ulrik arrive à se servir du tisonnier, parce que cet outil a très longtemps fait partie de sa vie de Viking. Clara, c'est son porte-cigarette, sauf qu'elle ne peut pas allumer quoi que ce soit.

– Et moi, ce sera sans doute mon piano…

Ils jouèrent pendant une heure, puis Mark se dématérialisa, le sourire aux lèvres. Samuel retourna à l'étage pour étudier les portes. Il marcha de l'une à l'autre sans se presser. Elles étaient faites du même vieux bois, avec des charnières et une poignée en métal. Sur chacune, à la hauteur des yeux, étaient gravées des inscriptions composées de symboles étranges. Puisqu'elles étaient toutes différentes, elles devaient sûrement représenter des mots distincts, mais dans quelle langue ?

– Ce sont des runes, lui apprit Ulrik, qui venait de se matérialiser derrière lui.

– C'est un système d'écriture de votre époque, répliqua Samuel en se retournant. Pouvez-vous les déchiffrer ?

– Malheureusement, je n'ai jamais appris à lire. J'étais trop occupé à prendre soin d'une fillette et à nous nourrir.

– Et elle ?

– Je ne pouvais pas lui enseigner ce que je ne connaissais pas.

– Avons-nous accès à Internet au château ?

– Je ne sais même pas ce que c'est.

– C'est la façon d'accéder à une immense banque de données.

– Une banque ?

– Un grand hall où sont compilées toutes les informations de la planète.

– Alors, non. Nous ne possédons rien qui ressemble à ça.

– Un logiciel de traduction nous aurait été très utile pour comprendre ces caractères.

– Es-tu capable d'ouvrir ces portes ?

– J'ai essayé, à mon arrivée ici, mais elles sont verrouillées.

Une petite fille apparut alors au milieu du couloir. Elle ne devait pas avoir plus de douze ans et portait une robe grise et bleue d'une autre époque. Ses cheveux blonds tombaient en boudins de chaque côté de sa tête. D'une main, elle tenait une vieille poupée de chiffon.

– C'est Rose, ma trente-sixième descendante, fit Ulrik.

– Les portes ne s'ouvrent que lorsque la sorcière retourne dans sa grotte, laissa-t-elle tomber sur un ton neutre.

– Comment le sais-tu ? demanda Samuel.

Elle haussa les épaules. Il s'approcha donc d'elle.

– Tu les as vues s'ouvrir ?

– Non, mais quand la magie de la sorcière quitte le château, tout devient possible.

– Ce n'est qu'une enfant, grommela Ulrik. Elle ne peut pas en savoir plus que nous à ce sujet.

– Je sais beaucoup de choses, mais personne ne m'écoute, rétorqua Rose.

– As-tu suivi cette femme jusqu'à sa grotte ? continua de la questionner Samuel.

La fillette hocha la tête.

– Où se trouve-t-elle ?

– Très loin dans le jardin.

– Oublie tout de suite l'idée de l'y enfermer, l'avertit le Viking. Elle te tuerait.

– Est-il possible de le savoir quand elle se retire dans la grotte ? poursuivit Samuel en ignorant le commentaire d'Ulrik.

– Oui et c'est même facile.

Rose tourna les talons et marcha en direction de l'unique fenêtre au bout du couloir.

– Je t'aurai prévenu, lâcha Ulrik.

Samuel suivit l'enfant et s'arrêta derrière elle. Elle pointait l'index en direction du jardin.

– La fontaine ?

– Quand elle arrête de couler, les portes peuvent être ouvertes.

– À partir de quelle heure ?

– Je ne sais pas… le matin.

– Pendant combien de temps ?

– Elle se remet à couler le lendemain au même moment.

– Donc vingt-quatre heures…

Le musicien se tourna vers le Viking, qui était resté sur place.

– Ce pourrait être aussi simple que ça ? s'étonna-t-il.

– C'est difficile pour les adultes parce qu'ils se torturent l'esprit, commenta Rose.

– Combien de fois par année la sorcière disparaît-elle ainsi ? lui demanda Samuel.

– Une fois par semaine.

– Alors tout n'est pas perdu…

L'enfant s'effaça comme un mirage et Samuel marcha jusqu'à Ulrik, le cerveau tournant à plein régime.

– À ta place, je vérifierais ses dires avant de sauter de joie, lui recommanda l'aïeul.

– C'est exactement ce que je vais faire.

Le musicien sortit dans le jardin et s'approcha de la fontaine, qui ressemblait à celles des grands palais d'Europe. C'était un bassin en forme de soucoupe avec un dragon en pierre assis au centre, de la gueule duquel coulait de l'eau. À la surface flottaient des nénuphars dont certains étaient en fleur. « En plein hiver… » ne put s'empêcher de penser Samuel. Cet endroit existait véritablement en dehors du temps. Il fit le tour de la fontaine en se demandant si Rose avait raison ou si elle avait inventé cette histoire pour se rendre intéressante. Il arriva nez à nez avec le jardinier qu'il avait déjà aperçu lors d'une promenade autour de l'étang. Cette fois, il ne sembla pas vouloir le fuir. Samuel remarqua qu'il était de la même taille que lui. Ses cheveux blonds s'arrêtaient sur ses épaules et il avait les yeux du même bleu que ceux d'Ulrik.

– Vous êtes Samuel, n'est-ce pas ?

– Le seul et unique. Je suis le quarante-sixième descendant.

– Et moi, le vingt-quatrième. Pardonnez-moi de ne pas m'être présenté plus tôt.

– Je comprends votre méfiance à tous.

– Je m'appelle Ambrose Bradley. Je suis le fils de Martin Bradley et de Monica Aston. Je ne veux pas me mêler de ce qui ne me regarde pas, mais vous semblez fasciné par la fontaine. Est-ce que je me trompe ?

– Vous avez parfaitement raison. J'essaie de déterminer s'il est vrai qu'elle s'arrête de couler de temps à autre.

– J'ai déjà mentionné cette étrangeté aux autres, répondit le jardinier en se grattant doucement le menton, mais cela ne les a pas du tout intéressés.

– Savez-vous pourquoi cela se produit ?

– Personnellement, non. Mais la petite Rose est d'avis que la fontaine réagit à l'absence de la sorcière dans la région.

Cela confirma les craintes de Samuel. Les fantômes se trouvaient bel et bien sur un domaine créé par la vieille femme pour les retenir prisonniers à jamais. Il ne serait pas facile de les en libérer.

– Qui pourrait me le confirmer ? demanda-t-il en tâchant de se montrer brave.

– Une autre sorcière, sans doute, mais nous n'en voudrions pas ici.

– Je trouverai donc une façon différente de me renseigner.

Ambrose lui parut alors hésitant.

– Est-il vrai que vous êtes encore vivant ? osa-t-il demander.

– Eh oui. La sorcière m'a manqué.

– Vous avez de la chance.

Le jardinier s'approcha d'un massif de fleurs qu'il ne pouvait pas effleurer avec ses mains, puisque celles-ci étaient réelles et lui, non.

– Pourriez-vous me raconter ce qui vous est arrivé ? s'enquit Samuel.

– À quoi bon ?

– J'essaie seulement de mieux vous connaître. Mes parents ne se sont jamais donné la peine de faire dresser notre généalogie. J'ignorais même que mon lointain ancêtre était un Viking.

– Tout comme moi.

– Étiez-vous au courant de la malédiction avant votre mort ?

– Pas du tout, mais mon père se doutait de quelque chose, car beaucoup de nos ancêtres ont perdu la vie de façon étrange. Lui-même s'est cassé le cou en descendant un escalier qu'il empruntait cinquante fois par jour. Quant à mon grand-père avocat, il s'est fait poignarder par un client mécontent.

– Vous êtes le petit-fils d'Andrew ?

– C'est exact, mais je n'ai pas eu le bonheur de le connaître de son vivant. J'avais seize ans quand mon père est mort. Il en avait onze quand le sien a été assassiné. Ma mère m'a remis mon héritage et elle est allée se réfugier chez sa sœur. J'étais bien jeune pour commencer ma vie d'adulte, mais j'avais aussi une bonne tête sur les épaules. Je me suis acheté une petite maison et j'ai découvert ma passion pour les végétaux. J'ai appris tout ce que je pouvais à leur sujet auprès d'un vieux jardinier et je me suis finalement trouvé du travail dans un grand jardin de Londres. Quatre ans plus tard, j'ai épousé mon amie d'enfance. Mildred était teinturière. Notre fille Phoebe est née cinq ans plus tard. Nous avons mené une vie tranquille jusqu'à ce qu'un insecte venu d'on ne sait où me pique. Je suis mort quelques jours plus tard dans d'horribles convulsions.

– Vous m'en voyez navré.

– Heureusement, les douleurs ont cessé dès que j'ai ouvert les yeux ici. Au fil du temps, j'ai retrouvé ici mon père, mon grand-père et ma fille, mais pas ma femme ni ma mère. Mais plus important encore, j'ai découvert les magnifiques jardins du château. Je suis sans doute le seul de ses habitants à ne pas me plaindre de mon sort. J'aime les longues heures que je passe au milieu des fleurs.

– Et aucun insecte ne peut vous piquer désormais, lui fit remarquer Samuel.

– Vous avez bien raison.

L'expression d'Ambrose devint plus sérieuse.

– Est-ce vrai que vous nous débarrasserez de la malédiction ?

– Je suis prêt à essayer, mais je ne sais pas si je réussirai.

– La fontaine arrête de couler pendant un certain nombre d'heures tous les sept jours. Est-ce que ce sera suffisant pour que vous puissiez faire quelque chose ?

– C'est une excellente question, Ambrose. Je n'ai aucune idée de ce qui m'attend derrière toutes ces portes à l'étage du château.

– Vous pourriez être tué.

– Je n'arrête pas d'y penser, mais je dois faire quelque chose pour me protéger moi-même de cette malédiction qui, heureusement, ne m'a pas encore coûté la vie.

– Dans ce cas, vous êtes le plus brave des descendants d'Ulrik, car je les connais suffisamment pour savoir qu'aucun ne courrait ce risque pour sauver tous les autres.

– Je vous assure qu'il s'agit surtout d'une quête personnelle, tenta de plaisanter Samuel. Je veux que ma fille ait une vie heureuse, même si je dois perdre la mienne.

– Vous avez toute mon admiration. Soyez prudent. La fontaine a recommencé à couler il y a deux jours. Elle s'arrêtera donc dans cinq jours, tout de suite après le lever du soleil.

Ambrose se dématérialisa en souriant tristement. Samuel poursuivit sa route autour du plan d'eau en réfléchissant à sa décision. Chaque fois qu'il éprouvait le moindre doute, le visage d'Emily apparaissait dans ses pensées.

– Je serai ton héros sur un cheval blanc, ma chérie, mais tu n'en sauras jamais rien…

Chapitre 8

Samuel passa plusieurs heures à l'extérieur. Assis sur un banc près des roseaux, il contempla d'abord la surface tranquille de l'eau, où se formaient parfois des ronds ici et là. « Sans doute des poissons ou des grenouilles », devina-t-il. Depuis son arrivée, le ciel avait toujours été bleu et les nuages y étaient presque inexistants. « Est-ce qu'il pleut parfois sur ce domaine onirique ? » La végétation avait besoin d'eau pour ne pas se dessécher, tout comme l'étang devant lui. Si la sorcière avait créé cette prison à l'origine, savait-elle que ses captifs l'avaient transformée en un véritable paradis ? Le domaine était immense. On ne pouvait apercevoir aucune autre habitation à des kilomètres à la ronde, que des prairies ou des forêts sans fin. Les jardins étaient magnifiques et l'étang invitait à la méditation. Le château lui-même offrait un confort sans pareil, même si ses habitants n'en profitaient pas. Est-ce qu'elle les laissait ajouter tout ce dont ils avaient envie justement parce qu'ils ne pouvaient pas en jouir ?

Le musicien se leva pour terminer sa marche autour de l'étendue d'eau. La vie à cet endroit était bien plus agréable qu'en plein Londres. L'air était pur, bien qu'un peu frais. Mais il n'y avait pas d'oiseaux… Samuel s'arrêta à l'orée de la forêt et tendit l'oreille. Il ne perçut absolument aucun bruit, seul le murmure du vent dans les feuilles.

– Je n'ai que cinq jours pour me préparer, se rappela-t-il. Je ne dois pas perdre de temps.

Son estomac se mit à gronder, ce qui le décida à rentrer.

Sur la table de la salle à manger, il trouva une assiette de poisson et de frites ainsi qu'une chope de bière bien froide. « On dirait qu'Esther lit dans mes pensées », songea-t-il.

Affamé, il avala la nourriture comme un louveteau, puis s'adossa sur sa chaise pour siroter la bière. Il n'avait jamais aussi bien mangé que depuis qu'il vivait au château. « Dire qu'il y a à peine une semaine, je ne pouvais me payer qu'un seul repas par jour. » Mais il n'était pas en vacances dans cet endroit magnifique. Il avait une mission à accomplir. Il se concentra donc sur ce que les fantômes attendaient de lui, soit libérer leurs âmes pour qu'elles puissent enfin jouir de leur repos éternel.

– Mais comment empêcher un puissant guerrier viking comme Ulrik de détruire la maison de la sorcière ? soupira-t-il. Je ne peux certainement pas le provoquer en duel avant son départ. Il me tuerait d'une seule main. Mais peut-être que je pourrais percer un trou au fond de son embarcation pour l'empêcher de partir...

Rose apparut alors à l'autre extrémité de la longue table. Il n'y avait aucune expression sur son visage. Pourtant, elle avait connu une mort horrible aux mains de son frère...

– Tu peux approcher, l'invita Samuel.

La fillette remonta jusqu'au musicien en serrant sa poupée contre elle et s'arrêta à quelques pas de lui en le fixant droit dans les yeux.

– Je m'appelle Samuel, se présenta-t-il, et nous sommes parents.

– Je sais. Quel est ton numéro ?

« Décidément, Ulrik a traumatisé tout le monde avec sa manie d'octroyer un ordre à ses descendants », nota-t-il.

– Quarante-six.

– Moi, je suis la trente-sixième et j'ai peur de l'eau.

– Tout comme moi, avoua Samuel. Je ne sais même pas nager.

– Même si j'avais appris, cela n'aurait rien changé.

Le regard de Rose descendit jusqu'à l'assiette vide.

– Tu as de la chance de pouvoir manger.

– Je le regrette si ça te fait de la peine.

– J'adorais les crêpes aux fruits. Est-ce que tu les aimes, toi aussi ?

– Personnellement, je préfère tout ce qui est salé.

La petite fit la grimace.

– Est-ce que tu accepterais de me parler de toi, Rose ?

– Pourquoi ?

– Pour m'aider à mieux te connaître.

– Que veux-tu savoir ?

– Tout ce que tu peux me dire.

– Mon père s'appelle Mark Andersen et ma mère Ursula. Je les aimais beaucoup. Ils faisaient de la belle musique, mais mon frère ne pouvait pas la supporter. Je pense que ses oreilles ne devaient pas être normales. On m'a raconté qu'il criait et qu'il sortait dehors dès que nos parents commençaient à jouer. Moi, quand j'ai eu son âge, je me mettais à danser avec mes poupées comme les grandes personnes dans les réceptions quand ma mère jouait du violoncelle.

– Est-ce que tu allais à l'école ?

– J'avais un professeur qui venait chez nous. Il m'a enseigné à lire et à compter. J'ai aussi appris à jouer du violon comme mon père, mais je n'ai pas pu devenir aussi douée que lui, parce que je suis morte trop jeune.

– Est-ce que tu te rappelles ce qui t'est arrivé ?

La fillette fut secouée d'un frisson d'horreur.

– Jonas m'a écrasée au fond du bain et tout est devenu noir. Quand j'ai ouvert les yeux, j'étais ici. J'ai eu très peur, parce que ce n'était pas ma maison et je me suis cachée. C'est mon papa qui a fini par me trouver. Il ne m'a pas reconnue tout de suite, parce que je n'étais qu'un bébé quand il est mort. Il m'a beaucoup rassurée. Je suis restée longtemps avec lui pour m'habituer au château. Daisy et Charlotte sont arrivées, alors j'ai commencé à jouer avec elles. Elles ont été suivies par Elizabeth et Edward. Nous passons beaucoup de temps ensemble.

– Est-ce que ton frère continue de te poursuivre ?

– Oh non. Jonas regrette tout ce qu'il a fait quand il était vivant, pas juste à moi. Il dit qu'une voix dans sa tête l'obligeait à commettre tous ces crimes malgré lui.

« La sorcière, encore une fois », conclut Samuel.

– Il ne me fait plus peur, maintenant, mais je crains toujours l'eau. C'est pour ça que je surveille la fontaine et l'étang tous les jours.

– L'étang ? s'étonna le musicien.

– Il s'y cache des créatures étranges.

– Des grenouilles géantes et des salamandres fluorescentes ? la taquina-t-il.

– Des bêtes énormes.

Samuel décida de changer le sujet pour qu'elle oublie sa peur.

– J'ai une petite fille qui a presque ton âge, lui dit-il. Elle s'appelle Emily.

– Est-ce qu'elle me ressemble ?

– Elle est à peu près de ta taille et elle a des yeux aussi bleus que les tiens, mais ses cheveux sont bruns.

– J'ai toujours voulu avoir une sœur.
– J'imagine qu'elle aussi.
– Est-ce que tu pourrais jouer du piano pour moi ?
– Bien sûr, ma puce.
– Pourquoi m'appelles-tu ainsi ? s'étonna Rose.
– Pardonne-moi. C'est un petit nom d'amour que je donne à ma fille.

Samuel déposa sa chope et marcha en direction des portes. L'enfant le précéda et passa au travers.

– Eh bien, moi, je dois les ouvrir.

Il la rejoignit devant le piano à queue et se planta debout devant le sofa.

– Ne pouvez-vous jamais vous asseoir ? demanda le musicien.
– Seulement les grandes personnes. Nous, les enfants, n'y arrivons pas encore.
– Alors, vous êtes condamnés à toujours rester debout ?
– C'est plus facile maintenant qu'avant, affirma Rose, puisque nous ne sommes jamais fatigués et que nous n'avons plus mal nulle part. Je t'en prie, joue une douce mélodie.

Des ballades, Samuel en avait composé des tonnes. Il avait donc l'embarras du choix. Il entama donc l'intro de celle qu'Emily avait toujours préférée. Le visage du jeune fantôme se radoucit d'un seul coup.

– Est-ce que tu connais les paroles ? demanda-t-elle.
– Oh que oui.
– Chante.

Alors que la pluie rend beaucoup de gens si tristes
Moi, elle me fait toujours penser à toi
Mon amour, mon cœur, ma joie de vivre
Les petites gouttes tambourinant sur la vitre
Les nuages roulant dans un ciel noir
Toute tremblante, tu te blottissais contre moi

Tu n'as pourtant rien à craindre, ma princesse
Je suis ton protecteur, ton chevalier servant
J'affronterais tous les dragons de la terre
Pour que tu sois heureuse jusqu'à la fin des temps

Le mauvais temps cède toujours la place au soleil
Et les larmes se transforment en rires joyeux
La peur se met à fondre comme de la glace
Pour qu'éclate enfin sur ton visage ton beau sourire
Sois sans crainte, ma petite fée des bois
Car je serai toujours là pour te mettre à l'abri

Samuel se tut, mais continua à jouer la mélodie en observant discrètement Rose, qui semblait réfléchir à tous les mots qu'elle venait d'entendre. Mark, le violoniste, apparut derrière sa fille, aussi captivé qu'elle. Il posa les mains sur ses frêles épaules et Rose leva le regard sur lui. Étonné, le pianiste s'arrêta.

– Vous pouvez donc vous toucher entre vous ? demanda-t-il.

– C'est ce que nous avons découvert, en effet, répondit le père. Je peux la prendre dans mes bras et la bercer, quand elle en a besoin.

« Donc, si je manque mon coup et que je me retrouve ici pour l'éternité avec Emily, je pourrai faire la même chose », se rassura Samuel.

– Est-ce qu'elle finira par grandir ? osa-t-il demander.

– Je ne crois pas, non, et cela ne me chagrine en aucune façon. Allez, viens, Rose. C'est l'heure.

Elle glissa la main dans celle de Mark.

– Au revoir, Samuel.

– Ce fut un plaisir de faire ta connaissance.

Les fantômes disparurent sans lui dire où ils allaient.

Le musicien continua de jouer pendant une heure, puis décida d'aller vérifier si son plan pouvait être mis à exécution. Il sortit dans la cour et marcha jusqu'aux roseaux où était échoué le drakkar. Il grimpa à bord, fit quelques pas, puis se pencha sur le plancher. « Avec quel outil pourrais-je percer un trou suffisamment grand pour y faire entrer l'eau ? se demanda-t-il. Mieux encore, est-ce que je serai capable d'apporter un outil dans le passé ? » Il s'assit sur une des planches qui servaient de bancs en se disant que s'il débarquait chez les Vikings, il lui serait certainement possible de trouver une hache quelque part.

– Quelques coups et le tour est joué, laissa-t-il tomber.

– Quelques coups de quoi ? fit une voix derrière lui.

Samuel sursauta et fit volte-face. Ulrik se tenait quelques pas plus loin, les mains sur les hanches.

– De hache ou de pic de mineur... Puisque je ne serai probablement pas capable de vous convaincre de ne pas vous embarquer à destination de l'Angleterre, où vous tomberez sur la sorcière, je dois trouver une autre façon de vous empêcher de partir.

– En coulant mon embarcation ?

– C'est une solution qui en vaut bien d'autres.

– As-tu songé une seule seconde que ce pourrait être un crime grave punissable de mort ?

– Non... s'étrangla Samuel.

– Je trouve vraiment désolant de constater que la faculté de bien juger les choses se perd au fil des siècles dans une famille.

– Mais comment pourrais-je mourir dans une époque où je n'ai jamais vécu ?

– Tout ce qui est vivant peut être tué, Samuel. Tu n'es pas un fantôme, à ce que je sache. Mes compatriotes étaient de bonnes personnes, mais ils étaient attachés à leurs biens, surtout à leur drakkar. À moins que tu puisses le faire sans être vu ou entendu, c'est une très mauvaise idée.

– Il existe sûrement une façon moderne de percer cette coque rapidement et sans bruit.

– Comment le saurais-je ? Je ne connais rien de ton monde.

– Et, de mon côté, je ne peux pas quitter le château pour aller chercher ce dont j'aurais besoin…

– Alors, pense à autre chose.

Ulrik disparut en lui servant un sourire plutôt sadique.

– Je pourrais aussi gagner l'appui de plusieurs Vikings et voler le drakkar pour qu'il ne puisse pas l'utiliser, pensa tout haut Samuel.

– Oublie ça, résonna la voix du Scandinave au-dessus de l'étang.

– J'abandonne, se découragea-t-il.

– Pour l'instant.

Le musicien allait se lever quand l'embarcation fut heurtée par quelque chose dans l'eau. Le choc fut suffisamment puissant pour la faire pencher d'un côté avant qu'elle se remette droite. Samuel n'avait jamais appris à nager, mais il ne se trouvait pas en eau profonde. S'il devait tomber par-dessus bord, il pourrait facilement regagner la berge en marchant dans les roseaux. Il attendit un instant, puis fit un second essai. Il avait à peine avancé d'un pas qu'une seconde secousse lui fit perdre l'équilibre. Il s'accroupit et s'accrocha à un des bancs.

– Trêve de plaisanteries, Ulrik ! réclama-t-il.

Au moment où Samuel allait atteindre la proue, ce qui lui sembla être un serpent jaillit devant lui, des gouttes d'eau dégoulinant de ses écailles noires. Sa tête était beaucoup trop grosse pour que ce soit un ophidien ordinaire. En fait, elle ressemblait davantage à celle des dinosaures en plastique avec lesquels il jouait quand il était enfant. Effrayé, il se mit à reculer vers la poupe. Il en oublia même la présence des bancs derrière lui et s'y frappa les mollets avant de tomber à la renverse. Couché sur le dos, il vit la bête mettre ses pattes antérieures sur le bord du drakkar afin d'y grimper.

– Ce n'est pas un serpent ! paniqua Samuel.

Il se rappela ce que lui avait dit Rose au sujet des créatures étranges de l'étang. Mais comment un animal de cette taille pouvait-il tenir dans un étang ? Puis l'avertissement d'Ulrik lui revint également en mémoire : tout ce qui était vivant pouvait être tué ! Samuel se hissa sur ses coudes et recula jusqu'au fond de l'embarcation.

– Si je me jette à l'eau, il va plonger pour m'y poursuivre, c'est certain...

Il avisa les rames reposant sur les côtés des bancs. Seraient-elles suffisamment solides pour assommer un dinosaure ? Celui-ci, presque aussi gros que le drakkar lui-même, venait d'y monter ses pattes postérieures. Il fixait intensément sa proie et ouvrait sa large gueule armée de dents pointues. Au moment où il allait l'attaquer, quelque chose le fit hésiter.

– Retourne d'où tu viens, dragon ! ordonna une voix de femme.

Samuel tourna la tête et vit une redoutable guerrière accrochée d'une main à la forme élevée de la poupe. De l'autre, elle tenait une longue épée qui brillait sous les rayons du soleil. Ses longs cheveux roux recouvraient son plastron en cuir.

– Je t'ai dit de partir ! hurla-t-elle.

Le monstre ne demanda pas son reste. Il se jeta dans l'eau en ébranlant le drakkar.

– Merci, réussit à articuler Samuel, encore sous le choc.

– Maintenant, arrête de le provoquer, l'avertit-elle. La prochaine fois, je ne passerai peut-être pas par ici.

Le musicien avait déjà pris la décision de ne plus jamais grimper à bord de l'embarcation. Il n'eut pas le temps de demander à sa sauveteuse comment elle s'appelait avant qu'elle disparaisse. Au cas où il prendrait l'idée au dragon de revenir, Samuel sauta dans les roseaux et hâta le pas vers la terrasse. Il courut dans le grand manoir et s'arrêta en haletant dans la salle à manger, où Esther venait d'apparaître. Elle lui jeta un regard découragé.

– Il y a un dragon dans l'étang, parvint-il à lui dire.

– En fait, il y en a trois.

– Trois ? s'écria-t-il, épouvanté.

– Ce sont des fantômes, comme nous. Ils ne peuvent pas vous faire de mal, Samuel.

– Mais il a failli renverser le drakkar et il s'apprêtait à m'attaquer !

– C'est le seul objet que les dragons peuvent toucher. Ils passent au travers de tout le reste, vous y compris.

– Pourquoi la guerrière ne me l'a-t-elle pas dit ?

– Faites-vous référence à Thorfrid ?

– Elle ne m'a pas dit son nom, mais elle est rousse et porte des vêtements de cuir et de fourrure.

– Ce ne peut être qu'elle.

– Sait-elle que ces dragons ne sont pas réels ?

– Peut-être le sont-ils pour elle. Assoyez-vous maintenant et calmez-vous.

Samuel suivit son conseil. Un grand verre d'eau froide se matérialisa devant lui et il se mit à boire à petites gorgées.

– Voilà qui est mieux.

– Merci, Esther. Vous êtes vraiment la plus gentille du lot, jusqu'à présent.

– Vous ne connaissez pas encore tout le monde.

Il garda le silence pendant quelques minutes. La bonne vit son visage passer du soulagement à la tristesse et voulut savoir ce qui le chagrinait ainsi.

– C'est bientôt l'anniversaire de ma fille, avoua-t-il. Non seulement je n'ai rien à lui offrir, mais je ne peux même pas quitter ce domaine pour aller la voir dans la cour de son école. Elle va penser que je l'ai oubliée…

– Vous pourrez tout lui expliquer plus tard.

– En fait, le plus beau cadeau que je pourrais lui faire, ce serait de la débarrasser de la menace de la sorcière pour qu'elle soit plus heureuse que moi dans la vie.

Il baissa les yeux sur son pantalon et ses baskets trempés.

– Je vais aller me changer, si vous n'y voyez pas d'inconvénient.

– Je vous en prie.

Samuel se dirigea vers la porte de sa chambre, l'âme en peine.

Chapitre 9

Une fois changé, Samuel s'allongea sur son lit pour réfléchir à ce qu'il allait faire. « Plus je tarde à agir, plus Emily est en danger », conclut-il. Mais la fontaine ne s'arrêterait pas avant quelques jours... Il quitta sa chambre et retourna au salon. Il se versa un verre de whisky et prit place devant le feu pour continuer de préparer son plan. À quelques pas de lui, un autre fantôme l'observait avec hésitation. Isabel n'allait pas aussi facilement vers les gens qu'Esther ou Ulrik. Pourtant, elle avait possédé un commerce pendant des années, où elle avait contenté des centaines de clients. Mais Samuel était différent de tous ceux qu'elle avait fréquentés au dix-septième siècle. « Qui ne risque rien n'a rien », se dit-elle. Elle rassembla son courage et se matérialisa dans le salon. Le vent glacial qui accompagna sa transformation fit tourner la tête au musicien.

– Bonjour, la salua-t-il poliment. Je m'appelle Samuel.

– Et moi, Isabel.

– Approchez, je vous prie.

Le musicien se tourna vers elle pour l'y encourager. Comme tous les autres fantômes qu'il avait rencontrés, elle resta debout devant lui. Elle portait une longue robe confectionnée dans un tissu imprimé de fines lignes verticales marron et sable, serrée à la taille.

Son encolure carrée était décorée de dentelle blanche, tout comme ses poignets. Ses cheveux étaient cachés sous son bonnet immaculé et il était impossible de deviner leur longueur.

– Je suis la vingt-septième descendante d'Ulrik, l'informa-t-elle.

– Je sais que cette classification est très importante pour lui, mais pourrais-je plutôt utiliser votre prénom ?

– Oui, bien sûr, Samuel. J'aimerais vous mettre au courant d'une réunion qui s'est tenue ici à votre sujet et dont personne ne vous a apparemment parlé.

– Vous piquez ma curiosité.

– Nous n'avons pas souvent été tous rassemblés au même endroit. Habituellement, nous préférons hanter chacun une partie différente du château. En fait, je pense que cela ne s'est produit que deux fois, mais c'était pour discuter du même sujet, soit notre libération. C'est Andrew qui nous a convoqués, car il a l'évolution de nos âmes à cœur. Il a informé tout le monde qu'Ulrik nous avait demandé de vous soustraire à la mort, Esther et moi, juste au moment où la sorcière s'apprêtait à vous faire subir le même sort qu'à nous.

– Mais vous ne pouvez pas plus quitter le château que moi.

– Ce n'est pas tout à fait exact. Pour des raisons que nous ignorons, Esther et moi y arrivons. Nous ne redevenons pas mortelles lorsque nous franchissons les grilles, mais c'est mieux ainsi, car nous pouvons aller où bon nous semble en très peu de temps. C'est moi qui ai persuadé le fantôme d'un vieil huissier de vous remettre le testament qu'Andrew avait rédigé pour Ulrik.

– C'est donc ainsi qu'il est parvenu jusqu'à moi, comprit Samuel.

– Lors de la première rencontre entre les descendants, ceux-ci en sont venus à la conclusion que derrière chacune des portes à l'étage se trouve la vie de l'un de nous.

Samuel le savait déjà, mais jugea plus poli de ne pas l'interrompre.

– Le problème, c'est que personne ne peut déchiffrer ce qui est écrit sur ces portes et encore moins les ouvrir. Ulrik est persuadé que vous pourrez le faire, puisque vous êtes vivant, et que vous pourrez nous faire sortir de cet endroit.

– Le vieux Viking m'en a déjà touché un mot, avoua finalement le musicien. J'ai accepté de vous aider, même si je ne sais pas encore très bien comment. J'essaie d'imaginer une façon d'empêcher Ulrik de s'attirer les foudres de la sorcière et de changer votre destin, mais ce n'est pas très clair dans ma tête pour l'instant.

– Comme mon père me le répétait si souvent quand j'étais enfant, tout problème a une solution. Il faut juste savoir où chercher.

– Eh bien, je crains que ce soit là le problème. Je ne sais pas par où commencer. Comme vous pouvez sans doute le constater de vos propres yeux, mon physique n'est guère impressionnant et mes muscles les plus développés sont ceux de mes doigts, parce que je joue du piano. Comment pourrais-je retenir Ulrik dans son village ? Je ne possède pas non plus de pouvoirs magiques qui me permettraient de lever un vent assez fort pour faire arriver son drakkar ailleurs que sur les terres de la sorcière.

– Vous avez raison. À mon avis, il vous faudrait de puissants alliés une fois là-bas.

« Je n'avais pas pensé à ça… »

– Où les trouverais-je ?

– Je n'en sais rien. Je suis née six cents ans après Ulrik.

C'était donc au Viking que Samuel devrait poser la question.

– Je sais que votre propre sort vous trouble, ajouta Isabel. Vous ne savez pas ce qui vous arrivera si vous parvenez à arrêter notre ancêtre.

– J'ose croire que la sorcière cessera de me harceler et qu'elle n'aura aucune emprise sur ma fille, mais ma carrière est déjà fichue et je n'ai plus un sou pour manger ou pour me loger. J'imagine que ce château cessera d'exister et que je ne pourrai pas continuer d'y habiter, surtout si c'est la sorcière qui l'a créé.

– Habituellement, je suis capable de deviner le tempérament des gens juste en les regardant. Je me servais de cette faculté avec mes clients. Alors, je vous dis tout de suite que vous avez beaucoup plus de ressources que vous semblez le croire. Une fois libéré, vous saurez vous construire une nouvelle vie qui vous comblera encore plus que la première.

– Ça fait du bien à entendre, mais je ne suis pas encore convaincu que les choses se passeront ainsi. En attendant, accepteriez-vous de me raconter votre vie, Isabel ?

– J'ai su en effet par Esther que notre passé vous fascine.

– Personne avant moi n'a eu le bonheur de questionner directement ses ancêtres, lui fit remarquer Samuel avec un sourire charmant.

– J'avais votre âge quand je suis morte, commença-t-elle. Vous avez de la chance de pouvoir poursuivre votre vie quand vous sortirez d'ici.

– Je suis vraiment désolé.

– Ne le soyez pas, surtout que vous allez bientôt nous permettre d'aller tout droit au ciel.

Elle joignit ses mains et posa sur le musicien un regard chargé d'affection.

– Je suis la fille de Paul Easton et de Leah Read. Mon père était le fils illégitime de Phoebe Bradley et d'un prêtre. Puisqu'il a été élevé par la sœur de celui-ci, il a caché ses origines pour ne pas être ostracisé. C'était un homme tranquille et dévoué qui s'est enrôlé dans l'armée dans le but de ramasser suffisamment d'argent pour se marier. Il a épousé ma mère à l'âge de vingt-deux ans. Elle était potière et gagnait déjà très bien sa vie, car ses poteries étaient exquises. Je suis née deux ans plus tard. Ma famille a réussi à échapper à la peste de Londres de justesse.

– Heureusement, sinon je ne serais pas ici, laissa tomber Samuel.

– Je venais juste d'avoir quinze ans quand mon père a été tué pendant un exercice militaire. Son commandant est venu nous annoncer la triste nouvelle à la maison. Il avait ordonné une enquête, car personne ne comprenait comment sa pique avait pu se retrouver logée dans son dos alors qu'il était seul au pied de la colline. Je sais maintenant que la coupable, c'était la sorcière.

– Votre père hante-t-il aussi ce château ?

– Oui, comme nous tous. Vous finirez sûrement par le rencontrer, mais sachez tout de suite qu'il est bien amer et qu'il en veut à Ulrik, qu'il tient responsable de son sort.

– Je m'en souviendrai. Je vous en prie, continuez.

– Ma mère ne s'est pas remariée après sa mort. Elle a préféré me consacrer sa vie. Elle m'a enseigné son métier en me disant qu'il était important qu'une femme ne dépende pas d'un homme pour manger. Je n'ai jamais pu égaler sa maîtrise du tour. Mes créations étaient solides, mais elles manquaient de grâce.

Lorsque ma mère est morte dans son sommeil, j'avais déjà vingt-quatre ans. J'ai tout de suite compris que je n'arriverais pas à garder la maison sans soutien financier. J'ai donc cédé aux avances d'un des clients de notre commerce.

Isabel racontait sa vie sans rancœur et sans tristesse, comme si elle parlait de celle d'une autre personne. « Je ne suis pas certain que je pourrais faire la même chose dans les mêmes circonstances », songea Samuel.

– Jonathan Thompson était un bel homme bien éduqué qui savait parler aux gens. Depuis des années, il nous achetait de grandes quantités de poteries pour les revendre à ses clients. Chaque fois qu'il entrait dans notre atelier, il m'apportait des fleurs. Quand il a appris que ma mère m'avait quittée, il n'est pas passé par quatre chemins. Il a mis un genou en terre devant moi et il m'a demandé de devenir sa femme. Je ne savais pas encore si je l'aimerais, mais j'avais besoin de sa protection. J'ai continué de fabriquer des poteries, mais je n'avais pas la touche magique de ma mère.

– Je suis sûr que vous aviez bien d'autres talents, voulut la consoler Samuel.

– C'est vrai. J'ai découvert l'année suivante que je possédais une patience d'ange, quand j'ai donné naissance à Jacob, notre fils. C'était un enfant turbulent qui ne restait pas en place et qui faisait les cent coups dans notre quartier. Pour pouvoir continuer à travailler, son père et moi avons dû embaucher une gouvernante. C'était une belle femme à la peau sombre, originaire d'une contrée lointaine. Elle s'est mise à raconter à notre fils des histoires de pirates.

– De pirates ? répéta Samuel, étonné.

– Eh oui… Elle lui bourrait la tête de leurs exploits sur les sept mers et des grands trésors qu'ils accumulaient, sans préciser que c'étaient tous des criminels qui les avaient acquis en coulant des bateaux et en tuant leur équipage. Jacob a décidé qu'il deviendrait pirate, lui aussi. Il n'avait que dix ans quand j'ai été renversée par un carrosse dans la rue. Je me suis violemment frappé la tête et j'ai succombé à mes blessures, mais j'avais eu le temps de voir qui conduisait la voiture. C'était une vieille femme aux cheveux argentés et aux yeux bleus froids comme la mort. Pendant que les passants se penchaient sur moi pour m'aider, elle est restée debout et me souriait.

– La sorcière...

– Je n'oublierai jamais le visage de celle qui m'a cruellement séparée de mon mari et de mon fils. Je me suis réveillée ici et j'ai mis beaucoup de temps à comprendre où j'étais. C'est finalement Esther qui m'est venue en aide lorsqu'elle est arrivée à son tour au château.

– Savez-vous ce qui est arrivé à Jacob ?

– Je l'ai appris quand il a échoué au château à son tour. C'est la gouvernante qui a poursuivi son éducation. Je soupçonne même qu'elle a couché avec mon mari. Mais comment pourrais-je lui en vouloir ? Lorsqu'elle est mystérieusement disparue, Jacob n'avait que quinze ans, alors Jonathan l'a pris avec lui pour lui enseigner son métier. Inutile de vous dire que le commerce légal l'ennuyait pour mourir. À l'âge de dix-sept ans, notre fils s'est éclipsé à son tour pour s'embarquer sur son premier bateau de pirate. Pour le reste, il vaut mieux qu'il vous le raconte lui-même, parce que cela me chagrine trop.

– Je le questionnerai à ce sujet.

– Ce qu'il est important que vous sachiez dès maintenant, c'est que vous pouvez toujours vous adresser à Esther ou à moi si vous avez le moindre souci.

– Merci. C'est gentil.

– Si vous me parliez un peu de vous, maintenant ?

– Vous devez déjà savoir que je suis le quarante-sixième descendant, car Ulrik a dû le dire à tout le monde.

– Il ne nous parle pas autant qu'à vous, Samuel.

Il lui raconta son enfance heureuse. Contrairement à la majorité des fantômes du domaine, il avait eu le bonheur d'être protégé par son père jusqu'à l'âge de vingt-cinq ans.

– Ma mère m'a légué son amour de la musique. Je n'aurais jamais survécu sans elle.

– Comment faites-vous pour composer des chansons qui n'existent pas encore ?

– J'entends une mélodie dans ma tête et quand je la reproduis sur mon piano, les paroles viennent toutes seules. Je ne sais pas comment vous l'expliquer.

– C'est donc un très grand talent que vous possédez.

– Un véritable cadeau du ciel.

– Je suis vraiment contente que vous soyez parmi nous, Samuel, même si ce ne sera que pour un temps très court.

– Et, de mon côté, je vous promets de faire tout mon possible pour vous faire enfin sortir d'ici.

Isabel disparut en lui souriant. Samuel termina son verre, puis se rendit à la salle à manger, où l'attendait immanquablement son repas du soir. Il prit place devant son assiette de rosbif, de pommes de terre rôties, de carottes et de petits pois, qui fumait comme si elle sortait du four. Il se mit à manger en réfléchissant à ce qu'il avait vécu depuis le matin. « Il faut que je compose une chanson sur les dragons des étangs », se dit-il. Emily, qui, contrairement à lui, adorait les contes fantastiques, en raffolerait. Dès qu'il eut avalé le dernier légume, une pointe de tarte aux cerises bien chaude remplaça le mets principal.

– Esther, vous lisez décidément dans mes pensées, se réjouit-il.

Il la dégusta lentement, une bouchée à la fois. Elle avait exactement le même goût que celle que sa mère lui préparait, enfant. Fatigué, il alla ensuite prendre une douche et se coucha. Le château était si silencieux qu'il était impossible de ne pas s'endormir en posant la tête sur l'oreiller. Mais il ne sommeilla pas longtemps. Au beau milieu de la nuit, il ouvrit tout grand les yeux. Il eut beau changer cent fois de position dans son lit, il n'arrivait plus à fermer l'œil. Il décida donc de se rhabiller et de monter à l'étage pour examiner les portes. Il faisait très sombre dans le couloir à cette heure-là…

– Si au moins j'avais de quoi m'éclairer, soupira-t-il.

Il fit quelques pas et heurta du pied un objet qui roula plus loin. Il s'accroupit et tâta le sol. Sa main se referma sur le manche d'une grosse lampe de poche.

– Demandez et vous recevrez, murmura-t-il, amusé.

Il se mit à éclairer les inscriptions sur chacune des portes en se demandant s'il pourrait trouver une constante.

– Je me sens comme Jean-François Champollion, l'égyptologue français qui a été le premier à déchiffrer les hiéroglyphes égyptiens.

Sauf qu'au bout d'une heure, il n'avait rien décodé du tout.

– Ce serait si facile avec un ordinateur, dit-il à tout hasard.

Mais aucun appareil informatique n'apparut dans le long corridor. Sans doute que la plupart de ces fantômes étaient morts avant l'avènement de cette technologie.

Avant de redescendre au rez-de-chaussée, il éteignit la lampe et s'arrêta devant la fenêtre pour regarder dehors. Les rayons de la lune éclairaient la fontaine, autour de laquelle trois enfants se poursuivaient en riant. Rose ne faisait pas partie du groupe.

– Ce sont sans doute les amis dont elle m'a parlé, devina-t-il.

En observant leur jeu, il se mit à penser à Emily. Son anniversaire et Noël approchaient. C'étaient des jours difficiles pour elle depuis le divorce de ses parents. Évidemment, elle était choyée par son nouveau père, mais le lien qui l'unissait à Samuel était indestructible. Toutefois, malgré toute sa bonne volonté, Madigan n'arriverait jamais à la protéger de la malédiction des Dragensblöt. « C'est à moi de le faire », soupira Samuel, qui aurait aimé être plus fort.

Il redescendit le grand escalier et se rappela qu'il avait déjà vu une bibliothèque quelque part.

Heureusement, à l'étage inférieur de cette grande résidence, des lampes étaient allumées en permanence. Il put donc s'orienter sans la lampe de poche, qu'il déposa d'ailleurs sur un guéridon. Il mit le pied dans la pièce dont les murs étaient couverts de vieux livres du plancher jusqu'au plafond.

– J'imagine qu'il n'existe aucun index et que les fantômes les ont placés au hasard…

Aucun index n'apparut devant lui. Il se mit donc à marcher le long des rayons en lisant les titres des ouvrages. Ils traitaient pour la plupart de droit. Sans doute avaient-ils été ajoutés là par son père juriste. Il ne vit rien qui traitait de traduction ou de langues anciennes et qui lui aurait permis de décrypter les inscriptions sur les portes.

– Qui s'occupe de la bibliothèque ? demanda-t-il.

Isabel lui apparut.

– Personne, répondit-elle. Que cherchez-vous ?

– Un livre qui me permettrait de traduire ce qui est écrit là-haut.

– S'il y en avait eu un, Andrew ou Stuart l'aurait déjà trouvé.

– C'est sûr. Pardonnez-moi de vous avoir dérangée.

– Vous pouvez avoir recours à moi à toute heure, Samuel, car nous ne pouvons pas dormir.

Elle s'évapora devant lui. Dépité, le musicien retourna à sa chambre, où l'attendaient un verre de lait et des biscuits. Esther pensait vraiment à tout. Il mangea et se recoucha, tout habillé. Comme par magie, le sommeil le gagna instantanément. La bonne sortit un édredon de la tablette supérieure du placard et, en n'utilisant que son esprit, couvrit Samuel pour qu'il ne prenne pas froid.

Chapitre 10

Lorsque le soleil se leva, le lendemain, Esther se tenait déjà debout derrière un des bancs qui faisaient face à l'étang. Dans l'eau, trois dragons jouaient comme des dauphins, se pourchassant, se mordillant et plongeant les uns par-dessus les autres. Même si elle était restée là pendant des heures, jamais les rayons de l'astre du jour n'auraient pu lui fournir la chaleur de jadis, lorsqu'elle était vivante. La chaleur du soleil sur sa peau faisait partie des nombreuses choses qui lui manquaient cruellement. Esther avait été un des rares enfants de sa classe à aimer l'école. La connaissance la fascinait et elle s'était rapidement rendu compte qu'elle ne pourrait pas tout apprendre en une seule vie. Le monde était trop vaste.

L'amour qu'elle ressentait pour les autres émanait directement de son âme. Elle était faite pour prendre soin de ceux qui souffraient et pour les aider à dépasser leurs propres limites. C'était pour cette raison qu'elle avait soigné avec une infinie patience sa mère malade jusqu'à sa mort et qu'elle s'intéressait maintenant aux nombreuses épreuves de Samuel. Ce jeune homme, dont le cœur était aussi pur que le sien, méritait une bien meilleure vie. Ses malheurs s'expliquaient pour la plupart par la malédiction qui affligeait les descendants d'Ulrik, mais il y avait une forte possibilité qu'il puisse la faire disparaître une fois pour toutes. Esther avait donc commencé à penser à la façon dont elle pourrait l'aider à réintégrer sa vie tout en connaissant enfin le bonheur.

Isabel apparut alors près d'elle. Une centaine d'années séparait les deux femmes, mais leur essence profonde était la même. L'une avait été bonne, l'autre potière, mais elles avaient partagé le même désir de rendre leurs proches heureux, malgré les maigres moyens dont elles avaient disposé jadis.

– J'ai enfin eu une longue discussion avec Samuel, avoua Isabel. Tu avais raison. C'est un homme d'exception.

– Il possède en effet de belles qualités de cœur, reconnut Esther.

– Je n'ai pas connu beaucoup de gens qui se souciaient véritablement du sort des autres, à part nous deux, bien sûr.

– C'est une vieille âme.

– Il serait même capable d'essayer de réformer ton fils Anthony.

Un sourire amusé joua sur les lèvres de la bonne. Elle avait pourtant tout tenté avec le pauvre garçon qui avait perdu une partie de son âme lorsqu'il avait été mordu par un vampire.

– Samuel est aux prises avec plusieurs émotions conflictuelles qui minent sa confiance en lui, estima-t-elle pour éviter de poursuivre la discussion sur la damnation d'Anthony. L'amour inconditionnel qu'il éprouve pour sa fille lui donnera très certainement la force nécessaire pour affronter la sorcière, le moment venu, mais la piètre opinion qu'il a de lui-même pourrait lui jouer un mauvais tour.

– Tousses échecs l'ont miné, soupira Isabel. Malheureusement, nous ne pouvons pas retourner en arrière pour corriger le tir.

– Tu dis vrai. Nous ne pouvons qu'influencer l'avenir.

– Est-ce à cela que tu étais en train de penser avant mon arrivée ?

– Il veut enrayer le mauvais sort qui nous a tous durement accablés durant notre vie, mais il craint de se retrouver sur le pavé une fois que nous serons partis pour le ciel. En remerciement pour notre salut, j'aimerais accumuler de l'argent pour lui.

– Nous sommes les seules à pouvoir quitter ce château quand bon nous semble, c'est vrai, mais nous ne pouvons pas intervenir dans la vie des vivants. Même si nous voulions braquer une banque, nous en serions incapables.

– Je songeais plutôt à une façon plus conforme à la loi de lui bâtir une fortune en utilisant l'un de mes plus grands talents.

– Cela commence à devenir intéressant…

Enjouée, Esther lui prit la main et la transporta dans la bibliothèque du château, que seul Stuart hantait de temps à autre. Une haute pile de feuilles vierges se trouvait sur le pupitre en plein centre.

– Je sais bien qu'il est musicien, mais jusqu'à présent, il a été incapable de gagner sa vie avec ses compositions, expliqua-t-elle. Mon intention, c'est de lui offrir une nouvelle carrière en tant qu'écrivain.

– Possède-t-il ce talent ?

– Je l'ignore, mais puisqu'il n'écrira aucun de ses romans, cela n'a pas vraiment d'importance.

– Tu as l'intention de le faire pour lui, Esther ? s'étonna Isabel.

– Si je n'avais pas été obligée de devenir bonne en raison de la malédiction, je pense que je serais devenue une romancière de grand renom. Je vais donc enfin mettre mon don au service d'une belle cause. J'ai d'ailleurs commencé à écrire les aventures de Samuel dans notre château hanté.

– Tu parleras de nous ?

– N'est-ce pas une magnifique occasion de laisser notre trace dans l'histoire ?

– Le diras-tu à Samuel ?

– Non. Je veux que ce soit une surprise. Les redevances que nous mettrons de côté pour lui seront en quelque sorte notre cadeau d'adieu.

– Combien de romans te faudra-t-il pour y relater toutes nos vies ?

– Celles-ci seront incidentes à l'expérience que vivra Samuel parmi nous. C'est surtout de lui qu'il sera question.

– Qu'as-tu écrit jusqu'à maintenant ?

– Quelques chapitres seulement, mais puisque je n'ai pas besoin de repos, le reste devrait suivre bientôt. J'y parle de ce qui a poussé Ulrik à attirer Samuel au château et de l'artifice qu'il a utilisé.

– Le testament…

– Exactement.

– Cette histoire se trouve dans toutes ces pages que je vois là ?

D'un geste de la main, Esther fit voler les dix premières feuilles, qui se déposèrent à côté de la centaine d'autres.

– Voilà ce que j'ai déjà écrit. Heureusement que j'ai appris à manipuler une plume avec mon esprit. Dans l'introduction, j'ai raconté la traversée d'Ulrik en Angleterre et sa méprise qui l'a fait accoster au mauvais endroit sur la côte. J'ai rendu les choses plus dramatiques en y ajoutant un terrible orage qui déversait un déluge sur les pauvres guerriers pendant que des éclairs déchiraient le ciel.

Isabel écarquilla les yeux avec effroi.

– Merveilleux ! se réjouit Esther. Tu as déjà la réaction que j'escompte de la part de ceux qui achèteront le roman !

– J'avoue que je serais tentée de poursuivre cette lecture. Parles-tu aussi de la sorcière ?

– Évidemment, puisque sans elle, nous n'aurions jamais abouti ici. J'ai utilisé la description que tu m'en avais faite, car même si elle nous a tous tués au bout du compte, très peu d'entre nous avons eu l'occasion de voir son visage. Je la fais sortir de la forêt après qu'Ulrik a mis le feu à sa maison, comme une terrible apparition maléfique. Des frissons d'horreur m'ont secouée quand j'ai reproduit les mots exacts de la malédiction sur le papier, mais il le fallait. Les lecteurs doivent tout de suite comprendre ce qui a poussé Ulrik à rechercher un de ses descendants vivants pour lui venir en aide.

– C'est là que tu en es ?

– J'ai ensuite relaté la conversation que notre ancêtre a eue avec Andrew pour le persuader de rédiger le faux testament, poursuivit Esther, puis la mission qu'il m'a confiée de le remettre à un huissier plus ou moins crédible. La nuit dernière, j'ai écrit le chapitre qui traite de la venue de Samuel sur le domaine.

– Les gens sauront enfin ce qui nous est arrivé.

Isabel marcha autour du pupitre en joignant les mains.

– Raconteras-tu ce que vivra Samuel lorsqu'il réussira à franchir une des portes de l'étage ? demanda-t-elle.

– J'ai même l'intention de l'accompagner sans qu'il le sache.

– Tu n'y penses pas, Esther ! s'effraya-t-elle.

– Je ne veux pas être obligée de le questionner sur ce qu'il aura fait dans le passé, sinon il se doutera de quelque chose. Je ne serai qu'une observatrice, ce qui me permettra d'accumuler beaucoup plus de détails, car Samuel sera concentré sur sa mission.

– C'est dangereux.

– Pas pour un fantôme.

– Et si Samuel n'est plus capable de revenir dans le présent ?

– Alors, je resterai avec lui pour le guider.

– Tu as décidément plus de courage que moi.

– Cela fait plus de deux cents ans que je me morfonds ici, Isabel. C'est ma dernière chance de vivre une grande aventure.

– Dans ce cas, je vais te laisser écrire.

– D'abord, j'aimerais que nous nous acquittions d'une autre tâche importante. C'est bientôt l'anniversaire d'Emily et Samuel ne pourra pas la voir et encore moins lui remettre un présent. C'est à nous de nous en charger.

– Je veux bien, mais que donne-t-on à une enfant de ce monde moderne pour lui faire plaisir ?

– Quelque chose qui lui fera penser à son père. Viens. J'ai une idée.

Puisque le château ne contenait rien qui pourrait intéresser une fillette de neuf ans, les deux femmes décidèrent d'aller faire les boutiques de Londres. Habituellement, elles s'y rendaient la nuit et étudiaient le contenu de toutes les vitrines. Mais ce jour-là, elles y allèrent en plein jour. Elles conservèrent bien sûr leur invisibilité pour ne pas susciter la curiosité des passants avec les habits de leur siècle respectif.

Esther et Isabel marchèrent sur le grand boulevard en s'étonnant une fois de plus de ce que les hommes avaient inventé au fil des ans. Toutes sortes de véhicules circulaient dans la rue et aucun d'eux n'était tiré par des chevaux. Ils étaient plutôt animés d'une magie que les deux fantômes ne pouvaient pas comprendre. Ce qui les déroutait encore plus, c'était la marée de gens qui déambulaient sur les trottoirs sans se saluer ni même regarder où ils allaient. La grande majorité des humains plaquaient un petit appareil rectangulaire sur le côté de leur visage, dans lequel ils parlaient.

– Pourquoi conversent-ils avec une boîte ? finit par demander Isabel.

– Peut-être que leurs semblables n'en valent plus la peine, répondit Esther. Si tu veux bien, nous nous pencherons sur ce mystère une autre fois. Concentrons-nous sur ce que nous sommes venues faire.

– Y a-t-il des marchands de jouets, par ici ?

– Oui, Emily n'est encore qu'une enfant, mais je ne crois pas qu'un jouet lui rappellerait tout l'amour que son père éprouve pour elle. D'ailleurs, elle doit déjà en avoir des tonnes.

– Alors, quoi ? Un piano ?

– N'oublie pas que toi et moi devrons lui livrer son présent.

– Un peu trop gros, donc.

– Que dirais-tu d'un bijou spécial ? Quelque chose qu'elle pourrait porter sur elle en tout temps.

– Quelle merveilleuse idée !

Elles s'arrêtèrent devant les devantures de toutes les bijouteries de ce quartier de Londres sans trouver ce qu'elles cherchaient. Ce fut plutôt devant la vitrine d'un antiquaire que leur regard fut attiré par un très vieux médaillon en argent en forme de cœur.

– Qu'en penses-tu ? demanda Esther.

– Il est parfait, mais avec quoi l'achèterons-nous ?

– Nous acceptons les dons, plaisanta la bonne.

Une belle dame s'approcha, serrée dans un élégant tailleur marine, une besace brillante en bandoulière. Elle parlait elle aussi dans une petite boîte lumineuse qu'elle tenait sur sa paume, tout en avançant sur le trottoir, montée sur des chaussures aux talons dangereusement hauts.

– Voyons si elle peut nous aider, murmura Esther.

À l'aide de son esprit, elle fit entrer l'étrangère dans le commerce et la suivit, Isabel sur les talons.

– Bon matin, la salua le propriétaire. Cherchez-vous quelque chose en particulier ?

– J'aimerais examiner de plus près le médaillon dans la vitrine, s'entendit-elle lui dire en glissant son téléphone dans son sac à main en cuir verni.

L'homme alla le lui chercher et le déposa au milieu d'un carré de velours sur le comptoir.

– C'est une pièce historique, expliqua-t-il. Il a appartenu à une duchesse.

– Vraiment ?

– Son mari, qui l'adorait, le lui avait offert pour lui prouver son amour.

– Alors, pourquoi est-elle en votre possession ?

– À sa mort, ses successeurs se sont divisé ses biens. Certaines personnes comprennent l'importance de conserver ces trésors dans la famille, mais d'autres préfèrent les transformer en argent comptant.

Esther influença les mains de la dame pour qu'elle ouvre le médaillon. À l'intérieur se trouvaient deux petits compartiments.

– Vous pouvez y cacher une mèche de cheveux, des photographies miniatures ou même les cendres d'un être cher.

– Pouah, laissa tomber Isabel.

– Est-ce que vous le vendez avec une chaînette ? demanda la femme, poussée par Esther.

– J'en ai en effet quelques-unes qui la compléteraient à merveille.
– Alors, c'est décidé. Je vous l'achète.
– Sans en connaître le prix ?
– Peut-on vraiment mettre un prix sur un coup de foudre ?

La cliente régla son achat à l'aide d'une carte en plastique, ce qui surprit les fantômes. Dès qu'elle eut quitté la boutique, la jolie boîte dans laquelle se trouvait le bijou disparut de son sac à main. Esther et Isabel rentrèrent aussitôt au château. La boîte se déposa sur le pupitre de la bibliothèque.

– Que mettrons-nous dans le médaillon ? demanda la potière.
– Le porte-monnaie de Samuel contient plusieurs images de sa fille et lui.
– Suffisamment petites pour tenir dans ce minuscule cœur ?
– Il ne tient qu'à nous de les rapetisser.

Les photographies d'Emily et de son père apparurent à côté du pendentif.

– Ce qu'elle est jolie, cette petite, s'extasia Isabel.
– À toi l'honneur.

En ramenant son index vers son pouce, la potière manipula magiquement les images jusqu'à ce qu'elles atteignent la taille et la forme du cœur en argent, puis les y inséra de la même façon.

– Qu'en penses-tu ?
– Emily ne s'en séparera jamais, prédit Esther.
– Que nous reste-t-il à faire ?
– Attacher la boîte avec un beau ruban et attendre à demain pour le remettre à la Emily Pendant que tu t'en occupes, je vais poursuivre l'écriture du premier roman de Samuel pour qu'il soit prêt d'ici quelques

jours, et je vais tâcher de penser à une façon de créer un engouement autour de sa publication.

Isabel fureta donc dans tous les coffres du château jusqu'à ce qu'elle découvre ce qu'elle cherchait : un ruban de crêpe un peu fané, qui avait connu de meilleurs jours. Avec des gestes gracieux, elle le dirigea autour de la boîte et parvint même à lui faire exécuter une belle boucle sur le dessus.

– C'est tout simplement parfait, se réjouit-elle.

Elle rapporta le présent dans la bibliothèque et y trouva Esther en pleine rédaction. Sans la déranger, elle déposa la boîte sur le pupitre et la quitta sans faire de bruit.

Chapitre 11

Comme toujours, il faisait beau le jour de l'anniversaire d'Emily Andersen. Étant donné que le 23 décembre tombait tout juste avant la fin des classes, cette année-là, elle savait que son père pourrait venir l'embrasser et lui remettre un petit présent. La fillette comprenait maintenant qu'il n'avait pas les moyens de Madigan, qui pouvait lui offrir des cadeaux très chers. Mais ceux de Samuel, aussi petits soient-ils, lui faisaient deux fois plus plaisir.

Emily avait eu beaucoup de difficulté à comprendre pourquoi sa mère avait quitté son papa, car ils avaient toujours été heureux dans leur petit appartement de Londres. Kathryn avait tenté de lui expliquer que Samuel ne pouvait plus les faire vivre toutes les deux et que son devoir de mère, c'était d'assurer un bel avenir à son enfant. La petite avait répliqué qu'elle n'avait pas besoin de vivre dans une grande maison et de fréquenter la meilleure école de la ville pour réussir dans la vie. Lorsqu'elle avait manifesté son désir de suivre des cours de piano, Madigan lui-même s'y était opposé. Il ne voulait pour rien au monde qu'elle finisse fauchée comme Samuel.

Se sentant incomprise, l'enfant s'était progressivement retirée des activités de la famille en prétendant qu'elle était surchargée de devoirs et de leçons. Elle s'enfermait dans sa chambre, se débarrassait rapidement de son travail scolaire, puis passait le reste du temps à consulter les sites de musique sur l'ordinateur. Elle écoutait les chansons de son père dans ses écouteurs pour ne pas s'attirer les foudres du nouveau mari de sa mère. Elle connaissait toutes les paroles par cœur, mais ne comprenait pas pourquoi c'étaient toujours d'autres artistes qui les interprétaient. Elle avait même imprimé la plus belle photo de Samuel et la gardait cachée dans une pochette de son agenda. Tous les soirs avant de se mettre au lit, elle l'embrassait et lui disait à quel point il lui manquait.

Ce matin-là, il faisait frais, mais le soleil brillait de tous ses feux, ce qui n'arrivait pas très souvent à Londres. Emily fit sa toilette, s'habilla pour l'école et descendit à la salle à manger, où la cuisinière venait de déposer son assiette à sa place. Emily ne se plaignait jamais de ce qu'on lui servait. Elle avalait ses repas en se rappelant qu'ailleurs dans le monde, des enfants mouraient de faim. Elle commença par boire son jus d'orange, mangea ses œufs à la coque, puis grignota le muffin aux raisins. De l'autre côté de la table, ses parents découpaient leurs aliments en silence.

– Joyeux anniversaire, Emily, lui dit finalement Madigan. Je te donnerai ton présent à ton retour de l'école, puis nous irons fêter dans un grand restaurant.

– Merci, se contenta-t-elle de répondre.

Lorsqu'elle eut vidé son assiette, la petite se dirigea vers la salle d'eau pour se laver les mains. Kathryn arriva derrière elle. Emily savait déjà ce qu'elle allait lui dire.

– Tu sais à quel point ton père est imprévisible, commença-t-elle.

C'était le même sermon tous les ans…

– Je ne veux pas que tu aies de la peine s'il ne se présente pas à l'école.

– Il viendra.
– Un jour, il refera sa vie et…
– Il sera toujours là pour moi, maman. Je le sais dans mon cœur.
– Oui, bien sûr, ma chérie.
Elle l'embrassa sur la joue.
– Tu as tous tes livres dans ton sac ?
– Tu sais bien que oui. Je vérifie toujours le soir, avant de me coucher.
– Je suis contente que tu sois aussi prévoyante.
« Tu ne tiens certainement pas cette qualité de ton père », songea-t-elle. Elle l'accompagna jusqu'à la porte.
– J'ai dix ans, maintenant. Tu n'as plus besoin de marcher avec moi jusqu'à l'école.
– En es-tu bien certaine ?
– Elle se trouve à trois rues d'ici et je suis très prudente.
– As-tu ton téléphone sur toi ?
– Oui, maman. Je te promets de t'appeler si ça ne va pas, d'accord ?
Emily n'attendit pas qu'elle l'étreigne une seconde fois et descendit les marches qui menaient au trottoir. Le gardien de sécurité lui ouvrit la porte de la clôture qui encerclait la propriété.
Sans même se retourner pour saluer sa mère, l'enfant gambada sur le trottoir. « J'ai dix ans ! » se répéta-t-elle joyeusement.
Kathryn retourna à l'intérieur, profondément inquiète pour sa fille qui, selon elle, vouait un culte malsain à son père naturel. Elle ne voulait que le bonheur de l'enfant et elle savait mieux que quiconque à quel point Samuel pouvait être décevant, pas parce qu'il le faisait exprès, mais parce que la malchance semblait constamment s'acharner sur lui.

Elle s'assura que Madigan était encore en train de lire le journal du matin et grimpa à leur chambre. La seule chose qu'elle pouvait faire, c'était de s'assurer que Samuel se souvienne que c'était le jour de l'anniversaire de leur fille. Elle appela donc à son appartement et apprit qu'il n'y avait plus de service à ce numéro. Elle composa donc celui de son téléphone cellulaire. Même réponse. Inquiète, elle retourna à la salle à manger.

– J'ai des courses à faire, ce matin, annonça-t-elle.

– Je serai sans doute parti pour le bureau quand tu reviendras, répliqua Madigan en se tournant vers elle. Nous nous reverrons au retour de la petite.

Kathryn l'embrassa et quitta la maison en attachant son manteau de laine. Elle se rendit à l'appartement de Samuel, où sa logeuse lui apprit qu'il était parti avec toutes ses affaires sans laisser d'adresse. Refusant de se décourager, Kathryn poursuivit sa route jusqu'à la maison de disques. Puisque son ancien mari recevait encore des redevances, même minimes, il leur avait certainement dit où il était parti. La réceptionniste la reconnut aussitôt et alla prévenir son patron qu'elle était là. Huxley Davis s'attendait à sa visite.

– Bonjour, madame Andersen, la salua-t-il.

– C'est madame Madigan, désormais, le corrigea-t-elle.

– Je vous en prie, assoyez-vous.

– Je ne resterai pas longtemps, monsieur Davis.

Elle prit tout de même place devant lui.

– Je cherche Samuel.

– Et moi qui croyais que vous pourriez me donner des nouvelles de lui.

– Il a quitté son appartement et ses téléphones sont désactivés.

– Je sais et j'allais justement vous appeler pour vous demander si vous saviez comment le joindre, car son dernier chèque de redevances nous est revenu.

– Quand l'avez-vous vu pour la dernière fois ? s'enquit Kathryn.

– Ça remonte à plusieurs semaines. Il avait bu et il est entré ici pour me traiter de tous les noms. Heureusement, votre ex-mari n'est pas un homme violent. Je l'ai gentiment reconduit à la porte et il est parti sans faire d'histoire. Tentez-vous de le localiser pour qu'il vous remette votre pension alimentaire ?

– Ciel, non. Vous savez aussi bien que moi qu'il n'a pas les moyens de m'en payer une. C'est l'anniversaire de notre fille, aujourd'hui, et je voulais juste m'assurer qu'il ne l'oublierait pas.

– Dans ce cas, je suis désolé, madame Madigan. Mais je vous promets que si je dois en arriver à embaucher un détective pour le retrouver, je vous ferai part des résultats.

– Merci, monsieur Davis. Samuel n'est plus mon mari, mais il est toujours le père d'Emily. Si vous tombez sur lui, veuillez le lui rappeler, je vous prie.

Kathryn se leva.

– Et si la magie de Noël devait s'emparer de vous, soyez aimable de réviser ses contrats et d'avoir pitié de lui.

Elle tourna les talons et quitta le bureau. D'un geste sec de la tête, elle salua la réceptionniste avant de sortir de l'immeuble, profondément troublée.

Samuel n'était pas une mauvaise personne, mais toutes les injustices qu'il avait subies avaient-elles finalement eu raison de lui ? Jamais il ne serait parti sans dire où il allait, parce qu'il tenait à être informé des progrès tout comme des difficultés de sa fille. Il n'avait plus de famille vers laquelle se tourner et il n'avait jamais eu d'amis. Était-il allé chercher fortune ailleurs, dans un pays où il n'était pas encore connu ? Avait-il décidé de refaire enfin sa vie, lui aussi ?

Quand elle arriva à la maison, Madigan était parti. Elle ôta son manteau, l'accrocha à la patère et s'assit à la petite table de la cuisine avec le téléphone. Elle composa le numéro des services d'urgence pour leur demander si Samuel avait été conduit dans un hôpital ou même dans un centre de détention. On lui confirma que non et on lui offrit de signaler sa disparition à la police. Kathryn répondit qu'elle se rendrait elle-même dans le poste le plus près de chez elle avec la photographie de son ex-mari et raccrocha. « Comment vais-je annoncer cette nouvelle à Emily ? » se découragea-t-elle.

Au même moment, Emily était assise en classe et regardait dehors pendant que les élèves chantaient des hymnes de Noël traditionnels. Le professeur avait remarqué l'inattention de l'enfant, mais puisque celle-ci était première de classe et que les tragédies qui avaient déchiré sa famille n'étaient un secret pour personne, elle ne la rappela pas à l'ordre. Quand son anniversaire tombait un jour d'école, son père venait toujours lui porter un présent dans la grande cour. La fillette avait les yeux fixés sur la clôture qui la délimitait.

Dès que l'heure de la récréation sonna, Emily se précipita dans le vestiaire, enfila son manteau et courut dans le couloir. Elle fut la première à sortir de l'établissement. Tandis qu'elle se rapprochait de la clôture, son cœur se resserra dans sa petite poitrine, car son père ne s'y trouvait pas. Elle ralentissait déjà le pas, au bord des larmes, quand deux dames apparurent devant elle, sorties de nulle part. Prudente, Emily s'immobilisa. Sa mère n'arrêtait pas de la mettre en garde contre les étrangers. L'une des femmes lui fit signe d'approcher. S'il n'y avait pas eu la clôture entre elles, la petite aurait plutôt tourné les talons.

– Moi ?

– Tu es bien Emily Andersen, n'est-ce pas ?

– Qui le demande ?

– Je m'appelle Esther Thompson et voici Isabel Easton. Nous sommes des amies de ton père.

– Il ne m'a jamais parlé de vous.

– Nous ne le connaissons que depuis quelques jours.

Le visage infiniment doux d'Esther eut raison de la réticence de l'enfant, qui s'avança davantage.

– Samuel est retenu à l'extérieur de la ville en ce moment, alors il nous a demandé de t'apporter ton présent d'anniversaire.

– Loin de Londres ? Pourquoi ?

– Il est en train de rendre service à une importante famille.

– C'est vrai qu'il a grand cœur…

Le fantôme lui tendit une petite boîte attachée avec du ruban entre les barreaux de la clôture. Emily écarquilla les yeux en constatant qu'elle flottait au-dessus de la main de la belle dame vêtue à l'ancienne.

– Merci, fit-elle en la prenant avec délicatesse.

– Il nous parle de toi tous les jours, ajouta Isabel.

– Et moi, je pense à lui à chaque instant de ma vie. Il me manque tellement. C'est lui mon véritable père, pas l'homme que ma mère a choisi d'épouser après son divorce. Dites-le-lui, je vous en prie.

– Nous n'y manquerons pas, mais je crois bien qu'il le sait déjà.

– Grâce à ce présent, il sera toujours dans ton cœur, précisa Esther.

Emily hocha tristement la tête et s'éloigna afin de trouver un endroit tranquille où elle pourrait ouvrir son cadeau. Elle ne vit donc pas les deux fantômes disparaître en même temps. Puisque la cour se remplissait d'élèves, la fillette retourna à l'intérieur. Seule dans le vestiaire, elle s'installa dans un coin avec son trésor. « Il ne m'a pas oubliée », se réjouit-elle. Emily commença par examiner la boîte, puis dénoua le ruban avec précaution. En retenant son souffle, elle souleva le couvercle.

– C'est la première fois qu'il m'offre un bijou... murmura-t-elle, émerveillée.

Elle souleva la chaînette jusqu'à ce que le cœur en argent soit à la hauteur de ses yeux.

– Je n'ai jamais vu quelque chose d'aussi beau...

Emily déposa le pendentif sur sa paume et remarqua la fente sur le côté. Elle parvint à l'ouvrir. Les photographies qu'il contenait étaient minuscules, mais elle reconnut facilement leurs deux visages.

– La dame a raison : il sera toujours dans mon cœur.

Elle contempla son père pendant de longues minutes, puis referma le bijou et attacha la chaînette autour de son cou.

Pour que sa mère ne lui ravisse pas son présent en prétendant qu'il n'était pas de son âge, elle fit disparaître la boîte et le ruban dans la poubelle, puis glissa le cœur à l'intérieur de son chemisier. Heureuse comme jamais, elle passa le reste de la journée à réfléchir à une cachette sûre chez elle pour son trésor.

En revenant à la maison, Emily s'obligea à agir normalement, même si elle avait envie de crier de joie. Elle grimpa à sa chambre et dissimula le bijou à l'intérieur du seul trophée qu'elle avait remporté de toute sa vie, lors d'une course à relais à l'école. Elle enfila une belle robe, puis accompagna docilement Kathryn et Madigan dans la limousine. Au restaurant, on lui donna le droit de commander tout ce dont elle avait envie, mais elle n'avait pas faim. Elle fit tout de même un effort pour ne pas les inquiéter. La dernière chose qu'elle voulait, c'était de subir un interrogatoire en règle.

Dès qu'elle eut terminé son dessert, Madigan déposa une enveloppe devant elle.

– Qu'est-ce que c'est ? demanda Emily.

– Ton cadeau d'anniversaire.

– De l'argent ?

– Encore mieux. Ce sont des actions dans mon entreprise.

L'enfant jeta un regard interrogateur à sa mère.

– Ce sont des titres cessibles et négociables qui représentent une part du capital de la société de ton père.

– Des quoi ?

– Disons que ce sont comme des chèques que tu pourras encaisser quand bon te semblera, ajouta Kathryn.

– Mais seulement quand tu seras grande, précisa Madigan.

– Donc, je ne peux rien m'acheter avec cet argent en ce moment, crut comprendre Emily.

– Tu as déjà tout ce dont tu as besoin. Cet argent te permettra de t'offrir des études supérieures, ou un voyage autour du monde.

« Ou ma liberté », s'encouragea secrètement la fillette.

– Est-ce que ça te plaît, au moins ?

– Énormément. C'est très gentil de votre part.

Même s'il s'agissait d'un présent de grande personne, Emily ne s'en offensa pas. Rien ne pourrait lui enlever son bonheur. En rentrant, sa mère lui prépara son bain puis s'assit sur la chaise.

– Est-ce que tu as vu ton père, aujourd'hui ? lui demanda-t-elle enfin.

– Non, répondit sa fille.
– Est-ce que ça te fait de la peine ?
– Comme tu le dis si bien : mon père est imprévisible.
– On voit bien que tu as eu dix ans, aujourd'hui, car s'il t'avait laissée tomber ainsi l'an passé, tu te serais enfermée dans ta chambre et tu aurais pleuré pendant toutes les vacances de Noël.
– Ne t'en fais plus pour moi, maman. Je ne suis pas encore une adulte capable d'échanger des actions, mais je comprends davantage votre monde.
– Ah oui ? s'inquiéta Kathryn.
– Je vois bien que vous faites tous semblant d'avoir la maîtrise de vos vies, mais qu'en réalité, vous êtes bousculés par les événements, autant bons que mauvais. Mon père ne méritait pas ce qui lui est arrivé, mais il a fait de son mieux pour s'en sortir. C'est tout ce qui compte, n'est-ce pas ?
– Tu as raison, ma puce. Il a fait tout ce qu'il pouvait.
– Un jour, il s'en sortira. Tu verras.
– Peut-être bien. Ce qui est important, c'est qu'il ne nous aura pas entraînées au fond de son baril avec lui.
« Moi, j'ai confiance en lui », s'encouragea silencieusement la fillette.
– J'ai laissé ta robe de nuit à côté du lavabo. Ça ira ?
– Mais oui, maman. Je suis grande, maintenant.
Kathryn l'embrassa sur le dessus de la tête et quitta la salle de bains pour lui cacher sa tristesse. Elle avait beaucoup aimé Samuel et ce qui lui était arrivé était injuste, mais son devoir de mère, c'était d'abord et avant tout de protéger sa fille.

Chapitre 12

De retour au château, Esther et Isabel découvrirent que Samuel se tenait à une distance sécuritaire du drakkar échoué dans les roseaux, les mains sur les hanches. Sans doute était-il en train de dresser son plan pour les sauver. Les deux femmes décidèrent de ne pas l'importuner et filèrent vers le manoir. Elles se matérialisèrent dans la grande salle à manger.

– Est-ce que tu vas raconter ce que nous avons fait ce matin dans ton roman ? demanda Isabel.

– C'est certain. Quel beau passage cela fera.

– Cette enfant est adorable. Je trouve tellement injuste qu'on l'ait enlevée à Samuel.

– S'il devient très riche, il pourra la voir plus souvent.

– Alors, qu'est-ce que tu attends pour aller poursuivre ta rédaction ?

Esther passa à travers le mur, se dirigeant vers la bibliothèque. Elle se planta devant le pupitre. Sans qu'elle bouge le moindre muscle, la plume se souleva de l'encrier tandis qu'une feuille blanche se déposait à côté. N'utilisant que son esprit, la bonne se mit à relater l'épisode du matin.

À l'extérieur, Samuel était toujours devant l'embarcation où il avait été attaqué par un dragon spectral. Même si Esther prétendait qu'il ne lui aurait fait aucun mal, il n'en était pas certain. Si cette bête était vraiment un fantôme, cela signifiait-il qu'elle avait déjà été vivante ?

– Je t'ai dit d'arrêter d'y penser, fit alors la voix d'Ulrik, qui venait d'apparaître près de lui.

Samuel n'avait même pas sursauté. « Ciel, je commence à m'habituer aux revenants », soupira-t-il.

– Lorsqu'elles ne sont pas échouées dans la vase, de quelle taille sont ces embarcations ? demanda plutôt le musicien.

Se doutant que son descendant ne comprendrait pas le système de mesure qu'il utilisait neuf cents ans plus tôt, Ulrik souleva lentement le drakkar dans les airs à l'aide de son esprit. Ainsi Samuel pourrait l'évaluer lui-même.

– C'est énorme ! s'exclama le musicien.

– Un drakkar peut transporter entre vingt et quarante hommes à la guerre. C'est une embarcation légère qui peut autant traverser l'océan que remonter les rivières.

– Pour aller piller des villages.

– Seulement ceux qui ont les richesses dont nous avons besoin.

– Vous le dites comme si c'était la chose la plus naturelle du monde, soupira Samuel.

– Parce que ça l'est.

– J'ai été élevé autrement. Dans mon siècle, ceux qui prennent ce qui ne leur appartient pas se retrouvent en prison.

– Dans le mien, ce concept n'existait pas.

– Mes parents m'ont appris la gentillesse et l'altruisme.

– Je n'ai aucune idée de ce que c'est, plaisanta Ulrik. J'ai appris, à l'arrivée de chacun de mes descendants, que les hommes ne vivaient plus selon les mêmes lois. Autres temps, autres mœurs. Mais tu dois comprendre que lorsque tu arriveras dans mon monde, tu ne dois pas t'attendre à ce que les choses se passent comme dans le tien.

– Ouais, je m'en doute.

Le drakkar réintégra l'étang.

– Pourquoi n'y a-t-il pas de livres d'histoire dans la bibliothèque ? demanda Samuel.

– Parce que personne n'en a fait apparaître, j'imagine.

– En avez-vous tous le pouvoir ?

– Sans doute. Mais s'il te prend l'envie de le demander à quelqu'un, je te suggère de t'adresser à mes derniers descendants. Les premiers ne savaient pas lire.

– Merci du conseil. Une dernière question, je vous prie. Les dragons ont-ils vraiment existé ?

– Mais oui.

Ulrik s'effaça en riant.

– Est-ce qu'il se paie ma tête ? se troubla Samuel.

Il en avait vu de multiples représentations dans des armoiries, des sculptures et des livres, mais il avait toujours cru que les dragons étaient le produit de l'imagination des hommes.

Il marcha autour de l'étang, comme il le faisait tous les jours, et salua Ambrose en passant devant les jardins. Il s'installa finalement sur le banc le plus éloigné, qui faisait face au château. Celui-ci se reflétait dans l'eau.

– Toujours pas de pluie, remarqua-t-il.

N'apercevant aucun mouvement menaçant à la surface de l'eau, Samuel finit par se détendre. Les dragons devaient sans doute dormir. Le musicien avait perdu la notion du temps dans cet endroit incroyable. Il ne savait plus ni le jour de la semaine, ni la date, mais il se doutait que Noël approchait, tout comme l'anniversaire de sa fille, d'ailleurs. « Elle va avoir dix ans », se rappela-t-il. Madigan allait encore lui offrir un présent d'un prix exorbitant dont elle n'aurait rien à faire. « Mais c'est mieux que moi, qui n'ai rien à lui donner », se désola-t-il. La tristesse s'empara de lui et il cacha son visage dans ses mains.

Dès que le soleil se mit à décliner, Samuel regagna le château. Sa chaleur le réconforta d'un seul coup... ou était-ce la magie que possédait son étrange famille ? Des moules, des frites, du pain frais et de la bière l'attendaient dans la salle à manger.

– Esther, vous êtes une véritable fée marraine ! s'égaya-t-il.

La bonne apparut à l'autre extrémité de la table.

– Ça fait au moins trois ans que je n'ai pas mangé de moules ! Comment savez-vous tout ce que j'aime ?

– Je jette un œil dans votre cœur de temps à autre. Mais qu'est-ce qu'une fée marraine ?

– C'est une magicienne qui exauce les vœux d'une personne pour lui faire plaisir.

– Alors, j'en suis probablement une, car en plus de vous servir des repas qui vous plaisent, je suis également allée porter un présent à votre fille de votre part, en compagnie d'Isabel.

– Mais je n'avais rien à lui donner...

– C'est pour cette raison que nous sommes allées regarder dans les vitrines de Londres. Nous avons trouvé un bijou exquis.

Esther s'approcha de Samuel et ouvrit sa main. Une reproduction holographique du petit cœur y apparut.

– Avec quoi l'avez-vous payé ? De l'argent fantôme ?

– Isabel et moi avons mis au point une méthode infaillible pour acquitter nos achats. Nous ciblons une personne riche qui l'achète pour nous.

Samuel se demanda s'il devait lui dire que c'était ni plus ni moins que du vol.

– Emily l'a tout de suite aimé, ajouta Esther. Nous y avons inséré une photographie d'elle et une de vous qu'elle peut regarder chaque fois qu'elle en ressent le besoin. Vous lui manquez terriblement, vous savez.

Le père voulut lui avouer que son monde s'était écroulé le jour de son divorce, mais les mots demeurèrent coincés dans sa gorge serrée.

– Vous la reverrez, tenta de le rassurer Esther. Allez, je vous laisse manger en paix.

– Non, attendez ! réussit enfin à articuler Samuel. Dites-moi où je pourrais trouver des livres d'histoire dans le château.

– Je vais m'en informer auprès de Stuart, qui s'y connaît mieux que moi. Y a-t-il une période qui vous intéresse plus qu'une autre ?

– Celle d'Ulrik.

– Très bien.

La bonne disparut.

Samuel baissa les yeux sur son assiette. Il avait moins faim tout à coup, mais contrairement aux fantômes, il devait se nourrir s'il voulait conserver ses forces. Il avala les moules en pensant à Emily, qui n'avait jamais voulu y goûter. Il mangea les frites en se disant qu'elle aurait adoré ce château sorti tout droit d'un conte de fées. Il l'imagina même en train de courir autour de la fontaine avec les jeunes fantômes de l'endroit.

Lorsqu'il eut fini de boire la bière, Esther revint dans la pièce.

– Stuart m'a montré où se trouvent les ouvrages historiques sur la période d'Ulrik, annonça-t-elle.

– Merveilleux !

Il la suivit à la bibliothèque, qu'il avait pourtant déjà explorée.

– Ils sont là-haut, indiqua la bonne en lui pointant les tablettes qui touchaient presque le plafond.

– Comment puis-je grimper jusque-là ?

– Ce ne sera pas nécessaire.

D'un geste gracieux de la main, Esther fit voler une dizaine d'ouvrages jusqu'à lui. Samuel eut tout juste le temps d'ouvrir les bras pour les recevoir.

– Bonne lecture, lui souhaita la bonne.

Elle effectua une petite courbette et se dématérialisa.

Le musicien emporta les livres dans sa chambre. Il s'installa sur son lit, près de la lampe de la table de chevet, et en ouvrit un au hasard, espérant qu'il ne soit pas écrit en danois. À son grand soulagement, il était en anglais. Il parcourut la table des matières, sauta par-dessus l'introduction, et plongea directement dans le premier chapitre. Dès les premières pages, il apprit que les Vikings provenaient de trois contrées principales, soit le Danemark, la Norvège et la Suède. Il fut ensuite surpris de découvrir qu'ils avaient surtout été des fermiers, des pêcheurs, des marchands, des forgerons et des charpentiers. Localement, ces pirates des mers avaient été gouvernés par des chefs, qui répondaient eux-mêmes d'un comte qui se rapportait au roi. Les Vikings possédaient aussi des esclaves.

– Il me faudra faire bien attention de ne pas me faire capturer lorsque je franchirai la porte de la vie d'Ulrik, se promit Samuel, car ces pauvres gens étaient des moins-que-rien.

Les femmes jouaient un rôle important dans cette société ancienne. Elles étaient aussi courageuses que les hommes et gouvernaient seules leur foyer. En fait, elles avaient acquis de nombreux droits, bien en avance sur leur temps. Leur plus importante tâche consistait à fabriquer des vêtements pour leur famille, dont la plupart étaient en laine. Leur production exigeait un long processus. Il fallait tondre les moutons, transformer leur toison en fils de laine, puis utiliser ceux-ci sur le métier à tisser avant de les coudre.

– Et aujourd'hui, nous n'avons qu'à nous rendre dans une boutique de vêtements, commenta le musicien.

Si la famille possédait un bateau, les femmes devaient aussi en tisser les voiles, ce qui nécessitait de longs mois de travail. Samuel apprit également que les femmes vikings étaient très belles en plus d'être intensément indépendantes. Il n'avait pas eu le temps de contempler les traits de Thorfrid lorsqu'elle l'avait sauvé du dragon. Cependant, il était tout à fait d'accord avec l'auteur quand il prétendait que les femmes vikings étaient encouragées dès leur plus jeune âge à devenir autonomes et ingénieuses. La force qui émanait de la fille d'Ulrik était indéniable. Il n'était donc pas difficile de croire que la vie de ces guerriers avait été parsemée de conquêtes, de vengeances et de morts violentes. Aussi, maintenant que Samuel connaissait mieux le Scandinave, il n'avait aucune difficulté à l'imaginer également en train de s'occuper de ses récoltes et de boire de la bière au bord d'un feu.

– Qu'est-ce que tu lis là ?

Le musicien sursauta et le livre lui glissa des mains.

– Je me renseigne, haleta-t-il en calmant les battements de son cœur.

– Sur les fantômes ? demanda Ulrik.

– Non, sur les Vikings. J'essaie de me préparer à ce que je trouverai derrière ta porte.

– À quoi ça te servira, si tout ce que tu as à faire c'est de m'empêcher de brûler une maison ?

– À me rendre jusqu'à vous sans me faire tuer parce que j'agis comme un chien dans un jeu de quilles.

– Un chien ? Et comment peut-on jouer avec des quilles de bateau ?

– C'est une expression qui signifie que je me présenterai chez vous dans des conditions qui seront loin d'être idéales. Si je veux passer inaperçu dans votre village, je dois en apprendre le plus possible sur votre civilisation.

– Je ne vois pas comment on pourrait ne pas te remarquer. Tu es bien trop moderne.

– Avec un minimum d'informations, j'éviterai de marcher sur les orteils les plus sensibles.

– Pourquoi ne m'as-tu pas consulté au lieu d'utiliser ces livres qui ne sont même pas écrits par mes semblables ?

– Parce que j'ai dans mon sang une petite parcelle de votre esprit indépendant ? se risqua Samuel.

Ulrik éclata de rire.

– J'aurais dû avoir un fils plutôt qu'une fille, laissa-t-il finalement tomber. Tu es hilarant. Allez, dis-moi ce que tu veux si désespérément savoir.

– Où me retrouverai-je quand j'aurai ouvert la porte ?

– J'imagine que ce sera à Sjaelland, une île dans la mer, non loin de Jutland. C'est là que j'habitais. Tu devras te rendre dans mon village avant que je monte dans mon drakkar avec mes amis.

– De quel côté devrai-je me diriger ?

– Vers le nord, mais si c'est vraiment le portail vers ma vie, tu devrais arriver directement dans mon village.

– Je l'espère, car je ne pourrai demander mon chemin à personne. Je ne parle pas le vieux norrois.

Ulrik sembla contrarié par ce détail.

– Ouais, ce pourrait être un problème, avoua-t-il. Moi, j'ai appris l'anglais au fil des siècles parce que mes descendants le parlent presque tous. À l'époque où tu apparaîtras dans ma vie, c'est certain que je ne comprendrai pas un seul mot de ce que tu me diras. Et si, par magie, nous étions capables de communiquer, je ne pense pas que je croirais à cette histoire de malédiction. Samuel, tu devras nous sauver par tes actions et non par tes paroles.

– Est-ce censé être un encouragement ?

– J'ai déjà confiance en toi, mais si tu as besoin d'un petit discours de motivation, je suis là.

Le musicien poussa un soupir d'exaspération.

– Rien ne prouve que j'arriverai exactement au bon endroit et au bon moment. Je dois être capable de m'orienter. Ne pourrais-je pas emmener avec moi un de vos descendants qui me servirait d'interprète ?

– Tiens, je n'avais pas pensé à ça. Tant que tu ne prends pas Thorfrid avec toi, ce devrait être possible. Gulbran pourrait sans doute passer pour un homme de mon village. Halvor et Kjald aussi, mais après eux, les autres sont allés vivre ailleurs.

– C'est uniquement pour m'orienter. Il ne faudrait pas qu'ils essaient d'influencer votre décision en vous expliquant qui ils sont.

– Ça va de soi. Ma ferme se trouvait du côté est de cet isthme et j'avais un accès direct à la mer. C'est là que se trouvait mon bateau. Le jour de notre départ, un orage se préparait au sud-ouest.

– Je ferai en sorte de m'en souvenir.

– Thorfrid avait neuf ans. Elle a assisté à mon départ avec mon oncle et sa femme, qui l'ont empêchée de sauter dans le drakkar pour partir avec nous.

– Est-ce que vous vous ressembliez quand vous étiez plus jeune ?

– Quand je n'avais pas neuf cents ans, tu veux dire ?

Encore une fois, Ulrik s'esclaffa.

– J'ai exactement la même apparence que le jour de ma mort, les blessures en moins, affirma-t-il, après avoir essuyé ses larmes de plaisir.

– Tant mieux. Je n'aurais pas voulu tomber sur le mauvais Ulrik.

Le musicien ramassa le livre et le plaça sur le dessus de la pile.

– Les Vikings aimaient-ils leurs enfants ? demanda-t-il.

– Ils les adoraient plus que tout, mais ils ne les traitaient jamais avec faiblesse ou avec une indulgence extrême. Ils exigeaient qu'ils travaillent fort et qu'ils maîtrisent rapidement les compétences de leurs parents. J'ai appris à ma fille à tirer à l'arc, à nager, à monter à cheval, à chasser avec nos chiens et à se servir d'une épée et d'un poignard pour augmenter ses chances de survie. Malheureusement, rien de tout ça n'a pu l'empêcher de succomber à la malédiction, elle aussi.

– Pourquoi ne lui avez-vous pas permis de vous accompagner lors de ce raid ?

– Parce qu'on ne prenait pas les enfants avec nous avant qu'ils aient onze ans.

– Est-ce qu'elle vous en a voulu de l'avoir laissée à la ferme ?

– Ouais et elle m'en veut encore.

– À quoi ressemblait votre maison ? poursuivit Samuel, insatiable.

– Pas à ce château, c'est certain. Je me suis construit une maison longue au pied d'une colline qui la protégeait des vents du Nord. Elle était tout en bois et, comme tous les logis de mon époque, elle n'avait aucune fenêtre et une seule porte. De chaque côté se trouvaient de solides plateformes qui servaient de lits ou de bancs et au centre, j'avais creusé un foyer pour le feu. Puisque je n'avais pas de femme, j'ai dû apprendre à tout faire, mais je ne m'en plaignais pas. Je voulais que ma Valkyrie soit fière de moi. Si j'avais su qu'elle n'allait plus jamais revenir, je me serais marié.

– Qu'est-il arrivé à votre ferme lorsque vous avez été tué en Angleterre ?

– Mon frère en a hérité.

– Pas votre fille ?

– Elle te racontera ça elle-même, si jamais tu arrives à l'amadouer. Je vais aller voir si un de mes premiers descendants accepterait de te servir d'interprète et je répondrai au reste de tes questions plus tard.

– Merci. C'est gentil.

Ulrik disparut, alors Samuel en profita pour poursuivre sa lecture. Tout ce qu'il pourrait apprendre de plus finirait très certainement par lui servir.

Chapitre 13

Samuel passa les derniers jours avant son départ à dévorer les ouvrages sur les Vikings et à bombarder Ulrik de questions afin de vérifier les prétentions des historiens. Il se réjouit d'apprendre que Gulbran, le fils de Thorfrid, avait accepté de l'accompagner sur la terre de ses ancêtres qu'il avait envie de revoir depuis neuf cents ans. Lorsque Ulrik lui présenta son petit-fils, Samuel s'étonna de son absence de ressemblance avec sa mère à la tignasse rousse. Gulbran était blond comme son grand-père et, à première vue, il lui sembla aussi calme que lui.

– Je vous laisse faire connaissance, annonça Ulrik avant de disparaître.

Le musicien se retrouva seul avec le jeune Viking, qui ne semblait pas avoir plus de vingt ans.

– Ne vous fiez pas à vos yeux, lui dit Gulbran. Je suis mort à l'âge vénérable de cinquante ans. Le seul avantage d'être un fantôme, c'est de pouvoir choisir son apparence. J'ai choisi d'apparaître aux autres dans ce corps.

– Je ferais probablement la même chose, avoua Samuel. Pouvez-vous m'aider à mieux comprendre ma généalogie en me parlant de votre lien avec Ulrik et Thorfrid ?

– Oui, bien sûr. Je n'ai pas connu mon grand-père de mon vivant, ni mon père, en fait. Il est mort quand j'avais trois ans, écrasé sous une lourde poutre. Il était constructeur de bateau. Ma mère m'a élevé seule jusqu'à mes huit ans, puis elle m'a confié à une bonne famille. Elle m'a dit qu'elle devait partir à la recherche de son père, maintenant qu'elle n'était plus l'esclave de personne.

– L'esclave ?

– Quand il a compris qu'Ulrik ne reviendrait pas, son oncle l'a vendue. Il avait beaucoup d'enfants et il n'avait pas le temps de poursuivre son éducation.

– Vous n'avez donc pas connu Thorfrid non plus.

– J'étais trop jeune pour bien me souvenir d'elle, mais je ne lui en veux pas. Elle avait ses raisons d'agir comme elle l'a fait. Jusqu'à ma mort, j'ai cru qu'elle avait enfin retrouvé Ulrik et qu'elle était en train de piller tous les villages de la côte anglaise, ce qui me rendait très fier. En arrivant ici, j'ai appris que tout ce qu'elle voulait, c'était rejoindre sa mère Valkyrie pour servir Odin avec elle.

– Vous avez quand même été bien traité au village ?

– Oui. J'ai appris le métier de forgeron auprès de mon père adoptif et je me suis marié à l'âge de vingt ans. Quand le roi a recruté des soldats pour la croisade, j'ai voulu répondre à son appel pour faire honneur à mon sang, mais ma femme m'en a empêché en m'annonçant qu'elle portait notre premier enfant. Je ne pouvais pas la laisser seule pour le mettre au monde et l'élever. Je voulais que mon fils connaisse son père.

– Contrairement à vous…

– J'ai continué à travailler à la forge pour nous faire vivre.

– Si vous avez perdu la vie à cinquante ans et que votre fils est né quand vous étiez dans la vingtaine, il n'était donc pas un enfant quand la sorcière vous a éliminé. Pourtant, sa malédiction indiquait clairement que les descendants d'Ulrik ne bénéficieraient jamais de la protection de leurs parents, ce qui s'est révélé vrai pour Thorfrid et vous.

– J'en ai discuté avec mon grand-père, à mon arrivée au château. Nous pensons qu'elle tentait de m'attirer à la guerre pour me tuer, afin que je ne connaisse pas mon fils. Au village, elle n'a pas eu d'occasions de m'attaquer avant que je bâtisse enfin un bâtiment autour de ma forge pour pouvoir travailler beau temps, mauvais temps. Un matin, alors que je terminais une commande d'épées, une étincelle a mis le feu à l'atelier. Je n'ai pas pu m'échapper du brasier, parce que quelque chose me clouait sur place. On aurait dit qu'une main s'était refermée sur ma cheville. Juste avant de rendre mon dernier souffle, j'ai entendu un rire maléfique et j'ai vu le visage d'une vieille femme dans les flammes.

– La sorcière...

– J'ai passé toute ma vie à essayer d'être un bon mari et un bon père, et je suis fier d'avoir mieux réussi que ma mère et mon grand-père. Halvor avait trente-deux ans quand je suis mort. J'ai même eu le bonheur de prendre mon petit-fils Kjald dans mes bras.

– Nous avons donc quelque chose en commun, Gulbran. Elle ne nous a pas tués comme elle l'avait projeté.

– Sans doute.

– Je vous remercie d'avoir accepté de me servir de guide au Danemark, parce que, très franchement, ça m'inquiétait d'y aller seul.

– C'est bien la moindre des choses que je puisse faire pour ma famille.

– Dès que la fontaine arrêtera de couler, rejoignez-moi à l'étage.

Les deux hommes se saluèrent, puis Gulbran se dématérialisa.

Samuel passa la dernière journée à répéter des mantras destinés à calmer ses appréhensions. C'était une grosse responsabilité qui pesait sur ses épaules. S'il n'arrivait pas à briser la malédiction, non seulement les quarante-cinq fantômes du château y resteraient enfermés pour l'éternité, mais il finirait par les y rejoindre avec sa fille et tous ses descendants.

Il dormait encore quand Andrew apparut près de son lit, le lendemain matin. Le spectre ne pouvait pas le secouer.

– Réveillez-vous, Samuel ! cria-t-il plutôt. C'est le grand jour !

Le musicien se redressa d'un seul coup, les yeux grands ouverts. Il fila sous la douche, s'habilla en vitesse et passa à la salle à manger. Esther l'attendait avec son bagel et son café quotidiens. Elle ne voulait pas qu'il parte l'estomac vide. Il était très nerveux, mais réussit tout de même à avaler son repas. Lorsqu'il passa finalement au salon, il s'arrêta net sur le seuil en trouvant tous les fantômes rassemblés devant lui, qui le regardaient comme s'il était déjà leur sauveur. Il y avait beaucoup de visages qu'il ne connaissait pas encore. Ulrik se tenait en retrait, près du foyer, comme s'il n'avait rien à voir avec cette assemblée spontanée.

– Merci, lui dit Stuart, son père.

– Je ne peux rien vous promettre, fit Samuel, embarrassé.

– Nous sommes surtout venus vous souhaiter bonne chance, précisa Andrew.

– C'est gentil. Je vais certainement en avoir besoin.

Il aperçut Thorfrid qui le fixait à la manière d'un fauve prêt à bondir.

– C'est moi qui devrais y aller, lâcha-t-elle.

– Nous t'avons déjà expliqué pourquoi ce n'est pas toi, soupira Ulrik.

– Gulbran ne connaît personne, dans notre village !

– Il s'y rend comme interprète, parce que Samuel ne parle pas notre langue. Il n'a pas besoin de nous connaître.

– Mais s'il y va pour t'empêcher de provoquer la sorcière, il a besoin de quelqu'un qui pourra aussi le conseiller.

– Suffit ! trancha Andrew. Samuel ne peut pas se permettre de perdre plus de temps.

Il fit signe au musicien de passer devant lui et le suivit avec Gulbran et Ulrik pendant que Thorfrid fulminait derrière eux. Ils grimpèrent le grand escalier et s'arrêtèrent à l'entrée du long couloir. « Quelle porte choisir ? » se demanda Samuel, l'estomac noué. Il promena son regard des deux côtés. Son intuition allait-elle bien le servir ? « Il s'agit de la vie d'Ulrik, alors c'est lui qui devrait prendre cette décision », grommela-t-il intérieurement.

– J'ai une chance sur quarante-six de tomber au bon endroit, lâcha-t-il plutôt. Et une fois que je serai dans le passé, de quelle façon pourrai-je revenir en arrière pour vous dire si j'ai réussi ou échoué ?

– Aucun de nous n'a jamais tenté de passer les portes, lui rappela Andrew. Ce sera donc à vous de le découvrir.

– Si j'avais au moins l'âme d'un aventurier, je me lancerais dans cette entreprise tête baissée... En réalité, je ne le fais que pour vous libérer et éviter de me retrouver captif ici, un jour.

– Fiston, tu es le descendant d'une race de conquérants qui s'élançaient sur les mers sans savoir ce qu'ils y trouveraient, l'encouragea Ulrik.

– Ouais, le quarante-sixième, comme vous le dites si bien. Je crains que votre sang se soit dilué avec le temps.

– Allez, un peu de courage, renchérit Andrew.

Samuel se mit à marcher dans le corridor en écoutant ce que lui disait son cœur, mais il ne faisait que battre à tout rompre, peu importe devant quelle porte il se trouvait. Les fantômes l'observaient en silence sans savoir comment lui venir en aide. Le musicien s'arrêta brusquement.

– Advienne que pourra, soupira-t-il. Ce sera celle-ci.

– En es-tu bien certain ? demanda Ulrik.

– Non, mais il faut bien que je commence quelque part. Vous êtes bien conscients, tous les trois, que si je me suis trompé, la malédiction ne sera pas rompue.

– Si tel est le cas, tâche de revenir pour en essayer une autre.

– Je veux bien, mais j'ignore s'il y aura une porte de sortie, là-bas.

– Tu es un homme intelligent. Tu trouveras le chemin du retour.

Loin d'être rassuré, Samuel fit un pas vers la porte. Gulbran s'approcha pour lui faire comprendre qu'il ne serait pas seul. Malgré son tempérament placide, ce Viking savait fort bien se battre. Il pourrait donc le conseiller, au besoin.

– Prêt ? lui demanda Samuel.

– Plus que jamais. Cela me fera le plus grand bien de sortir d'ici.

Le musicien agrippa solidement la poignée en métal et la tira vers lui. La porte s'ouvrit en grinçant. Il s'attendait à trouver une espèce de fenêtre virtuelle menant vers un monde différent, mais ce qu'il aperçut n'était qu'un grand trou noir.

– Et s'il n'y a rien là-dedans ? hésita-t-il.

– Il n'y a qu'une façon de le savoir, commenta Ulrik.

Sans plus de façon, il utilisa son esprit pour pousser Samuel dans l'ouverture. Le cri de surprise de ce dernier devint de plus en plus faible, comme s'il venait de tomber d'une falaise. Le croyant en difficulté, Gulbran se précipita à sa suite sous les regards inquiets des deux autres, qui ne savaient pas s'ils devaient fermer la porte ou la laisser ouverte. Avant qu'ils puissent prendre une décision, Gulbran fut catapulté dans le couloir. Il passa entre eux et termina son vol contre le mur opposé. La porte leur claqua sèchement au nez.

– Que s'est-il passé ? s'enquit Ulrik.

– Je n'en sais rien… Un vent violent m'a empêché d'avancer, puis il m'a forcé à reculer.

– As-tu vu quelque chose ?

– Rien du tout. C'était encore plus sombre là-dedans que dans un four.

– Pourquoi Samuel n'a-t-il pas été repoussé, lui aussi ? demanda Andrew.

– Sans doute parce qu'il est vivant, avança Ulrik.

– Il est vrai que nous n'avons jamais été capables de manipuler quoi que ce soit dans ce château et, que la fontaine coule ou non, nous n'arrivons pas à ouvrir ces portes. Les mêmes restrictions s'appliquent peut-être au passé.

– J'ai donc bien fait d'attirer Samuel ici, se félicita Ulrik. Apparemment, lui seul peut les franchir.

– Qu'Odin le protège, ajouta Gulbran, inquiet.

– Vous pouvez partir. Je vais attendre son retour.

Andrew et le petit-fils d'Ulrik se dématérialisèrent en même temps. Le Scandinave crut alors percevoir une autre énergie, mais cette impression ne dura qu'un instant. Il marcha jusqu'à la fenêtre au bout du couloir pour observer la fontaine inactive. La petite Rose se tenait près du bassin, immobile comme une statue. C'était elle qui avait remarqué cette anomalie qui allait leur permettre de poursuivre enfin l'évolution de leur âme.

– Walhalla, je serai bientôt là…

Tout comme Gulbran, Esther, qui avait suivi Samuel sous une forme invisible, avait été repoussée dans le corridor. Heureusement, Ulrik et Andrew s'étaient tout de suite occupés du Viking et n'avaient pas remarqué sa présence. Malgré son étourdissement passager, elle s'était empressée de regagner la bibliothèque. Debout devant le pupitre, elle reprit ses esprits.

– Esther ?

La bonne se retourna.

– Ne devais-tu pas accompagner Samuel dans le passé afin de pouvoir écrire sur ce qu'il allait y vivre ? s'étonna Isabel.

– C'est bien ce que j'ai essayé de faire, mais une force dont j'ignore l'origine m'a empêchée de quitter le château.

– La sorcière, nul doute. Espérons qu'elle ne lui fera pas de mal.

– Maintenant qu'il connaît son existence, Samuel se montrera certainement plus prudent. En ce qui concerne le roman que je suis en train d'écrire pour lui, il doit sûrement exister un moyen de m'informer de ce qu'il aura trouvé derrière cette porte sans que je sois forcée de le questionner.

– Tu pourrais regarder directement dans sa mémoire, suggéra Isabel.

– Est-ce seulement possible ?

– Nous arrivons assez facilement à lire les pensées de Samuel. Quelle est la différence ?

– Tu as sans doute raison. Il me suffirait de le faire pendant son sommeil pour qu'il ne se doute de rien.

– Pourquoi est-il si important pour toi de ne pas lui en parler ?

– Je veux lui faire une belle surprise, c'est tout. Et rien ne prouve que j'y arriverai. Alors, il est préférable que je me taise.

– Je vois. En fin de compte, je suis soulagée que tu ne te sois pas aventurée au-delà de la porte, avoua Isabel. Tu m'aurais beaucoup manqué s'il t'était arrivé malheur. Je tiens beaucoup à toi, Esther.

– Tout comme je tiens à toi aussi.

– Et puis, il est peut-être temps que Samuel apprenne enfin à avoir confiance en lui.

– Personnellement, je préférerais qu'il se fasse des alliés, qui l'aideront à accomplir sa mission et à nous revenir.

– Gulbran n'a pas pu le suivre, lui non plus. Sans lui, il ne pourra pas se faire comprendre.

– Faisons-lui confiance, d'accord ?

Esther baissa le regard sur les feuilles blanches qu'elle avait hâte de noircir.

Chapitre 14

Samuel retint son souffle en pénétrant dans l'obscurité totale derrière la porte. Il avança à tâtons, les bras tendus devant lui, afin d'éviter de se fracasser la figure dans un obstacle qu'il ne pouvait pas voir. C'est alors qu'il tomba dans un grand trou ! Heureusement, ses pieds atterrirent sur une surface dure quelques secondes plus tard, mais il ressentit un froid intense qui transperça ses vêtements. Il se mit à frissonner, mais poursuivit sa route en espérant qu'il finirait par aboutir quelque part. « C'est comme entrer dans la mort », s'effraya-t-il, au bout de quelques minutes. Il lui prit alors une folle envie de faire demi-tour, puis il pensa à tous ces fantômes qui comptaient sur lui. Il ne voulait pas qu'ils le traitent de poltron jusqu'à la fin des temps.

« Peut-être que je marche dans l'estomac d'une baleine », finit par se dire Samuel. C'est alors qu'une éclatante lumière le força à fermer les yeux. « Espérons que ça ne veut pas dire que je suis rendu au ciel… » Il battit prudemment des paupières, jusqu'à ce qu'il arrive à les entrouvrir, au milieu d'un fleuve de larmes d'irritation. Il les essuya du revers de la main et tenta de s'orienter. Il se trouvait au pied de hautes murailles en pierres grisâtres. Le ciel était d'un bleu très pur. Il n'y avait aucun nuage pour bloquer les chauds rayons du soleil. Après les images vinrent les sons. D'un seul coup, les oreilles du musicien captèrent une multitude de bruits, dont des voix, mais absolument rien d'origine mécanique.

En protégeant ses yeux d'une main, il vit devant lui des champs qui semblaient s'étendre à l'infini. Un chemin de terre les coupait en deux. Des charrettes et des piétons l'empruntaient dans les deux sens. Les hommes étaient vêtus d'une tunique courte ou longue et de pantalons serrés. Samuel portait une chemise blanche, un jean noir et des baskets. « Je ne vais sûrement pas pouvoir passer inaperçu dans ce décor », se découragea-t-il. Il ne voyait nulle part de maisons où il aurait pu se procurer des vêtements appropriés.

L'absence d'automobiles et d'autres véhicules à moteur sur la route lui fit penser qu'il était peut-être arrivé chez les Vikings. « Mais ceux-ci construisaient-ils des murs semblables ? » se demanda-t-il en étudiant le mur crénelé qui faisait cinq fois sa taille. Encore une fois, il regretta de n'avoir pas prêté plus attention à ses leçons d'histoire. « Si je suis au mauvais endroit, comment vais-je retourner à mon époque ? » Il pivota sur lui-même, mais la porte par laquelle il était passé n'était nulle part. « Pourquoi ai-je l'impression d'avoir commis la plus grosse bêtise de toute ma vie ? »

Il attendit Gulbran pendant de longues minutes, puis comprit que quelque chose avait dû l'empêcher de le suivre. Ulrik lui avait souvent répété que les fantômes étaient soumis à de nombreuses restrictions. Peut-être ne leur était-il pas possible d'ouvrir les portes du château parce que, de toute façon, leur immatérialité les empêcherait de les franchir ? « J'aurais dû le faire passer devant moi », se reprocha Samuel.

Puisqu'il semblait coincé seul dans cette période historique, Samuel décida d'observer de son mieux.

Il voulait savoir où il se trouvait et en quelle année. Il marcha donc le long de la muraille en direction de la route qui devait sans doute mener vers une entrée. Il n'avait pas fait deux pas qu'il sentit un curieux picotement sur sa peau. Il baissa les yeux et découvrit qu'il était maintenant habillé comme les gens de l'endroit. Le pantalon marron lui moulait les jambes et ses baskets avaient fait place à des bottes en cuir. Sa tunique sable lui descendait jusqu'aux genoux et était serrée à la taille par une ceinture. « Qui vient d'opérer cet enchantement ? » se demanda-t-il. Un frisson d'horreur lui courut dans le dos en pensant que ce pût être la sorcière. Il s'efforça de maîtriser sa peur et continua d'avancer.

En s'approchant davantage des gens qui circulaient sur le chemin de terre, il vit qu'ils se dirigeaient vers ce qui ressemblait à une forteresse ou qu'ils venaient d'en sortir. Ceux qui étaient à pied transportaient des sacs sur leur dos. Les autres conduisaient des charrettes tirées par des bœufs ou des chevaux, chargées de fruits et de légumes.

Samuel ne possédait pas un sens aigu de l'observation, mais ils ne lui semblèrent pas scandinaves. Il pénétra avec un petit groupe dans la cour qui s'étendait devant un grand bâtiment en forme de trou de serrure. Il ignorait encore que la partie circulaire était le donjon, où vivait le seigneur des lieux, tandis que la partie rectangulaire renfermait trois sections utilitaires sous forme de tours carrées. En fait, tout le complexe était à peu près de la taille du château hanté, sauf qu'il comptait au moins trois étages et quatre dans le cas d'une des tours.

Les paysans venaient déposer leurs marchandises à la porte du bâtiment du milieu, où un homme les recevait pendant qu'un autre écrivait quelque chose dans un livre relié en cuir. Ces deux-là étaient habillés différemment. Ils portaient un surcot bleu et blanc par-dessus une tunique et un pantalon noirs. Samuel commença à penser qu'il n'avait pas ouvert la bonne porte et qu'il avait manqué l'ère des Vikings de quelques siècles.

Il était le seul qui ne transportait pas quelque chose, alors il se rapprocha d'une des voitures pour ne pas trop ressortir du lot. Plus il regardait autour de lui, plus il était persuadé de se trouver quelque part au Moyen Âge. Il passa près d'un puits dans lequel des hommes étaient en train de puiser de l'eau pour la transvider dans toutes sortes de récipients. Les odeurs de la cour ne ressemblaient en rien à celles auxquelles le musicien était habitué. C'était un mélange de sueur, d'urine et d'odeurs d'animaux. Il s'approcha de l'immeuble circulaire et leva les yeux vers les fenêtres des étages supérieurs. C'est alors qu'on lui saisit le bras et qu'on le tira plus loin. Samuel tourna la tête vers la personne qui l'éloignait ainsi du donjon. Il s'agissait d'une jeune femme dans la vingtaine, aux longs cheveux brun-roux attachés sur sa nuque, et aux yeux verts. Sa peau était aussi blanche que la neige, mais ses pommettes étaient rosées comme celles des poupées d'Emily.

– Il faut vraiment être un étranger pour s'approcher ainsi de la demeure du seigneur Alfred, lui reprocha-t-elle.

– Qui est-il ? demanda le musicien.

Elle l'éloigna davantage du donjon en le ramenant vers le puits.

– Le propriétaire de la forteresse. C'est un homme juste et généreux, mais d'une jalousie maladive. Il a souvent fait fouetter des hommes qui tentaient de lorgner sa femme.

– Mais ce n'était pas du tout mon intention. Non seulement j'ignorais que cet endroit lui appartenait, mais je ne savais même pas qu'il était marié.

– Vous n'êtes pas de la région, ça s'entend. Mais vous ne portez pas les bottes usées d'un homme qui vient d'ailleurs.

– Croyez-moi, j'arrive de très, très loin.

– Dans quel but ? Êtes-vous marchand ? Soldat ? Ou apportez-vous un message de la part d'un autre châtelain ?

– Rien de tout ça.

Deux hommes en surcot marchèrent à leur rencontre. Des épées pendaient à leur ceinture.

– Jetez le seau dans le puits et remontez-le, lui ordonna la paysanne. Tâchez d'agir le plus naturellement possible.

Samuel, qui tenait à rester en vie dans le passé, lui obéit sur-le-champ. Il n'avait jamais tenté une telle opération, mais il venait de voir d'autres hommes le faire, alors il les imita de son mieux. Les soldats passèrent près de lui, lui jetèrent un œil inquisiteur et poursuivirent leur route.

– Vous les avez trompés, mais on voit bien que vous n'avez jamais puisé de l'eau de toute votre vie, nota la paysanne. Êtes-vous le seigneur d'un autre domaine ?

– Pas du tout. Je m'appelle Samuel et j'arrive de Londres.

– Je ne sais pas où c'est. Moi, c'est Felicity.

– Vous travaillez ici ?

– Grâce à Dieu, non. Je remplace mon père qui est trop vieux pour venir porter ses produits à la forteresse. Que faites-vous par ici, seigneur Samuel ?

– Je ne suis pas un seigneur. Appelez-moi juste Samuel.

– Répondez-moi.

– Je cherche un ami qui s'appelle Ulrik.

– Alors, vous n'êtes pas au bon endroit. Je connais tout le monde et personne ne porte ce nom, ici.

– Où suis-je, en fait ?

Felicity lui fit déposer le seau sur la margelle et l'entraîna en direction de la charrette de son père, que les hommes d'Alfred avaient fini de décharger. Elle s'assura que personne ne regardait dans leur direction.

– Sur le domaine du seigneur Alfred, à plusieurs heures de York. Il est plutôt troublant que vous ne le sachiez pas.

– Je suis parti de chez moi sans carte ni indications.

– Uniquement pour retrouver un ami ?

– Il court un grand danger, mais il l'ignore. Un ennemi projette de le tuer. Je dois empêcher ce meurtre insensé.

– Sans savoir où il se trouve.

– C'est à peu près ça, oui... avoua Samuel, penaud.

– Vous êtes un étranger, alors vous pouvez dire n'importe quoi sans qu'on puisse le vérifier. Je ne suis pas certaine de croire à votre histoire extravagante.

– Et je n'ai aucune façon de prouver que je dis la vérité.

– Vous êtes conscient, j'espère, que si vous êtes un espion, je devrai vous dénoncer.

– Je vous jure sur mon honneur que je n'en suis pas un.

Felicity lui décocha un regard incrédule qui fit presque sourire le musicien. Elle n'avait rien en commun avec Kathryn et, pourtant, il la trouvait très belle, mais pas juste physiquement. Il émanait d'elle une énergie qui l'attirait comme un aimant. « Mais qu'est-ce que je suis en train de penser ? se reprit Samuel. Elle a vécu cinq cents ans avant moi ! Je ne peux pas m'éprendre de quelqu'un que je ne reverrai jamais. »

– Si vous m'attendez sagement ici, je vais terminer mes affaires et vous conduire ensuite à quelqu'un qui pourra sans doute vous aider.

– C'est vraiment aimable.

Elle lui tourna le dos et se rendit jusqu'à l'homme qui prenait des notes dans un livre. La robe verte qu'elle portait par-dessus une longue chemise blanche était serrée à la taille par des cordons entrelacés et elle portait des chaussures en cuir. Ses cheveux lui atteignaient presque la taille, même s'ils étaient attachés. Felicity se plaça derrière la file de paysans et attendit son tour de régler ses comptes avec le représentant du seigneur. Samuel en profita pour étudier plus attentivement les bâtiments en faisant bien attention de ne pas s'attarder sur le plus grand. Les châteaux anglais qu'il avait vus dans sa vie étaient pour la plupart en ruines. Celui-ci lui semblait très récent. Comme beaucoup d'enfants, il avait joué avec des petits chevaliers et des chevaux en plastique, mais jamais on ne lui avait offert des paysans et des charrettes à Noël pour compléter ses ensembles médiévaux. Pourtant, ils étaient en majorité dans la cour de la forteresse.

La température était agréable, ni trop froide, ni trop chaude. Felicity avait mentionné la ville de York, qui ne devait sûrement pas ressembler à celle qu'il avait visitée quelques années plus tôt. Mais en quelle année se trouvait-il ? Il ne se rappelait pas combien de temps avait duré le Moyen Âge dans son pays. « Mais je peux écrire toute la musique que j'entends dans ma tête, se dit-il pour se consoler. On ne peut pas exceller dans toutes les matières. »

Il s'attarda ensuite au travail des paysans qui entraient et sortaient sans cesse de la cour comme des fourmis ouvrières. Ils ne semblaient ni heureux, ni malheureux. Ils accomplissaient leur travail parce que cela faisait partie de leur vie, rien de plus. Retournaient-ils travailler dans les champs une fois leur chargement livré ? Samuel fut tenté de les questionner, mais il leur aurait tout de suite paru suspect. Alors il se tourna une fois de plus vers Felicity, qui était en train de discuter avec le clerc.

« Si toutes les portes du couloir représentent les vies des fantômes du château et que celle que je viens de franchir n'est pas celle d'Ulrik, alors de laquelle s'agit-il ? » Ce ne pouvait pas être Felicity, car il ne l'avait pas vue parmi les revenants avant son départ. D'ailleurs, aucun des visages qui l'entouraient ne lui était familier. « Je demanderai une liste des descendants à Esther », se promit-il. Il vit alors la jeune femme revenir vers lui.

– Ils sont gourmands, mais nous avons fini par nous entendre sur un prix, lui dit-elle.

Samuel n'avait jamais perçu les femmes de cette époque comme ayant quelque droit que ce soit.

– Nous allons remplir les gourdes, manger des galettes et nous mettre en route.

– Pourquoi m'aidez-vous ? demanda-t-il.

– Parce que j'ai l'impression de vous connaître depuis toujours, même si ce n'est pas le cas.

Elle fouilla sous la planche de la charrette qui servait de siège et en sortit deux contenants en peau.

– Je vais vous montrer comment on fait.

Le musicien la suivit jusqu'au puits. Il observa son travail, puis fit de son mieux pour l'imiter quand ce fut son tour de remplir sa gourde. Felicity s'amusa de sa gaucherie, mais ne chercha pas à l'humilier devant tout le monde. Samuel avait si soif qu'il but toute l'eau qu'il venait de puiser et dut recommencer l'opération.

– C'est ainsi qu'on apprend, le taquina la jeune femme.

Elle le ramena près de sa charrette et en retira une vieille couverture qu'elle déposa sur le sol, puis un petit sac en tissu. Elle y prit place avant d'inviter Samuel à la rejoindre.

– Je ne suis pas la meilleure cuisinière du monde, mais habituellement, mon père ne s'en plaint pas, déclara Felicity en lui tendant une petite galette aux amandes.

Il en prit une bouchée prudente et s'étonna de son bon goût. Son expression de surprise fit rire Felicity. Pendant qu'il mangeait, elle flaira la manche du musicien.

– Vous sentez trop bon pour être un paysan, laissa-t-elle tomber. Comment gagnez-vous votre vie, Samuel ?

– Je suis musicien.

– J'aurais dû m'en douter. Votre ami qui risque de se faire tuer l'est-il aussi ?

– Oh mais là, pas du tout. C'est un guerrier.

– Quelle étrange amitié que la vôtre.

– Ça, vous pouvez le dire. Mais nos vies sont irrévocablement liées malgré nous.

– Ferait-il la même chose pour vous ?

– S'il se trouvait à ma place, je pense que oui.

Ils entendirent alors des cris de détresse à l'extérieur des murailles.

– Que se passe-t-il ? s'inquiéta Samuel.

Des paysans se réfugièrent rapidement dans la cour.

– Fermez les portes ! ordonna un des hommes en surcot.

Felicity avala le reste de la galette et agrippa le bras de Samuel pour le forcer à se lever.

– Sommes-nous en danger ? demanda-t-il.

– Tout dépend de qui nous attaque, répondit la jeune femme. Elle agrippa la bride du cheval qui tirait sa charrette et le ramena près des bâtiments afin de le protéger des projectiles et donner aux soldats tout l'espace requis pour manœuvrer.

– Ça ne vous effraie pas ? lui demanda Samuel.

– Ce n'est pas la première fois que cela nous arrive. Ne craignez rien, le seigneur Alfred a l'habitude de ces assauts surprises. Lorsqu'il aura découragé l'envahisseur, je vous emmènerai chez moi pour que mon père puisse vous renseigner.

– Dans combien de temps ?

– Avant la nuit, si tout va bien.

Samuel savait pertinemment qu'il ne pourrait pas passer plus de vingt-quatre heures à cet endroit et il se doutait qu'il devrait se trouver à proximité du lieu où il était arrivé s'il voulait retourner dans le présent.

– Vous habitez loin d'ici ?

– Ce n'est pas le moment d'en parler. Restez sur vos gardes jusqu'à ce que ce soit terminé.

Les archers se précipitèrent sur les passerelles et prirent position entre les merlons alors qu'une marée de soldats sortaient du bâtiment le plus éloigné, armés jusqu'aux dents. Tandis que Samuel envisageait la possibilité de se cacher dans la charrette, un des hommes déposa durement une épée dans sa main et poursuivit sa route. Elle était si lourde qu'il fut incapable de la tenir à l'horizontale. Sa pointe descendit vers le sol.

– Mais... protesta le musicien.

– Ce n'est pas le moment de leur expliquer que vous ne savez pas vous battre, lui dit Felicity. Faites de votre mieux.

Samuel lui jeta un regard terrifié.

– Vous n'êtes pas obligé de les tuer. Contentez-vous de leur casser les jambes ou les bras avec le plat de l'épée en utilisant toute la force de vos bras.

Une volée de flèches s'abattit dans la cour, semant la panique. L'une d'elles se ficha dans le bois de la charrette, à un cheveu de l'épaule de Samuel. Il étouffa un cri de surprise avant d'être poussé derrière la voiture par la paysanne.

Chapitre 15

Samuel observait l'affolement autour de lui. « Je ne me suis pas aventuré dans le passé pour me faire tuer. » Les archers du seigneur Alfred contre-attaquèrent, ce qui sembla mettre fin au déluge de flèches dans la cour.

– Protégez les portes ! hurla un soldat qui sortait du donjon.

Samuel se tourna vers Felicity avec un regard interrogateur.

– Tous les hommes en âge de se battre doivent défendre la forteresse, indiqua-t-elle.

– Y compris ceux qui ne savent pas se servir d'une épée ? demanda-t-il.

– Même les prêtres savent comment frapper les ennemis pour les paralyser.

– Je n'en suis pas un.

D'autres projectiles inondèrent la cour, forçant le musicien à se réfugier une fois de plus derrière la charrette, au lieu de se joindre aux soldats et aux villageois qui s'agglutinaient devant les portes.

– Ils ne seront pas cléments avec vous s'ils s'aperçoivent que vous avez préféré vous cacher, dit la jeune femme à Samuel.

– J'irai leur prêter main-forte dès que je pourrai le faire de façon sécuritaire.

Felicity ravala un commentaire désobligeant. Le musicien tentait désespérément de rassembler son courage. Il demeurait appuyé contre le mur à attendre le bon moment de se jeter dans la mêlée. Des coups sourds résonnèrent dans la forteresse, signalant que l'envahisseur tentait de défoncer les portes avec un bélier. Samuel entendit grincer des pentures au-dessus de lui et leva la tête. Il vit s'ouvrir des volets et apparaître le visage d'une jeune femme aux longs cheveux bruns. Sans doute se demandait-elle ce qui se passait dehors. Les flèches continuaient de pleuvoir à l'intérieur des créneaux et Samuel entrevit aussitôt le danger.

– Ne restez pas là ! lui cria-t-il.

Elle baissa un regard inquiet sur lui.

– Vous allez vous faire tuer !

La belle dame recula, effrayée, et referma les volets, juste à temps. Trois flèches s'y plantèrent d'un seul coup.

– Vous lui avez sauvé la vie, mais j'ai bien peur que vous veniez de mettre fin à la vôtre, lui fit remarquer Felicity, en lui pointant l'homme qui se tenait derrière les troupes. C'est son mari.

En effet, le seigneur Alfred avait capté le court échange entre l'étranger et sa femme. Dès que l'envahisseur serait repoussé, il s'assurerait que cet insolent ne puisse plus jamais répéter son geste. Des serviteurs grimpèrent l'escalier qui menait à la passerelle en tenant entre eux, sur un solide bâton, une grosse marmite remplie d'huile brûlante. Au lieu de regarder ce qu'ils étaient sur le point de faire, Samuel cherchait plutôt une autre sortie pour éviter de rencontrer le mari de la châtelaine. Il entendit les cris de douleur des hommes sur qui on venait de déverser le chaudron. Les coups contre la porte cessèrent aussitôt.

– Ils battent en retraite, sire ! cria un des archers.
– Qui nous attaquait ? demanda le seigneur.
– Drake et ses troupes.
– Continuez à tirer !
Il se faufila entre les soldats.
– Ouvrez les portes et poursuivons ces fils de chiens !
Deux hommes en surcot lui obéirent sur-le-champ. Felicity se tourna vers Samuel.
– Ce serait le bon moment d'aller vous battre, l'informa-t-elle. Il ne pourra rien vous arriver si vous restez derrière les autres.
Il décida de suivre son conseil et traîna de son mieux la lourde épée. Felicity l'observa en se demandant si elle devait rire ou pleurer. Comment un homme aussi mal adapté à la vie avait-il réussi à survivre jusqu'à cet âge ? Même son père, qui était désormais un vieillard, arrivait à tenir une arme convenablement.
Les soldats foncèrent sur l'arrière-garde de Drake pendant que les paysans hurlaient comme des démons pour leur faire peur en brandissant des épées, des lances et des fourches. Une image effrayante surgit alors dans l'esprit de Felicity : Samuel s'empêtrant dans ses propres pieds avant de tomber et de s'empaler lui-même. Elle quitta sa cachette et s'élança à sa suite, mais s'arrêta deux pas après les portes en le voyant très loin derrière la bande, traînant son épée derrière lui. « En fait, il n'y a aucune chance que cela se produise », comprit-elle.
Alfred leva le bras pour arrêter sa compagnie. Il demeura immobile à sa tête pour s'assurer que son rival n'allait pas faire marche arrière. Drake n'était pas le seul noble qui désirait s'approprier ses terres. Récemment, tous s'étaient donné le mot. Lui-même était satisfait de ses possessions et ne cherchait pas à

en acquérir davantage, mais il ne voulait pas perdre ce qui lui appartenait de plein droit.

Lorsque l'armée de Drake ne fut plus qu'un petit nuage de poussière à l'horizon, Alfred félicita les siens et leur permit de réintégrer la forteresse. Il les accompagna jusqu'à ce qu'il rattrape enfin Samuel, tout près des portes. Alors son visage s'empourpra.

– Qui vous a donné le droit de regarder ma femme ? hurla-t-il.

Les paysans et la plupart des soldats s'empressèrent de disparaître dans la cour pour éviter les foudres de leur seigneur. Seuls ses hommes de confiance s'attardèrent pour empêcher le coupable de prendre la fuite. N'ayant pas compris qu'il s'adressait à lui, Samuel continuait de traîner son épée en direction de la forteresse. Alfred lui barra la route, vert de jalousie.

– C'est à moi que vous vous adressez ? fit mine de s'étonner le musicien.

– Je vous ai vu admirer sa beauté lorsqu'elle est apparue à la fenêtre !

– C'était votre femme ?

– Ne jouez pas au plus fin avec moi, étranger.

– Justement, je ne connais personne ici. Comment aurais-je pu savoir qu'elle était mariée ?

Debout près des portes, Felicity se demanda si elle devait intervenir. « Attends qu'il soit vraiment en danger », se dit-elle. Elle ne voulait pour rien au monde perdre les bonnes grâces du seigneur à l'égard de sa famille.

– Avouez que vous êtes venu jusqu'ici pour la séduire pour le compte d'un de mes ennemis.

– Je n'ai rien fait de tel.

Alfred dégaina son épée, ce qui affola Felicity. Elle fit un pas vers les duellistes, mais le seigneur était déjà passé à l'attaque. Ce furent ses lointains instincts de guerrier qui permirent à Samuel de ne pas être décapité sur-le-champ. Sans même réfléchir, il avait relevé son arme au-dessus de lui pour bloquer le coup de son adversaire. Furieux, celui-ci multiplia les charges. Felicity, qui voyait bien que l'étranger agissait uniquement par réflexe, comprit que si elle n'intervenait pas, Alfred en ferait de la bouillie pour les chats. Elle fonça sur Samuel comme un taureau et le heurta si brutalement qu'il tomba sur le sol et fit plusieurs roulades. Le seigneur se retrouva donc devant la jeune femme, qui le séparait de sa proie.

– Il dit vrai, affirma-t-elle. J'étais près de lui quand nous avons entendu s'ouvrir les volets de la chambre de la dame. Il lui a seulement recommandé de se mettre à l'abri, rien de plus.

L'homme plissa le front, méfiant.

– Voyez vous-même les flèches qui se sont plantées dans les volets, juste après que votre épouse les a refermés, poursuivit Felicity en pointant le donjon.

Le regard d'Alfred suivit son doigt.

– S'il ne l'avait pas pressée d'agir, elle serait morte à cette heure. Ce n'est pas votre colère que mérite ce héros, mais votre reconnaissance.

– Que je ne pose plus jamais les yeux sur lui.

Le seigneur se dirigea vers sa demeure sans plus accorder d'attention à Samuel, qui venait de se relever et époussetait ses vêtements de son mieux.

– Vous l'avez échappé belle, lui fit remarquer Felicity en s'approchant de lui.

– Pourquoi refuse-t-il de comprendre que je lui ai sauvé la vie ?

– Je suis certaine qu'il le sait, mais il est bien trop orgueilleux pour l'avouer.

La jeune femme ramassa l'épée.

– Allons chercher la charrette et, de grâce, gardez le regard baissé sur vos pieds.

Il marcha près d'elle en faisant bien attention de ne plus se faire remarquer. Felicity remit l'arme à un des hommes en surcot et continua jusqu'à la voiture. Elle examina le cheval, qui n'avait heureusement subi aucune blessure dans le déluge de flèches, puis le fit marcher vers les portes pour s'assurer qu'elle n'avait pas manqué une plaie sur ses pattes. Il lui semblait bien portant. En suivant la charrette, Samuel ne put s'empêcher de jeter un coup d'œil furtif à la fenêtre. Les volets étaient toujours fermés.

Dès qu'ils furent sortis de la cour, Felicity et Samuel grimpèrent sur la planche qui servait de banc. Sans qu'elle lui donne aucun ordre, le cheval se mit en route pour la ferme. Il avait dû parcourir ce chemin des centaines de fois.

– Cette femme est vraiment très belle, laissa échapper le musicien. Son mari a raison d'être jaloux.

– Le sujet est clos, l'avertit sa sauveteuse.

– Merci d'être intervenue.

– Que pouvais-je faire d'autre ? Il vous aurait tué.

– Je ne suis pas un homme violent. Je ne savais pas quoi faire.

– Vous l'avez au moins empêché de vous faire éclater la tête. C'est un bon début.

La longue route jusqu'à la ferme du père de Felicity finit par endormir les craintes de Samuel. Loin de la forteresse il n'avait plus peur de perdre la vie, mais, en même temps, il s'éloignait de la porte qui pourrait le ramener dans son propre temps.

– Je vais vous nourrir et vous permettre de passer la nuit chez moi, mais demain, vous devrez partir pour de bon.

Samuel n'eut pas le courage de lui dire qu'il devrait retourner à son point de départ. En quittant ses hôtes au milieu de la nuit, il pourrait certainement refaire le chemin inverse à pied. « Et si je tombe sur des brigands ? » s'inquiéta-t-il. Il secoua la tête pour chasser cette pensée. « Une chose à la fois… » Ils arrivèrent à la ferme un peu avant le coucher du soleil. Un vieil homme était assis devant la maison, un chien à ses pieds.

– Il était temps, lâcha-t-il.

– La forteresse a encore été attaquée par l'armée de Drake, l'informa Felicity en sautant sur le sol.

– Qui est avec toi ?

– Un étranger dont je ne sais presque rien.

– C'est bien la première fois que tu nous ramènes quelqu'un.

– Son cas est spécial.

Elle détacha le cheval et le conduisit dans l'enclos où l'attendaient de l'eau et du fourrage. Samuel demeura debout près de la voiture sans savoir que faire. Il ignorait tout de l'étiquette médiévale. Pouvait-il parler le premier ? Était-il préférable d'attendre que le propriétaire des lieux s'adresse à lui ? « Je ne repartirai plus jamais sans m'informer des us et coutumes du passé », décida-t-il. Il se souvint alors que les quarante-cinq fantômes avaient vécu à toutes les époques et qu'il ne savait pas où le mènerait chaque porte…

– Comment vous appelez-vous ? demanda finalement le vieillard en le libérant de ses pensées obsédantes.

– Samuel Andersen.

– Vous êtes normand, donc.

– Mes ancêtres l'étaient, monsieur. Je suis né à Londres.

– Et poli, de surcroît. Venez vous asseoir.

Samuel se risqua jusqu'à la chaumière. Le chien leva la tête pour l'examiner, puis se recoucha. Le musicien prit prudemment place sur l'autre chaise, qui lui parut chambranlante.

– Qu'êtes-vous venu faire ici ?

– Comme je l'ai déjà expliqué à mademoiselle Felicity, je cherche un ami.

– Est-il venu s'installer dans la région ?

– Je ne crois pas, non.

– Ce n'aurait pas été une bonne idée non plus. Les étrangers ne sont pas les bienvenus dans le Nord, pour toutes sortes de raisons. Vous avez beaucoup de cran de vous être aventuré jusqu'ici.

Felicity revint de l'enclos.

– Je vais préparer le potage. Père, dites-lui comment se rendre à York.

Elle disparut dans la maison.

– Où est votre cheval, monsieur Andersen ? s'enquit le vieil homme.

– Je n'en ai pas.

– Alors, vous n'y serez pas avant l'hiver.

Le découragement sur le visage de Samuel ne passa pas inaperçu.

– Retournez chez vous et laissez votre ami faire face à son propre destin.

« Le problème, c'est que son destin est intimement lié au mien », songea le musicien.

– Je ne suis pas un homme insensible, continua le vieillard, mais la seule façon de survivre dans ce monde moderne, c'est de s'occuper d'abord de soi, puis de sa famille, de ne pas enfreindre les lois et de travailler aussi fort qu'on peut.

– Ce sont de judicieux conseils.

« Quand on n'est pas victime d'une malédiction », ajouta Samuel pour lui-même. Il avait tout tenté pour vivre heureux. Il avait écrit un nombre incroyable de bonnes chansons qui jouaient sans cesse à la radio, même si elles étaient interprétées par d'autres artistes. Il avait aimé sa femme et sa fille à la folie, mais il avait tout perdu quand même.

– Indiquez-moi de quel côté aller et je ne vous importunerai pas davantage, dit-il.

– Il n'est pas question que vous partiez dans l'obscurité et avec un estomac vide. Nous ne sommes pas des gens riches, mais nous avons de bonnes manières.

Samuel partagea donc le repas de potage et de pain à l'intérieur de la maison, éclairé par des bougies.

– Monsieur Andersen est musicien, lâcha alors Felicity.

– L'as-tu mentionné au seigneur ? demanda le père. Il aime la musique.

– Malheureusement, il a jeté un œil à sa femme et il lui a même parlé.

– Comment se fait-il qu'il soit encore en vie ?

– Votre fille l'a empêché de me décapiter, expliqua Samuel.

– Si vous voulez mon avis, vous ferez bien de quitter la région.

– C'est ce que je pense aussi.

– Vous avez le choix de dormir devant le feu avec le chien ou à l'extérieur avec le cheval, lui proposa Felicity.

– Je crois que ce sera à la belle étoile, si vous n'y voyez pas d'inconvénient.

Lorsqu'il eut terminé son écuelle, la jeune femme l'accompagna dehors pour lui indiquer où se trouvait la paille que l'animal n'avait pas encore souillée. Elle alla ensuite lui chercher une couverture et un gobelet de thé, puis s'assit avec lui pour regarder les étoiles. Encore une fois, Samuel remarqua l'absence des bruits normaux des villes de son temps. « Comme c'est apaisant », apprécia-t-il.

– Êtes-vous marié ? lui demanda la jeune femme, à brûle-pourpoint.

– Je l'ai été.

– Votre épouse est morte ?

Il ne savait pas comment on jugeait les gens divorcés à cette époque, alors il préféra ne pas lui avouer que Kathryn vivait désormais avec un autre homme.

– Oui, elle est morte, mentit-il.

– Est-ce pour cette raison que vous vous êtes lancé dans cette expédition insensée à des lieues de chez vous ?

– Peut-être bien. Et vous ?

– J'ai refusé plusieurs propositions de mariage pour continuer de prendre soin de mon père, parce qu'il n'a plus personne d'autre que moi. Peut-être que je céderai à un homme de bonne famille quand il ne sera plus là, sinon, je continuerai de m'occuper seule de notre ferme.

Samuel avala une gorgée de thé dont le goût amer n'avait rien en commun avec tout ce qu'il avait bu dans sa vie.

– Si vous saviez faire quelque chose de vos deux mains, à part de la musique, ce pourrait bien être vous, ajouta Felicity.

Il s'étouffa avec le thé, ce qui fit rire la jeune femme de bon cœur.

– Soyez sans crainte, je ne vous en ferai pas la demande, étant donné que le seigneur Alfred ne vous aime pas du tout, ajouta-t-elle.

Pourtant, en plongeant son regard dans les yeux verts de Felicity, Samuel eut la certitude qu'il serait heureux avec elle. « Et je la connais à peine », songea-t-il. Son cœur n'avait apparemment pas les mêmes critères de sélection que sa raison.

– Bonne nuit, monsieur Andersen.

– Bonne nuit, mademoiselle…

– Preacher, Felicity Preacher.

Elle retourna vers la maison. « Dommage qu'autant de siècles nous séparent », regretta Samuel en déposant son gobelet sur le sol et en s'allongeant sur la couverture.

Chapitre 16

Lorsqu'il ouvrit enfin les yeux, Samuel se rendit compte que le soleil se levait. Son plan de disparaître au milieu de la nuit s'était envolé. Il se redressa d'un seul coup, effrayé. « Il ne me reste que quelques heures pour retrouver la porte qui me ramènera dans le château hanté ! » Il abandonna la couverture et le gobelet et fonça sur la route qui menait à la forteresse du seigneur Alfred. Inutile de tenter d'expliquer sa décision à Felicity, qui ne l'aurait pas comprise de toute façon. Il modéra sa course pour ne pas s'épuiser, mais ne prit aucune pause.

Une heure plus tard, il entendit le martèlement de sabots derrière lui et tourna la tête. Un cavalier approchait au galop sur un cheval qui ressemblait drôlement à celui qui avait tiré la charrette la veille. Il reconnut alors Felicity.

– Pourquoi êtes-vous parti sans nous en informer ? lui reprocha-t-elle.

– Vous ne pourriez pas comprendre.

– Me prenez-vous pour une sotte ?

– Pas du tout. Je vois bien que vous êtes une femme très intelligente, mais ma réalité est trop difficile à saisir pour quelqu'un de votre siècle.

– De mon siècle ?

– Je suis bel et bien arrivé de Londres, mais celui du vingt et unième siècle, et si je ne retourne pas près des remparts de la forteresse du seigneur Alfred, je ne pourrai plus jamais rentrer chez moi.

– Vous êtes donc le fou de votre village, pauvre homme.

– Je vous jure que non. Écoutez, je vous remercie pour votre aide, mais je dois partir.

– Si vous voulez arriver plus rapidement là-bas, montez derrière moi, offrit-elle en lui tendant la main.

Samuel commença par hésiter, puis la prit. Elle le tira sur la croupe de la bête, qui décolla comme une flèche. Au détour de la route qui menait à la forteresse, Felicity fit piquer sa monture derrière un épais hallier et l'immobilisa.

– Que se passe-t-il ? s'alarma le musicien.

Elle lui fit signe de se taire. Samuel entendit alors les pas pressés de centaines de personnes avant de les apercevoir sur la route entre les branches.

– Le seigneur Alfred a apparemment décidé de remettre à Drake la monnaie de sa pièce, murmura la jeune femme.

Dès que l'armée fut passée, Felicity poussa le cheval en direction opposée. Quelques minutes plus tard, ils arrivèrent devant les portes de la muraille.

– Ils n'ont rien de mieux à faire que de s'agresser entre eux ? soupira Samuel en mettant pied à terre.

– Tout ce qu'ils veulent, c'est agrandir leur domaine et augmenter le nombre de leurs serviteurs et de leurs moutons.

Un jeune homme courut à leur rencontre.

– Étranger, Lady Anwen aimerait vous parler.

Felicity jeta à Samuel un regard chargé d'avertissement.

– Il serait impoli de ma part de refuser son invitation, se défendit-il.

– Dans ce cas, je vous accompagne pour vous empêcher de faire d'autres bêtises.

Ils suivirent le messager à l'intérieur du donjon.

– Je n'ai pas l'intention de rester longtemps, ajouta Samuel.

– Ne recommencez pas à me parler de votre retour dans votre siècle.

– En quelle année sommes-nous ?

– Vraiment ? Vous n'en savez rien ?

– Je vous jure que non.

– Nous sommes en l'an de grâce 1509.

« Décidément pas à l'époque d'Ulrik », conclut Samuel. Il observa les murs en pierre où n'apparaissait aucune décoration ni indication de la richesse du propriétaire. C'était bien différent du château hanté. Le serviteur les arrêta devant une porte en métal qu'il n'ouvrit pas. On y avait pratiqué une ouverture rectangulaire qui ne permettait que d'y glisser une écuelle.

– Le voilà, milady, annonça le garçon.

Deux yeux noisette apparurent dans la fente.

– Merci d'avoir accepté de me parler, fit une voix féminine. Habituellement, personne ne veut venir jusqu'ici.

– Madame ? s'étonna Samuel.

– Je m'appelle Anwen. Je suis l'épouse du seigneur Alfred. Je profite de son absence pour vous remercier en personne de m'avoir sauvé la vie. Je regrette de ne pas vous recevoir avec plus de courtoisie, mais mon mari ressent le besoin de m'enfermer ici chaque fois qu'il part en guerre pour éviter que d'autres hommes m'approchent.

– Je suis vraiment désolé...

– Parlez-moi un peu de vous, étranger. Les serviteurs me disent que vous semblez arriver de loin.

– C'est exact, car je suis parti de Londres afin de retrouver un ami. Je m'appelle Samuel. Êtes-vous malheureuse, madame ?

– Plus maintenant. Je me suis résignée à mon sort.

– Je regrette de devoir vous quitter si vite, mais je dois me remettre en route.

– Je comprends et je vous souhaite de revoir bientôt votre ami.

Samuel quitta le donjon, profondément malheureux. Il avait mémorisé sa route dans le bâtiment, alors il n'attendit pas que le serviteur le reconduise à la sortie. Il ne se rendit même pas compte que Felicity lui avait emboîté le pas.

– On dirait que vous avez vraiment envie de mourir, grommela-t-elle.

– Plus maintenant... murmura le musicien.

Ils traversèrent la cour.

– Pourquoi le sort de Lady Anwen vous attriste-t-il ? voulut savoir la paysanne.

– S'il aimait sa femme, il ne la traiterait pas ainsi. Il lui ferait confiance.

– Personne ne trompe son époux à Londres ?

– Probablement, mais ce n'est pas la norme.

Felicity lui saisit le bras pour l'arrêter de marcher et déposa son poignard dans sa main.

– Pour que vous puissiez vous défendre sur le chemin du retour, peu importe où vous irez. Des brigands se cachent sur toutes les routes.

– Merci pour tout, mademoiselle Preacher. Je suis ravi d'avoir fait votre connaissance et, très sincèrement, j'aurais aimé que ce soit dans cinq cents ans.

– Oui, bien sûr...

Persuadé qu'il n'était qu'un pauvre homme qui avait perdu la raison, Felicity le suivit le long des remparts. Elle se doutait bien qu'il ne ferait pas de vieux os, car il était tout à fait inconscient des dangers qui le guettaient. Elle s'arrêta net en apercevant un curieux phénomène à une vingtaine de pas devant Samuel. Cela ressemblait à une porte lumineuse qui se tenait à la verticale sans être raccrochée à quoi que ce soit !

– Monsieur Andersen, prenez garde ! s'écria-t-elle.

Il se tourna vers elle avec un sourire amusé.

– Vous n'avez aucune raison de vous inquiéter, la rassura-t-il. C'est par là que je suis arrivé.

– Je ne comprends pas...

– Au revoir, Felicity. Je ne vous oublierai jamais.

Il marcha tout droit vers le rectangle incandescent sans qu'elle ait le temps de l'en empêcher. Lorsqu'il s'y enfonça, la paysanne poussa un cri de surprise. Puis la porte disparut d'un seul coup. Felicity s'approcha prudemment de l'endroit où elle s'était matérialisée, mais il n'en restait plus rien.

– Il disait vrai... s'étrangla-t-elle.

Samuel se retrouva une fois de plus dans le noir, mais il ne tremblait plus de peur. Il comprenait désormais qu'il s'agissait d'un passage magique entre des tranches de temps différentes. Il garda toutefois les bras tendus en avant, car il n'y voyait rien. Au bout de quelques minutes, une brèche se créa devant lui. Le musicien plissa les yeux pour ajuster sa vue et la franchit. Il s'aperçut avec soulagement qu'il était de retour au château de la sorcière. Se souvenant que les portes changeaient souvent de place et ne voulant pour rien au monde retourner deux fois au même endroit, même si la possibilité de revoir Felicity était bien tentante, Samuel se retourna. À l'aide du poignard que la jeune femme lui avait offert, il s'empressa de graver dans le bois le nom de Felicity, sous l'inscription en runes, pour l'identifier une fois pour toutes. Puis il recula pour voir si son travail allait ou non disparaître.

– Excellente initiative, fit une voix derrière lui.

Il reconnut la voix d'Ulrik, mais ne bougea pas. Il ne voulait surtout pas perdre cette porte de vue.

– Mais rien ne prouve que ces lettres ne vont pas s'effacer, répliqua le musicien.

– Les autres caractères sont pourtant encore là.

– Ils n'ont pas été tracés par les fantômes du château.

– Peut-être que les tiens resteront parce que tu es toujours vivant et que tu n'as pas utilisé de magie pour les graver. De toute façon, les portes ne se déplacent que durant la nuit. Nous ne saurons que demain si ton intervention a été heureuse.

– Je l'espère de tout cœur, sinon je pourrais me retrouver dix fois au même endroit.

– Ce n'était donc pas la mienne.

Samuel se rappela qu'Ulrik ne savait pas lire.

– Pas du tout, confirma-t-il. Je me suis retrouvé au seizième siècle. Vous avez vécu au onzième.

– Tu t'en es bien tiré, on dirait.

– À part un mari jaloux qui a failli me fracasser le crâne, on pourrait dire ça.

– Tu n'auras donc aucune objection à tenter l'aventure une deuxième fois ?

– Ai-je vraiment le choix ? Cette malédiction m'a aussi empoisonné la vie. Je me moque de ce qui m'arrivera, en fin de compte. Ce qui m'importe maintenant, c'est le bonheur de ma fille. Si vous n'avez rien prévu pour moi aujourd'hui, je vais m'isoler pour réfléchir un peu.

Samuel le salua et se dirigea vers l'escalier. Il entra au salon et alla droit vers le guéridon où reposait le whisky. Il ne prit pas le temps de verser l'alcool dans le verre. Il déboucha la bouteille et avala plusieurs gorgées à même le goulot. Les images de la veille remontèrent dans son esprit. « Suis-je le seul homme au monde qui ait eu la chance de retourner dans le passé ? se demanda-t-il. C'est complètement fou... »

Son estomac se mit à gronder comme un vieux moteur, alors il déposa la bouteille et pénétra dans la salle à manger. Tout comme il s'y attendait, son repas matinal était déjà sur la table. Il commença par siroter le café, puis s'attaqua au bagel en pensant à Felicity et à sa fougue qui la rendait si attirante. Andrew apparut à l'autre extrémité de la pièce.

– J'en conclus que votre expédition n'a pas porté les fruits escomptés, laissa-t-il tomber en marchant vers Samuel.

– Si j'avais réussi à accomplir ma mission, nous ne serions pas en train d'en parler en ce moment. Mais ne nous décourageons pas tout de suite. Il reste encore quarante-cinq portes là-haut. Au pire, dans quelques mois, je les aurai toutes ouvertes et vous serez enfin libres.

– Et vous ?

– J'avoue qu'une seconde chance de réussir ma vie me plairait beaucoup, mais si je dois vous accompagner au ciel, alors soit. Je n'ai plus peur de la mort.

– Vous êtes beaucoup plus brave que moi, Samuel.

– Je serais plutôt porté à dire que je suis plus résigné, mais merci.

– Avez-vous besoin de quoi que ce soit, aujourd'hui ?

– Seulement d'un peu de solitude.

– Je respecterai donc votre souhait.

Andrew s'évapora sans rien ajouter. Samuel termina son repas sans se presser. Il alla ensuite jouer du piano pour se détendre pendant quelques heures. La musique avait toujours eu le don de le calmer. Il laissa résonner la dernière note avant de sortir du château pour prendre l'air. Sans s'en rendre compte, il aboutit devant la fontaine, qui avait recommencé à couler. Les enfants fantômes ne se trouvaient nulle part. Peut-être ne jouaient-ils ensemble que la nuit… Samuel se rappela alors qu'il ne pourrait faire un nouvel essai que dans sept jours. « Que vais-je faire jusque-là ? »

Il poursuivit sa route autour de l'étang, mais ne vit ni Ambrose, le jardinier, ni les pêcheurs. En fait, pour la première fois depuis longtemps, la surface de l'eau était aussi calme qu'un miroir. « Le calme avant la tempête ? » songea-t-il. Il s'arrêta sur un banc et laissa le vent jouer dans ses cheveux. Tout comme dans le monde de Felicity, il n'y avait aucun bruit de civilisation moderne sur ce domaine… ni aucun autre bruit, en fait. Au seizième siècle, il avait au moins entendu des chants d'oiseaux, des aboiements, des sabots de chevaux, des cliquetis d'armes et même des rires d'enfants. Il se demanda si le château hanté reposait dans une grande bulle hors du temps où rien ne pouvait pénétrer.

– Sauf moi…

Samuel recommença à penser à Emily et tenta de deviner ce qu'elle ferait de sa vie s'il parvenait à la soustraire à la vengeance de la sorcière. Son nouveau père exigerait sans doute qu'elle entreprenne des études supérieures. Elle avait suffisamment de talent pour se retrouver à la tête d'une grande entreprise, devenir politicienne ou même médecin. Elle possédait aussi une très belle voix, mais jamais Kathryn ne la laisserait marcher dans ses pas à lui.

Un roulement de tonnerre tira le musicien de sa rêverie. De grosses gouttes de pluie se mirent à tomber, le forçant à quitter le parc et à courir en direction de la résidence. « J'ai maintenant la preuve qu'il pleut dans cet univers étrange », se dit-il en s'engouffrant à l'intérieur par la porte qui donnait sur la salle de jeu. Une serviette en ratine l'y attendait, soigneusement déposée sur le dossier d'une chaise. Samuel s'essuya le visage et se frotta la chevelure. C'est alors qu'il constata qu'il portait encore ses vêtements médiévaux. « Si je perds mes jeans à chaque incursion dans les autres époques, il ne m'en restera plus avant longtemps », se découragea-t-il.

Il prit place à l'une des nombreuses tables, près d'une fenêtre, et contempla le ciel qui s'assombrissait à vue d'œil. Des éclairs se mirent à éclairer le domaine et les coups de tonnerre de plus en plus assourdissants secouèrent le château. « Lorsque j'étais jeune, j'avais peur des orages », se rappela-t-il. C'était pour se montrer brave devant sa fille qu'il avait cessé de fermer les rideaux et de se cacher dans un coin. Emily comparait ces tempêtes à un chargeur de piles et l'obligeait à s'allonger par terre dans leur salon afin d'imaginer que l'électricité de la foudre revitalisait toutes les cellules de leur corps. « Elle me manque tellement », soupira-t-il intérieurement.

L'orage dura à peine une heure. Samuel retourna au salon et se coucha sur le sofa pour se reposer. Il finit par fermer les yeux et sombrer dans le sommeil. Esther apparut derrière sa tête. Elle posa doucement la main sur son front et assista ainsi à toute son aventure à la forteresse du seigneur Alfred en se branchant dans sa mémoire. Elle y découvrit non seulement des images, mais des émotions aussi. Juste avant de mettre fin à sa petite enquête, elle capta un curieux désir inassouvi. L'arbre de Noël qu'il avait l'habitude de décorer avec sa fille lui manquait cruellement. Étonnée, la bonne retira sa main et disparut.

Chapitre 17

Samuel dormit plusieurs heures dans le salon, se remettant de la tension nerveuse de son incursion au seizième siècle. À son réveil, un bon feu brûlait dans la cheminée. Il s'assit en se disant qu'il lui fallait absolument trouver quelque chose à faire pour tuer le temps entre les caprices de la fontaine. C'est alors qu'il aperçut le sapin géant dans le coin opposé de la pièce. Il s'en approcha en écarquillant les yeux comme un enfant le jour de Noël. Sur ses branches pendaient absolument toutes les petites décorations qu'il avait possédées tant durant son enfance que pendant sa vie d'adulte. Des milliers de petites ampoules scintillaient de bas en haut et tout au sommet se trouvait une belle étoile dorée.

– Il y a de l'électricité dans le château ! s'exclama-t-il après quelques minutes d'extase.

Il se mit à genoux et fouilla sous les branches basses pour repérer le fil et la prise dans le mur, mais ne trouva rien.

– Encore de la magie, soupira-t-il en se redressant. Suffirait-elle à faire fonctionner un ordinateur ?

– Je crains que non, répondit une voix familière.

Samuel se retourna et vit son père qui approchait.

– Les descendants qui sont ici depuis longtemps ont appris à manipuler la matière avec leur esprit, ce qui n'est pas encore mon cas, avoua Stuart.

Malheureusement, la plupart ne savent pas ce qu'est un ordinateur. Et à quoi te servirait-il, de toute façon ?

– À faire des recherches sur Internet.

– Tu crois vraiment que tu capterais quelque chose sur ce domaine ?

– Probablement pas...

– Qu'est-ce que tu veux savoir, Sam ?

– Je l'aurais utilisé pour traduire les runes sur les portes là-haut. À moins qu'il existe un livre à leur sujet dans la bibliothèque du château ?

– Je n'en ai jamais vu et Dieu sait que j'ai eu le temps d'en faire le tour plusieurs fois.

Stuart approcha la main d'une décoration en forme de flocon de neige et passa à travers, ce qui attrista le musicien.

– Celui ou celle qui a créé ce sapin te connaît bien, on dirait.

– C'est sans doute Esther, devina Samuel. Elle fait tout en son pouvoir pour me rendre la vie plus agréable pendant que je suis ici. Je ne sais pas comment elle arrive à savoir ce qui me fait plaisir.

– Isabel et elle semblent posséder des pouvoirs supérieurs aux autres fantômes. Personne ici ne comprend pourquoi.

Il répondait à son fils sans le regarder, portant plutôt son regard sur le sapin.

– Il y a beaucoup de tristesse dans ta voix, papa.

– Ça fait déjà plus de huit ans que je suis ici, mais je ne m'y habitue pas. Je continue d'éprouver le sentiment qu'on m'a volé ma vie. Vous m'avez beaucoup manqué, ta mère et toi.

– C'est pareil pour moi. Pourquoi ne t'es-tu pas formé un cercle d'amis parmi tes ancêtres ?

– À part Andrew, il n'y en a aucun qui ait quoi que ce soit en commun avec moi.

– N'étais-tu pas content de retrouver ton père ? s'étonna Samuel.

– J'avais dix ans quand il est mort d'une surdose de drogue. C'est la serveuse qui nous avait recueillis qui m'a élevé. Je ne sais rien de lui.

– Ce n'est pas comme si tu n'avais pas le temps d'apprendre à le connaître.

– C'est un bohème, un libre penseur et un hippie, qui n'a jamais compris que la vie, c'était sérieux. Ma mère et lui nous ont élevés, ma sœur, mon frère et moi, dans un immeuble laissé à l'abandon où il n'y avait même pas d'électricité et encore moins d'eau courante. Tout ce qui me vient à l'esprit quand je pense à mon père, ce sont des reproches.

– Dans mon souvenir, tu as été un homme qui tenait coûte que coûte à ses principes.

– Je le suis toujours.

– Admets quand même que je n'ai pas aussi mal tourné que tu le craignais.

Stuart se contenta d'arquer un sourcil pour indiquer qu'il n'était pas d'accord, alors Samuel décida de changer de sujet.

– Le jour de Noël, c'était mon moment préféré de toute l'année. J'en avais du mal à dormir, la veille. Je me suis fait un devoir de transmettre mon enthousiasme à ma fille, mais avec tout ce que nous avons vécu avant mon départ, j'ignore si c'est encore une journée magique pour elle. En fait, quelle date sommes-nous ?

– Comment le saurais-je ?

– Personne ne tient un calendrier, ici ?

– Ulrik nous le fait savoir lorsque les années changent, mais pas les mois ou les jours.

– Vous ne célébrez donc rien du tout.

– Il n'y a plus vraiment d'événements spéciaux pour nous.

Stuart se tourna vers lui.

– Joyeux Noël, mon fils.

Il disparut avant que Samuel puisse lui souhaiter la même chose.

– J'imagine que ça se passe autrement quand on va directement au ciel, soupira-t-il.

– Mais pour y accéder, il faut avoir mené une vie exemplaire, répondit une voix féminine.

Le musicien se tourna vers sa provenance et aperçut une femme de petite taille, toute menue, qui se tenait sur le seuil du salon. Elle portait une cape grise et son capuchon cachait ses traits.

– Plusieurs d'entre nous se retrouveront sans doute en enfer lorsque la malédiction sera levée, ajouta-t-elle.

– Encore faut-il que cet endroit existe, répliqua Samuel, qui refusait de croire que Dieu ait prévu un tel sort pour ses créatures.

– Les méchants sont toujours punis.

Elle laissa retomber son capuchon sur ses épaules et le musicien la reconnut sur-le-champ.

– Vous êtes Anwen Haley, la dame de l'autre côté de la porte...

– Heureuse de vous revoir, Samuel, même si c'est dans un autre type de prison.

– Je suis tellement désolé du sort que vous a réservé votre mari.

– Était-ce vraiment plus cruel que ce qui m'attendait après ma mort ?

Anwen s'approcha davantage et le musicien dut reconnaître qu'elle était vraiment très belle. Toutefois, ce n'était pas une raison pour l'enfermer dans une tour.

– Vous auriez dû me dire que vous étiez mon descendant.

– En fait, je l'ignorais, madame. Je ne suis pas ici depuis très longtemps et je n'ai pas rencontré tout le monde. Les portes sont identifiées dans une langue qui m'est inconnue, alors je ne savais pas où je me retrouverais quand j'ai choisi la vôtre.

– Serez-vous obligé de toutes les ouvrir ?

– Jusqu'à ce que je découvre celle d'Ulrik, et même à ce moment-là, rien ne prouve que je réussirai à le convaincre de ne pas partir pour l'Angleterre ou de ne pas brûler la maison de la sorcière.

– Il est en effet très têtu et très attaché à ses propres désirs. Cependant, vous aurez certainement le temps d'apprendre à le connaître avant d'en arriver là et vous saurez comment lui faire entendre raison.

– J'aimerais bien partager votre confiance. Je vous en prie, parlez-moi de vous. Nous n'avons eu qu'un bref instant ensemble dans votre passé.

Anwen jeta un œil à l'arbre de Noël, puis se tourna vers Samuel.

– Je suis la dix-neuvième descendante d'Ulrik, commença-t-elle.

« Le vieux Viking a vraiment traumatisé tout le monde », constata le musicien.

– Je suis la fille de Phillip Haley, professeur de mathématiques à Cambridge, et de Bryany Holmes. Il est tombé amoureux d'elle parce qu'elle était le portrait de sa mère, Juliet. Il l'a donc courtisée sans relâche jusqu'à ce qu'elle cède à ses avances. Elle n'avait que dix-huit ans lorsqu'il l'a épousée et l'année suivante, elle m'a mise au monde. Nous vivions dans une coquette petite maison non loin de l'université.

Le visage d'Anwen passa de la nostalgie à l'amertume.

– C'est là que mon supplice a véritablement commencé. Je n'ai jamais demandé à être aussi belle, aimable et parfaite. La nature m'a fait don de ces grâces. Je ne le faisais pas exprès de charmer tout le monde. En fait, j'ai décidé toute jeune que je voulais utiliser ces atouts pour faire le plus de bien possible autour de moi. J'ai donc annoncé à mes parents que je voulais entrer au couvent et devenir religieuse. Mon père a éclaté de colère. Il m'a enfermée dans notre maison, où il est devenu mon précepteur. Pour sa part, ma mère m'a enseigné tout ce que je devais savoir pour devenir une épouse parfaite. Que de nuits blanches j'ai passées à imaginer que je fuyais loin de chez moi, mais je n'ai jamais eu le courage de partir. J'ai même songé à la mort pour échapper à mon destin.

« Tiens donc, c'est de famille », ne put s'empêcher de penser Samuel.

– Je n'avais que dix-sept ans lorsque mon père est mort. C'était enfin ma chance de m'échapper, ma mère l'a pressenti. Elle avait reçu plusieurs demandes en mariage de la part de jeunes hommes de la région. Alors, pour que je ne manque jamais de rien, elle a choisi le plus riche. Elle ne pouvait pas savoir que c'était également le plus jaloux et le plus possessif. Elle m'a conduite elle-même chez le seigneur Alfred et n'est repartie qu'après notre mariage. Je ne l'ai plus jamais revue.

– Vous avez donc été malheureuse toute votre vie ?

– Entravée, plutôt. J'étais libre de faire ce que je voulais dans le donjon quand mon mari s'y trouvait et je n'ai jamais manqué de rien, mais je ne pouvais pas sortir prendre l'air. Je ne pouvais regarder le ciel et sentir le vent qu'à partir des fenêtres de mes appartements.

– Si je suis ici, aujourd'hui, c'est certainement parce que vous avez eu des enfants.

– Un fils unique. J'ai donné naissance à William quelques mois après votre départ de la forteresse. Je n'avais que vingt ans. Il est devenu mon principal centre d'intérêt, jusqu'à ce que son père reparte en guerre et qu'il m'enferme dans la tour sans mon petit.

– Il vous a séparée de votre bébé ? se révolta Samuel.

– Pire encore, Alfred n'est jamais revenu. Il a été tué au combat et c'est lui qui avait la clé de mon cachot. Les servantes m'apportaient mes repas et elles lavaient mes vêtements, qu'elles glissaient dans la fente de la porte. Mais elles ne pouvaient certainement pas faire la même chose avec mon fils. Elles le tenaient dans leurs bras pour que je puisse le voir et caresser sa joue. Il a été élevé par sa nourrice, qui faisait de son mieux pendant que des ouvriers tentaient d'ouvrir cette porte maudite qui refusait de céder sous leurs marteaux et leurs masses.

« Un sort maléfique de la sorcière… » comprit le musicien.

– J'ai appris à connaître William en bavardant avec lui tandis qu'il s'assoyait dans le couloir, à quelques pas de moi, mais si loin en même temps. Lorsqu'il est finalement devenu adulte, il a lui aussi tenté de me faire sortir de la tour. Il a lancé des grappins jusqu'aux hautes fenêtres, mais jamais ils ne se sont accrochés à leurs rebords. Il a également utilisé des canons pour démolir le mur, mais les boulets ne s'y rendaient pas.

– Je suis si navré, murmura Samuel, au bord des larmes.

– Je sais désormais qu'aucun de ses efforts n'aurait pu me soustraire à la malédiction. J'ai ordonné à William de partir et de faire sa vie. Il a longtemps résisté, puis quand j'ai cessé de lui parler, il est allé étudier à Londres. Je n'ai appris qu'à sa mort qu'il était devenu médecin et qu'il avait ouvert son propre cabinet, qu'il s'était marié et qu'il avait eu deux beaux enfants.

– Que vous est-il arrivé après son départ ?

– Je ne sais plus très bien combien de temps plus tard, car je ne comptais plus les jours, on a arrêté de venir me porter à manger. J'ai appelé et appelé, en vain. La forteresse était désormais déserte. Je me suis allongée sur mon lit et j'ai attendu la mort. Elle est arrivée un soir d'orage. Au milieu des éclairs qui illuminaient la pièce, j'ai vu une femme à mon chevet. Elle avait de longs cheveux gris et des yeux démoniaques que je n'oublierai jamais.

– La sorcière, conclut Samuel.

– En personne. Elle n'était là que pour me voir mourir.

– Sans doute aussi pour s'emparer de votre âme et l'enfermer ici.

– Je n'avais plus la force de lui jeter quoi que ce soit au visage. J'ai vidé mon esprit pour qu'elle n'y trouve rien et je me suis laissée partir.

– Votre histoire est la plus triste que j'ai entendue depuis que je suis arrivé au château, avoua le musicien. Et tout ça parce qu'Ulrik a brûlé la maison de cette méchante femme dans un accès d'impatience… C'est tellement injuste…

Anwen continuait de le regarder avec une douceur qui contrastait avec les sévices qui lui avaient été infligés.

– C'est ce que j'ai pensé aussi pendant toutes ces années, puis, quand j'ai abouti ici, Edith, mon arrière-grand-mère, m'a prise sous son aile et m'a expliqué pourquoi tout cela m'était arrivé. Aucun des habitants de ce domaine n'a pu échapper à son sort sauf vous, Samuel.

– Détrompez-vous. J'ai eu mon lot de malheurs aussi. La seule différence entre les autres descendants et moi, c'est que la sorcière n'a pas encore réussi à me tuer.

– Dans ce cas, espérons que vous êtes bien protégé au château.

– À mon avis, elle ne me cherchera jamais ici, parce qu'elle ne s'attend pas à m'y trouver.

– Alors, tant mieux, parce que je ne vois pas comment nous pourrions vous garder d'elle.

– Je suis un grand garçon, Anwen. Je peux fort bien me défendre.

– Pfft ! résonna alors une autre voix dans le salon.

– Qu'est-ce que c'était ? s'étonna Samuel.

– Thorfrid, la fille d'Ulrik. Vous l'avez rencontrée ?

– Oh que oui.

Samuel ne jugea pas utile de lui raconter que la Valkyrie était venue à son secours dans le drakkar de l'étang lorsqu'un dragon s'était attaqué à lui.

– C'est une guerrière impitoyable qui n'a peur de personne, ajouta la dame fantôme.

– Je n'ai pas encore eu l'occasion de bavarder avec elle comme je viens de le faire avec vous, mais je sens que ça ne devrait plus tarder, maintenant.

– Soyez indulgent envers Thorfrid. Elle n'a pas eu la vie facile, elle non plus. M'accompagneriez-vous à l'extérieur du château ? Je ne peux rien ressentir, mais la beauté des jardins ne cesse de m'enchanter.

– Avec le plus grand plaisir.

Il eut le réflexe de lui tendre le bras, mais se retint juste à temps.

– N'oubliez pas que je ne traverse pas les murs comme vous, plaisanta-t-il plutôt.

– Ce n'est pas aussi amusant que vous semblez le croire, mais quand on ne peut plus tirer sur une poignée, c'est le seul moyen de passer d'une pièce à une autre.

Samuel se fit un devoir de lui ouvrir toutes les portes jusqu'à ce qu'ils sortent sur la terrasse. Après l'orage, le soleil était enfin sorti, mais il avait commencé à décliner. Il déambula donc entre les végétaux avec Anwen dans les magnifiques couleurs du couchant. Gorgées d'eau, toutes les fleurs étaient encore plus belles qu'avant la pluie. « Peut-être que je devrais demander à Ambrose de me montrer à en prendre soin », se dit-il. Lorsqu'ils eurent parcouru tous les sentiers et se furent extasiés devant tout ce que recelait le jardin, Anwen se tourna vers le musicien.

– Merci de m'avoir écoutée, aujourd'hui, fit-elle. Mais vous auriez dû laisser les flèches me tuer il y a cinq cents ans.

– Si j'avais fait ça, vous n'auriez pas pu mettre votre fils au monde et je n'existerais pas aujourd'hui.

– Très juste. Au plaisir de faire une nouvelle promenade avec vous, Samuel.

Elle s'effaça tout doucement sous ses yeux.

Chapitre 18

Dans la bibliothèque, forte de tous les renseignements qu'elle avait extraits de la tête de Samuel, Esther avait poursuivi la rédaction du premier roman qui raconterait les aventures du jeune homme, d'une porte à l'autre, en espérant qu'il y en aurait plus que deux. Cela lui permettrait de ramasser une jolie somme avant la libération des fantômes. Ainsi, le musicien ne serait pas sans le sou une fois que le château aurait disparu. Elle avait déjà raconté ses déboires des dernières années, mais sans mentionner les noms de famille des personnes qui avaient gravité autour de lui. Dans les chapitres suivants, Esther avait décrit le château dans ses moindres détails, tant à l'intérieur qu'à l'extérieur. Elle y était depuis si longtemps qu'elle le connaissait de fond en comble. En ce qui concernait ses habitants, elle décida de les faire intervenir dans le récit exactement dans l'ordre où ils étaient apparus à Samuel.

La bonne venait de relater l'entrée du musicien dans le tunnel obscur qui reliait les portes de l'étage aux différentes vies des descendants d'Ulrik et s'apprêtait à raconter sa rencontre avec Felicity lorsque Isabel s'approcha d'elle. Celle-ci remarqua tout de suite que la pile de feuilles écrites avait doublé.

– Tu progresses rapidement, on dirait, lui dit-elle.

– Samuel est un héros exceptionnel. Toute sa vie, il a fait attention à bien se conduire. Il ne voulait que le bonheur des siens tout en poursuivant ses propres rêves. Même dans l'adversité, il a tenu bon. Les lecteurs vont l'adorer.

– Sans oublier qu'il est plutôt séduisant avec ses yeux bleus d'enfant et son sourire irrésistible.

– En plus de sa vulnérabilité, son empathie et sa compassion, ajouta Esther.

– Où en es-tu dans l'histoire ?

– J'ai déjà commencé son aventure dans la vie d'Anwen.

– Peux-tu m'en lire quelques lignes ?

Esther ne se fit pas prier. Romancière dans l'âme, elle avait quelque peu embelli les souvenirs du musicien. Celui-ci n'avait que regardé autour de lui pour se situer. La bonne avait plutôt choisi de tout détailler le plus fidèlement possible pour que celui ou celle qui lirait le récit se sente à ses côtés. Elle s'était ensuite appliquée à interpréter les émotions de Samuel : son appréhension devant l'inconnu, sa déception de ne pas s'être retrouvé au siècle d'Ulrik, sa curiosité quant aux mœurs des gens qui l'entouraient et surtout les tendres sentiments que Felicity avait fait naître dans son cœur.

– C'est tout ce que j'ai pour l'instant.

– Tu as une très belle plume, Esther.

– Merci. Je fais de mon mieux.

– Quand auras-tu terminé ce roman ?

– Dans une semaine tout au plus, si j'y passe plusieurs heures par jour. Ce n'est pas comme si j'avais autre chose à faire. Et puis, il est important pour moi de rendre ce service à Samuel.

– Tu ne raconteras qu'une seule vie par tome ?

– C'est mon intention. Ainsi, je pourrai ramasser plus d'argent pour notre sauveteur.

– Comment comptes-tu t'y prendre pour le faire publier ?

– Je vais écrire une lettre à un important éditeur de Londres pour lui proposer le manuscrit. S'il est d'accord pour le publier, alors je signerai le contrat en imitant la signature de Samuel.

– Mais tu es un fantôme, Esther.

– Comme tu le vois, je suis capable de manier la plume avec mon esprit.

– Certes, mais comment mèneras-tu ces importantes négociations ?

– Uniquement par correspondance.

– Et à quelle adresse pourra-t-il te répondre ?

– À la même que sur le testament que nous avons fait remettre à Samuel, sauf que je verrouillerai les grilles et que j'y ferai installer une boîte aux lettres. Nous ne voudrions pas qu'un autre mortel s'aventure sur le domaine.

– Trop de vie attirerait immanquablement la sorcière, supposa Isabel. Es-tu toujours d'avis de ne pas en parler à Samuel ?

– Je ne veux pas lui donner de faux espoirs. Attendons que l'éditeur nous ait envoyé des redevances. Et puis, je pense que nous ne devrions pas le déconcentrer de sa mission. Il pourrait ne pas être d'accord avec ma démarche.

– Surtout s'il n'a aucun talent littéraire. Comment se débrouillera-t-il pour écrire d'autres ouvrages lorsque nous ne serons plus ici ?

– Ses compositions musicales sont plutôt bien, le défendit Esther.

– Mais il y a une différence entre écrire une chanson et un roman.

– Chaque chose en son temps. Allez, laisse-moi finir celui-ci pour que je puisse commencer à faire tourner la roue.

– Oui, bien sûr. Je vais aller hanter une autre pièce, plaisanta Isabel.

Esther se mit au travail et ne s'arrêta que lorsque vint l'heure du repas du soir. Elle traversa le mur de la bibliothèque et celui de la salle de jeu pour aboutir dans la salle à manger. Heureusement, le jeune homme n'était pas assis à sa place à attendre que sa nourriture apparaisse devant lui. La bonne avait suffisamment exploré ses pensées pour savoir ce qu'il aimait et ce qu'il détestait. « Cette faculté m'aurait été fort utile de mon vivant », songea-t-elle.

Elle matérialisa une assiette de tourte au poulet accompagnée de légumes verts, de petits pains chauds, d'un pot de beurre et d'une bouteille de vin rouge, ainsi que des couverts en argent. Samuel entra dans la pièce juste comme elle venait de terminer son travail.

– Esther, je ne pourrai plus jamais me passer de vous ! s'exclama amicalement le musicien. J'étais en train de mourir de faim.

Il huma son plat.

– C'est exactement ce que j'avais envie de manger.

– Je sais.

Affamé, il dévora la tourte, puis ralentit le rythme en arrivant aux légumes.

– C'est tellement bon, laissa-t-il échapper.

– Où êtes-vous allé après avoir franchi la porte ? demanda Esther afin de voir si elle pourrait rajouter des détails à son récit.

– Dans la vie d'Anwen.

– La dix-neuvième, donc.

– Plus j'en apprends sur vous tous et plus je me rends compte que cette sorcière dépasse les bornes.

Ulrik n'a fait que brûler sa maison et, pour se venger, elle a tué quarante-quatre de ses descendants ! Pire encore, elle semble le faire de la façon la plus cruelle possible.

– Il est vrai que sa colère est démesurée.

– Je ne comprends pas pourquoi l'existence de la malédiction n'a pas été signalée d'une génération à l'autre. Vous semblez n'apprendre qu'une fois morts que vous en avez été les victimes.

– Elle ne l'a prononcée que contre Ulrik et il n'est pas revenu chez lui pour mettre sa fille en garde. Les autres Vikings qui étaient avec lui ne l'ont pas entendue non plus. Tout comme son père, Thorfrid est morte sans pouvoir informer qui que ce soit de ce qui venait de lui arriver et ainsi de suite.

– Je vois…

Esther souleva la bouteille avec ses pensées et versa le vin dans la coupe en métal.

– À votre santé, fit-elle avec un sourire triste.

– Ça me manquera de ne plus pouvoir manger quand je serai mort, avoua Samuel.

– Votre aventure au Moyen Âge vous a-t-elle traumatisé ? demanda la bonne pour l'empêcher de se morfondre.

– Curieusement, non. Elle m'a dépaysé, surtout au début. Je n'ai pas eu l'occasion de beaucoup voyager dans ma vie, mais mes parents m'ont emmené dans les ruines de vieux châteaux. Ça m'a fait drôle d'en voir un tout neuf. Et puis, les gens qui s'y trouvaient n'étaient pas des amateurs d'histoire qui se déguisent pour faire revivre cette époque. Ils vivaient vraiment au seizième siècle.

– Les avez-vous trouvés bien différents de ceux de votre époque ?

– Oui et non… Il y avait des paysans qui acceptaient leur sort, des soldats qui se sentaient supérieurs en raison de leurs responsabilités dans la forteresse et un seigneur brutal qu'ils servaient sans se poser de questions. Les femmes m'ont étonné, du moins une en particulier. Je croyais que jadis, elles étaient dominées par les hommes, comme Anwen, en fait. Mais j'en ai rencontré une qui agissait aussi librement que les hommes.

– Est-ce que cela vous a déplu ?

– Pas du tout. Je l'ai trouvée intelligente et surtout très débrouillarde. Les solutions lui venaient rapidement lorsqu'elle faisait face à un problème. C'était elle qui dirigeait la ferme de son vieux père, qui semblait s'en remettre à ses décisions. Je ne lui en ai pas voulu de ne pas me croire quand je lui ai dit que je venais du futur.

– Était-ce prudent, Samuel ? Il y a eu des époques où ceux qui parlaient ainsi étaient accusés d'hérésie et éliminés de façon expéditive.

– Honnêtement, je n'y ai pas pensé quand je l'ai dit…

– Elle vous a grandement impressionné, on dirait.

– J'aurais aimé la rencontrer ici et maintenant, dans mon monde. La seule pensée qu'elle est morte depuis des centaines d'années m'afflige beaucoup.

– Vous êtes tombé amoureux.

– C'est ridicule, n'est-ce pas ? Je ne l'ai connue que quelques heures à peine et je savais que je ne pourrais pas rester avec elle…

– Je pense plutôt que vous avez fait beaucoup de progrès depuis votre arrivée au château. Il n'y a pas si longtemps, vous ne pensiez qu'à mourir, et vous voilà prêt à redonner votre cœur à une femme.

Samuel étendit un peu de beurre sur un petit pain et le mangea en songeant à ses paroles.

– Je reprends goût à la vie ?

– C'est bien ce qu'on dirait. Avez-vous du talent pour le dessin, Samuel ?

– J'ai déjà dessiné des animaux pour Emily, qui n'avait qu'à les colorier.

– Seriez-vous capable de faire le portrait d'une personne ?

– J'ai bien peur que mes talents se limitent surtout à la musique, Esther. Et vous ?

– Uniquement des fleurs, je le crains. Avant que je vous laisse terminer votre repas en paix, je veux vous dire merci d'affronter aussi bravement le danger pour nous.

– Jusqu'à présent, ça s'est bien passé. Nous verrons ce qui m'attend derrière la prochaine porte.

La bonne effectua une petite courbette et disparut.

– Je me demande si Emily me croira quand je lui raconterai ce que j'ai vécu ici. Maintenant qu'elle a dix ans, elle va penser que j'invente cette histoire pour l'amuser.

Une fois qu'il eut tout avalé, il s'empara de la bouteille de vin et de la coupe et passa au salon. Il les déposa sur le guéridon près du piano, où il prit place.

– Je ne sais pas reproduire un visage sur une feuille vierge, mais je sais comment le peindre avec des notes de musique…

Il se laissa donc inspirer par le beau visage de Felicity et ses yeux verts et composa une nouvelle mélodie. En quelques heures à peine, il y ajouta des paroles, mais les chanta dans sa tête pour ne pas se faire taquiner par les fantômes. « Peut-être que je pourrai l'enregistrer si je finis par sortir d'ici, se dit-il. Mais jamais elle ne pourra l'entendre… » Ses épaules s'affaissèrent misérablement.

– Elle était si bien que ça, cette femme ? demanda Ulrik en apparaissant derrière lui.

Samuel se retourna et le vit installé devant le feu.

– Vous m'avez dit que les Vikings traitaient bien leurs femmes, se rappela-t-il.

– Et leurs enfants. Ils avaient compris que sans eux, ils n'étaient rien.

– Qu'est-il arrivé pour que ce respect se perde au fil du temps ?

– Si tu es en train de faire référence à la vie d'Anwen, sache que notre sang ne coulait pas dans les veines de tout le monde. Bien des peuples se sont établis en Angleterre après nous avec leurs traditions et leurs coutumes barbares. Pour certains, les femmes n'étaient que des possessions, comme les chevaux et les moutons. Elles servaient à mettre les enfants au monde et à nourrir leur famille.

– J'ai beaucoup de difficulté à comprendre que des hommes les traitaient aussi cruellement au lieu de les aimer.

– Il y en a pourtant encore dans ton monde moderne qui font la même chose, Samuel. Ton père et ton grand-père m'en ont parlé.

– Je sais, mais ce n'est pas la norme. Mes parents s'aimaient et mon père n'a jamais traité ma mère comme une esclave. Son opinion lui importait et il ne prenait aucune décision domestique sans son accord. Ce sont ces valeurs qu'il m'a transmises.

– Tu as quand même perdu ta femme.

– Je l'ai laissée partir parce qu'elle ne m'aimait plus. Je n'ai pas tenté de la retenir et je ne l'ai certainement pas enfermée dans une tour. Je n'étais pas d'accord avec sa décision, mais je l'ai respectée.

– Comme un bon Viking.

– Peut-être bien.

– Parle-moi de cette fille qui te bouleverse, exigea Ulrik en jouant dans les braises avec son tisonnier.

– Me prendriez-vous pour un fou si je vous disais que j'ai l'impression de la connaître depuis toujours ?

– Comment est-ce possible, puisque c'est la première fois que tu vas dans le passé ?

– Je le sais bien, mais c'est exactement ce que je ressens.

– Sans doute qu'elle t'a fait penser à Kathryn.

– Elle ne lui ressemble en rien.

– Et si c'était tout simplement un coup de foudre ?

Cette possibilité acheva de déstabiliser Samuel.

– Moi, je pense que tu es seul depuis trop longtemps et que tu as besoin d'une compagne. Ce n'est pas une bonne idée, par contre, de la chercher de l'autre côté des portes, parce que tu ne pourrais jamais la ramener dans ton présent. Ce qui est vivant maintenant peut reculer dans le temps, mais pas le contraire.

– Que lui arriverait-il ?

– Elle se changerait en poussière.

Ébranlé, le musicien réussit à se lever et quitta le salon. Il traversa la salle de jeu comme une âme en peine et sortit sur la terrasse pour prendre l'air. La nuit était tombée et les étoiles scintillaient dans le ciel comme partout ailleurs dans le monde. « Maintenant, je sais comment se sentent ceux qui vivent un amour impossible… »

– Je ne suis pas d'accord avec Ulrik, murmura alors une voix près de lui.

Son regard rencontra celui d'Anwen.

– Si cette jeune personne partage vos sentiments et que son cœur est libre, pourquoi pas ?

– Je ne m'en remettrais jamais si cette décision lui coûtait la vie, s'affligea Samuel.

– Savons-nous vraiment ce qui se passerait si elle revenait avec vous au château ? Ulrik n'a certes jamais tenté l'expérience.

Samuel y songea pendant quelques minutes.

– Mais si vous voulez en être bien certain, la prochaine fois, ramenez une plante ou un petit animal. Ainsi, vous serez fixé.

– C'est une excellente idée. Merci, Anwen.

– Je tiens aussi à ce que vous sachiez que malgré tous ses défauts, j'ai aimé mon mari.

Elle posa sur Samuel un regard chargé de sagesse et disparut.

– Felicity, je ne sais pas pourquoi vous faites ainsi battre mon cœur, mais je vous retrouverai et je passerai le reste de ma vie auprès de vous.

Une étoile filante traversa le ciel…

Chapitre 19

Le soir de Noël, Kathryn avait préparé un repas traditionnel pour sa petite famille : de la dinde en sauce, des pommes de terre grillées, des choux de Bruxelles et de la gelée de canneberge. Madigan aurait pu lui payer une cuisinière, mais comme elle ne travaillait pas depuis plusieurs mois, elle tenait à cuisiner elle-même. Emily avait enfilé sa plus belle robe, en velours vert, et attaché ses cheveux sur sa nuque pour que ses boucles ne tombent pas dans son assiette. Sage comme une image, ses manières à table étaient impeccables. Plus elle grandissait, plus elle ressemblait à sa mère à tous points de vue.

– Tu auras ton dessert préféré, lui annonça Kathryn.

– Du plum-pudding ?

– Oui, ma chérie.

– Ta mère a passé une journée entière à le préparer à la fin de novembre.

– Oui, je sais. Merci, maman.

Elle déposa sa portion devant elle dans un petit bol en faïence. Madigan n'était pas particulièrement friand de sucreries, mais le soir de Noël, il en mangeait un peu pour faire plaisir à sa fille adoptive. Emily se régala sans dire un mot, les yeux baissés sur son assiette. Kathryn se souvint que lorsqu'elle était petite, c'était une véritable boule d'énergie. Elle dansait et chantait tout le temps, même lorsqu'elle avait quelque chose à lui demander. « Elle est en train de se transformer en jeune adulte », se réjouit-elle. Quand elle eut avalé sa dernière bouchée, Madigan invita ses femmes à le suivre au salon.

Emily prit place dans une bergère et promena son regard sur les cadeaux enveloppés dans de beaux papiers colorés au pied du sapin. Il n'y en avait pas beaucoup, mais ils étaient plus gros que les années précédentes. Madigan lui fit alors signe qu'elle pouvait déballer ses présents. Elle découvrit un nouvel ordinateur, une console de jeux portable et une table à dessin inclinée comme celles des architectes. « Au moins, ce ne sont pas des actions d'entreprise », se dit-elle.

– Merci, fit-elle en se tournant vers Madigan.

– Moi aussi, j'ai quelque chose pour toi, ajouta Kathryn.

Elle lui tendit une boîte rectangulaire qui ne pesait presque rien. Emily déchira le papier et trouva à l'intérieur deux pulls en cachemire, un rouge et un rose.

– Ils sont aussi doux que ma peluche, s'étonna-t-elle, charmée. Et ce sont mes couleurs préférées.

– Les techniciens ont déjà installé tous les programmes requis dans ton ordinateur et ton petit jeu, l'informa Madigan.

– C'est vraiment gentil de leur part. Je n'aurais pas su comment faire. Est-ce que je pourrais aller jouer dans ma chambre avant de me coucher ?

– Bien sûr, ma chérie.

L'enfant quitta le salon en emportant le jeu et les pulls. Lorsqu'elle l'entendit refermer sa porte à l'étage, Kathryn se tourna vers son mari.

– Je ne t'ai pas oubliée, mon amour, la rassura-t-il.

Il lui tendit un écrin qui contenait deux pendants d'oreilles en or agrémentés de diamants.

– Ils sont magnifiques, Morton…
Elle l'embrassa sur les lèvres.
– Je sais que tu ne voulais pas recevoir de présent, mais je n'ai pas pu résister, lui dit-elle en lui tendant une enveloppe.
– Des billets pour le théâtre ? tenta-t-il de deviner.
– Non.
– Pour le musée ?
– Non.
– Des billets d'avion pour les Bermudes ?
– Ouvre-la.
Intrigué, Madigan déchira l'enveloppe sans façon.
– Un abonnement au gymnase ? s'étonna-t-il.
– Pour nous deux. Nous sommes devenus beaucoup trop sédentaires. Si nous voulons être encore vivants pour assister à la collation des grades d'Emily dans quinze ans, nous devons adopter un meilleur style de vie dès maintenant.
– Nous mangeons déjà de façon saine.
– Mais nous ne bougeons pas assez. Allez, souris un peu et admets que c'est une excellente idée.
– Merci de te soucier de ma santé.
Elle l'embrassa sur le nez pour le faire sourire.
– Je vais aller desservir la table, annonça-t-elle.
Kathryn nettoya la salle à manger, puis lava la vaisselle pendant que son mari écoutait les nouvelles locales et internationales. Il était important qu'il sache tout ce qui se passait dans le monde des affaires. Sa femme le comprenait et elle ne voulait pas le changer… juste l'améliorer un peu. Dès que tout fut rangé dans la cuisine, elle se rendit à la chambre de sa fille et frappa à sa porte avant d'entrer. Emily était assise sur son lit, en robe de nuit, son jeu électronique entre les mains. Elle avait déjà pris son bain sans que ses parents aient à le lui demander.

– Je suis la mère la plus chanceuse de toute l'Angleterre, déclara Kathryn en s'installant au pied du lit. Est-ce que tu sais pourquoi ?

– Parce que je suis une petite fille disciplinée ?

– Exactement, et parce que tu as un bon jugement, aussi. Mais ce soir, je vois sur ton visage des émotions dont tu ne veux pas me parler.

Emily déposa son jeu.

– Tu es une enfant sage, mais habituellement, à Noël, tu affiches beaucoup plus d'enthousiasme. Ce soir, il y avait de l'inquiétude dans tes yeux. Est-ce à cause de ton père ?

– Tu m'as demandé de ne jamais parler de lui à la maison pour ne pas indisposer ton mari.

– Morton ne peut pas nous entendre.

La fillette garda tout de même le silence.

– C'était ton anniversaire, cette semaine, et tu n'as pas pu voir Samuel parce qu'il a disparu, n'est-ce pas ? J'ai tenté de le localiser, ma chérie, mais personne ne sait où il est.

– Moi, je le sais.

Kathryn lui servit un regard sceptique.

– Je te dis la vérité, maman.

– Dans ce cas, dis-moi où il se trouve.

– Il a dû s'éloigner de Londres pour son travail, mais il a demandé à deux belles dames de me remettre mon présent.

– Deux belles dames ?

– Elles étaient habillées de façon étrange, mais elles étaient très gentilles.

– Pourquoi ne m'en as-tu pas parlé ?

– Je ne voulais pas te faire de la peine. Je sais que tu n'aimes plus mon papa, mais moi, je l'aime encore.

– Il n'est pas facile pour une petite fille, même aussi intelligente que toi, de comprendre les émotions des adultes, Emily. Mais je veux au moins que tu saches que ce n'est pas pour cette raison que j'ai quitté ton père. Je l'ai fait pour toi. Nous ne pouvions plus continuer de vivre comme nous le faisions. Le rôle des parents est de fournir un toit, de la nourriture et une bonne éducation à leurs enfants. Or ton père n'y arrivait plus.

– Je me souviens seulement que nous étions heureux.

– Les premières années, c'est vrai, mais la situation s'est vite détériorée. Si tu veux bien, je t'expliquerai pourquoi quand tu seras plus grande.

Emily se tut en lui présentant son air de combat.

– Montre-moi plutôt ce que ton père t'a offert, continua Kathryn.

– Seulement si tu ne me l'enlèves pas.

– Je te le promets.

« À moins que ce soit un revolver », s'inquiéta la mère.

– Retourne-toi, exigea l'enfant. Je ne veux pas que tu saches où je le cache.

– Emily, je t'en prie.

– Si tu refuses, tu ne le verras pas.

Kathryn soupira avec agacement, mais fit ce que lui demandait sa fille. L'enfant retira la chaînette et le cœur de leur cachette aussi silencieusement qu'une souris.

– Tu peux regarder, maintenant.

La mère aperçut le bijou au creux de sa main.

– Il est exquis, laissa-t-elle échapper en se demandant où Samuel avait bien pu trouver suffisamment d'argent pour l'acheter.

– On dirait même qu'il est très ancien...

Peut-être s'agissait-il d'un trésor familial qu'il avait conservé pour elle.

– Prends-en le plus grand soin, recommanda-t-elle à sa fille.

– C'est sûr, maman.

– Allez, au lit, maintenant.

Emily déposa le jeu sur sa commode, mais garda le pendentif dans sa main. Kathryn remonta la couverture jusqu'à son menton.

– Fais de beaux rêves, mon ange.

Elle l'embrassa sur le front, éteignit la lampe et referma la porte derrière elle. La fillette sortit la petite lampe de poche cachée sous son oreiller et éclaira le cœur avant de l'ouvrir en deux.

– Joyeux Noël, papa, murmura-t-elle.

Quand Kathryn revint au salon, elle s'assit sur le sofa et écouta les nouvelles avec son mari, en se disant qu'elle ne lui parlerait que lorsqu'elles seraient terminées. Mais Madigan avait perçu son inquiétude. Il s'empara de la manette et éteignit l'appareil.

– Vous êtes-vous disputées ? s'enquit-il.

– Non, mais je suis inquiète au sujet de Samuel. Personne ne sait où il se trouve et la petite vient de m'informer que le jour de son anniversaire, il a envoyé deux femmes lui porter son présent.

– Si j'étais à sa place, compte tenu de tous les malheurs qui l'accablent depuis plusieurs années, moi aussi j'essaierais de disparaître.

– Ça ne lui ressemble pas, Morton. Jamais il ne demanderait un tel service à d'autres personnes. Ce jour-là est sacré pour lui. Pire encore, le bijou qu'il a offert à Emily est au-delà de ce qu'il est capable de s'offrir.

– Il n'y a pourtant pas eu de vol de banque dans cette ville depuis des mois, plaisanta-t-il.

– Sam est bien trop honnête pour avoir recours au crime. J'ai tenté de le joindre pour qu'il n'oublie pas l'anniversaire d'Emily, mais il n'a plus de téléphone et il a quitté son appartement. Je me suis tournée vers la maison de disques, mais ils ne savent pas non plus où il se trouve.

– Tu tiens encore à lui ?

– J'éprouve un brin d'affection pour mon ancien mari, mais ce que je veux par-dessus tout, c'est éviter qu'il brise le cœur de notre fille. Elle finira par prendre ses distances, avec le temps. Mais en ce moment, elle a besoin de lui.

– Est-ce que ça te rassurerait si je demandais à un détective privé de le retrouver ?

– Je crois que oui.

– Peu importe ce qu'il découvrira ?

– Je veux en avoir le cœur net.

– Et s'il découvre que Samuel a embrassé une vie criminelle ?

– Alors, nous devrons nous assurer qu'il n'y entraîne pas Emily.

Ils attendirent quelques jours après Noël avant de fixer une rencontre avec un détective du nom de Maynard Bennett, fortement recommandé par le directeur de banque de Madigan. Il avait longtemps travaillé à Scotland Yard et, à sa retraite, avait décidé d'ouvrir son propre bureau d'enquête, incapable d'arrêter de travailler. Kathryn serrait nerveusement la main de son mari tandis qu'ils s'approchaient de la coquette maison de style géorgien du quartier de Mayfair. Bennett les accueillit lui-même. Il leur fit enlever leur manteau dans l'entrée, les accrocha à la patère et les invita à passer dans son bureau, qui ressemblait davantage à une bibliothèque. Les murs étaient couverts d'étagères chargées de livres anciens.

– Les avez-vous tous lus ? ne put s'empêcher de demander Kathryn, impressionnée.

– Non. Ils appartenaient à mon père. Quand il a rendu l'âme, il m'a légué la maison avec tout son contenu. Je les ai gardés parce qu'ils donnaient un air plus sérieux à mon bureau. Je vous en prie, assoyez-vous.

Le couple prit place dans les confortables fauteuils devant le gros bureau en chêne.

– Je m'appelle Morton Madigan, commença l'homme d'affaires.

– Je sais fort bien qui vous êtes, monsieur Madigan, et je suis enchanté de faire votre connaissance.

– Et voici mon épouse, Kathryn.

– Tout le plaisir est pour moi, madame. Comment puis-je vous être utile ?

– Pour résumer la situation en quelques mots, fit Kathryn, mon ex-mari, Samuel Andersen, semble avoir disparu. Nous n'avons plus aucun rapport, mais la cour lui a accordé des droits de visite à notre fille Emily, qui vient d'avoir dix ans. C'est pour elle que nous devons le retrouver.

– La petite ne voit son père que deux fois par année, ajouta Madigan, mais ces courtes rencontres sont importantes pour elle.

– Que pouvez-vous me dire au sujet de monsieur Andersen ? s'enquit Bennett.

Kathryn lui tendit une feuille qu'elle avait imprimée avant de quitter la maison.

– Voici sa biographie telle qu'elle apparaît sur Internet.

Le détective la parcourut rapidement.

– Un musicien… Je n'ai pourtant jamais entendu parler de lui.

– Comme la plupart des gens, puisqu'il a signé un contrat à son détriment sous le coup de sa jeunesse, l'informa Kathryn. Mais je suis certaine que vous entendez souvent ses chansons interprétées par d'autres artistes.

– Est-il trop indiscret de vous demander pourquoi vous l'avez quitté ?

– Il n'arrivait plus à gagner sa vie, alors il est devenu amer et déprimé et il s'est mis à boire. Je voulais élever notre fille dans un climat plus propice à son développement. J'ai indiqué sa plus récente adresse au bas de la feuille, mais il n'y vit plus. Sa logeuse affirme qu'il est parti en pleine nuit sans laisser d'adresse. Je vous ai aussi laissé les coordonnées de la maison d'enregistrement. Son gérant ignore où il vit présentement.

– Vous avez donc fait la moitié du travail pour moi.

– Je vous ai laissé la partie la plus difficile.

– Êtes-vous prêts à entendre absolument tout ce que je trouverai à son sujet ?

– Je ne comprends pas...

– Les artistes sont des gens imprévisibles, madame Madigan, surtout ceux qui sont alcooliques. Monsieur Andersen peut tout aussi bien se trouver dans une retraite au Tibet que parmi les corps non identifiés dans une des morgues de Londres.

Kathryn porta la main à sa bouche avec horreur.

– Oui, nous voulons tout savoir, répondit son mari pour elle.

– Je vais retracer ses pas et remonter jusqu'à lui. Tout ce que je trouverai à son sujet figurera dans le dossier que je vous remettrai lorsque je mettrai la main sur lui.

– Nous ferez-vous des rapports ponctuels ? demanda l'homme d'affaires.

– Si vous y tenez.

– Oui, je crois que cela apaiserait mon épouse.

– Alors, soit. Voulez-vous discuter tout de suite de mes honoraires ?

– Je me moque de ce qu'il m'en coûtera. Retrouvez Samuel Andersen, mort ou vif.

– Je ne vous décevrai pas.

Bouleversée, Kathryn suivit son mari sur le trottoir et s'accrocha à son bras.

– Je n'avais pas envisagé qu'il puisse être mort, s'étrangla-t-elle.

– Si c'était le cas, il n'aurait pas demandé à des femmes d'aller porter son présent à Emily.

– Tu as raison.

– À partir de maintenant, fais-moi plaisir et cesse d'imaginer tout ce qui a pu lui arriver. Attendons plutôt que monsieur Bennett nous expose des faits concrets. Et surtout, ne parle pas de cette enquête à Emily, dont l'imagination est encore plus débordante que la tienne.

– Cela va de soi.

– Moi, je suis certain que ton ex-mari n'est pas en si mauvais état que tu le crains.

Il lui ouvrit la portière de la voiture et l'embrassa avant de la laisser s'asseoir.

– Ce n'est plus entre nos mains, ajouta-t-il.

Elle ne le savait que trop bien.

Chapitre 20

Après son repas matinal, Samuel, qui avait remisé ses vêtements médiévaux pour enfiler une tenue plus moderne, décida de monter à l'étage pour voir où était rendue la porte d'Anwen. Tout comme il s'y attendait, elle ne se trouvait plus à l'endroit où il l'avait ouverte, mais tout au fond, de l'autre côté du couloir. Toutefois, son inscription y apparaissait encore.

– Génial ! s'exclama-t-il.

Ainsi, s'il devait se tromper encore quelquefois de porte, au moins il pourrait les identifier au retour et éviter de tourner en rond. À l'aide de son poignard, il écrivit le nom d'Anwen au-dessus de celui de Felicity. Il lui restait encore quelques jours avant que la fontaine arrête de couler. Pour passer le temps, il joua du piano et multiplia les promenades dans le jardin. Lorsqu'il proposa à Ambrose de prendre soin des fleurs avec lui, ce dernier accepta sur-le-champ. À moins de tomber sur la bonne porte à son prochain essai, Samuel avait besoin d'un passe-temps pour ne pas devenir fou.

– Le jardin est divisé en plusieurs sections qui comprennent des fleurs, des rosiers, des arbustes et des arbres fruitiers, lui expliqua le fantôme en marchant avec lui dans l'allée. Ils ont tous besoin de soins différents.

– J'en conviens.

– Pour s'occuper des plantations, il faut disposer d'un bon équipement. Vous aurez besoin d'une bêche, d'une griffe, d'un arrosoir, de cisailles, de gants, de terreau et d'engrais. Nous possédons tout ce qu'il faut ici, mais je ne pourrai pas vous montrer comment les utiliser avec vos mains, puisque j'utilise moi-même mon esprit.

– Je suis débrouillard.

– Quand on commence à jardiner, il ne faut jamais espérer un résultat immédiat. Chaque plante a besoin de temps pour se développer.

Samuel savait bien qu'il ne resterait pas assez longtemps au château de toute façon. Tout ce qu'il voulait, c'était trouver des façons de s'occuper. Ambrose l'arrêta d'abord devant les arbustes fruitiers.

– Vous avez de la chance, puisque nos mûriers et nos groseilliers n'ont pas d'épines, ce qui permet de récolter leurs fruits sans se blesser.

– On peut les manger ?

– Vous, oui, et je vous y encourage, afin qu'ils soient remplacés par de nouvelles fleurs. Nous avons aussi des framboises, des fraises, des myrtilles et du cassis. Quand on parle de nourrir une plante, cela signifie que nous devons la fertiliser en lui fournissant de l'engrais. J'utilise surtout des substances à libération lente pour éviter de brûler les racines.

Ils poursuivirent leur route jusqu'aux arbres fruitiers. C'était la première fois que Samuel remarquait à quel point leurs branches regorgeaient de pommes, de poires, de pêches, de prunes, d'abricots, de cerises, de châtaignes, d'amandes et même d'olives, d'oranges, de citrons et d'avocats ! Et il y en avait toute l'année !

– Comme la majorité des végétaux, ils ont besoin d'eau pour vivre. Les trois années suivant leur plantation constituent une période critique pour la formation de leurs racines. Après la fructification, ils doivent recevoir des éléments nutritifs pour préparer leurs réserves et lutter contre le froid.

– Il y a des saisons différentes sur le domaine ?

– Non, pas ici. Mais vous devez tout de même connaître la théorie avant de passer à la pratique.

– Oh, désolé.

– Lorsqu'ils commencent à produire des fruits, il faut les éclaircir pour ne pas les épuiser en ne laissant que quelques fruits par branche. Ceux-ci deviendront alors plus gros et plus goûteux. C'est notamment le cas des pommiers, des poiriers et des pêchers.

Ils terminèrent le tour du jardin par les rosiers.

– Entretenir ces magnifiques arbustes n'est pas aussi compliqué que tout le monde le dit, expliqua Ambrose. Ils sont fragiles, c'est vrai, mais il suffit de savoir s'y prendre. Il faut continuellement enlever les mauvaises herbes à leur pied et biner régulièrement la terre. C'est ce que nous ferons, ce matin.

Une paire de gants apparut devant Samuel ainsi qu'une binette. Le fantôme se pencha et, maîtrisant l'instrument avec ses pensées, se mit à remuer la terre. Samuel s'agenouilla et l'imita de son mieux. Ce travail monotone lui permit enfin de dépenser une partie de son énergie. Lorsqu'il eut nettoyé toute la roseraie, il aida Ambrose à couper les fleurs fanées afin d'encourager une nouvelle floraison, ainsi que les drageons sous leur point de greffe pour les empêcher de détourner la sève des fleurs. Il se tourna alors vers le château et vit Esther près de la balustrade. Il comprit que l'heure de son repas du midi était arrivée.

– C'était une expérience formidable, Ambrose, le remercia-t-il.

– Vous reviendrez demain matin ?

– Avec plaisir.

Samuel voulut enlever ses gants, mais ils disparurent sur ses mains. Il retourna au château et s'arrêta devant la bonne sur la terrasse.

– Vous avez donc entendu mon appel dans votre esprit ? se réjouit-elle.

– En réalité, je n'ai rien entendu du tout, avoua le musicien, mais j'ai deviné vos intentions par déduction logique. Tout ça pour vous dire que je suis mort de faim.

Esther l'accompagna jusqu'à la salle à manger sans passer au travers des murs. Samuel prit place devant un plat de saucisses rôties sur un lit de purée de pommes de terre et de petits pois. Il dévora la nourriture comme un louveteau affamé, puis leva un regard de satisfaction sur sa bienfaitrice.

– Merci d'être là, Esther.

Elle le débarrassa de la vaisselle sale avec sa magie.

– Ne craignez-vous pas d'abîmer vos mains en jouant ainsi dans le jardin ? s'inquiéta-t-elle.

– Je n'arrache pas des souches. Je remue la terre pour que les rosiers soient plus beaux. Dites-moi, que pourrais-je faire d'autre entre mes tentatives pour enrayer la malédiction ? Je ne peux pas jouer du piano dix-huit heures par jour.

– Faites ce que vous voulez, mais ménagez tout de même vos forces.

– Entendu. Je suivrai votre conseil.

Elle s'évapora avec un sourire espiègle, comme si elle savait qu'il n'en ferait rien. Samuel retourna sur la terrasse, qui était devenue son endroit préféré du château. De ce perchoir, il pouvait voir toute la partie arrière du domaine. Mieux encore, elle se situait à l'ouest, où les couchers de soleil étaient à couper le souffle. « Mais il me reste encore six ou sept heures à tuer avant ce beau spectacle », se dit-il. Pour garder son intellect et ses capacités physiques en équilibre, il songeait à retourner lire dans sa chambre lorsqu'il entendit des coups sonores à intervalles réguliers, qui semblaient provenir de la forêt, à l'autre bout de l'étang. « Mais qu'est-ce que ça peut bien être ? »

Sa curiosité piquée, il s'élança sur le sentier et pénétra entre les sapins pour découvrir une clairière qu'il n'avait jamais vue auparavant. Un homme blond aux larges épaules frappait sur un gros bloc de pierre à l'aide d'un maillet et d'un poinçon en utilisant son esprit. Samuel observa son travail pendant quelques minutes, émerveillé par la précision de l'artisan. Se sentant épié, le fantôme tourna la tête et aperçut Samuel.

– Je vous en prie, ne partez pas, l'implora le musicien. Je ne suis pas un intrus. Je suis le quarante-sixième descendant.

« Bon, j'ai attrapé la même maladie qu'eux », se reprocha Samuel.

– Je sais qui vous êtes. J'étais présent à la dernière réunion.

– Eh bien, moi, non.

– Vous êtes celui qui nous sauvera tous.

Samuel s'approcha lentement pour ne pas l'effrayer.

– Du moins, qui essaiera. Et vous ?

– Je m'appelle Simon. Je suis le fils de Howe Svendsen et de Siri Lang, ou si vous préférez, le dixième descendant.

– Pourriez-vous m'en dire plus à votre sujet, car je ne vous connais pas tous encore.

– J'ai été élevé à Cambridge par un père universitaire qui enseignait la philosophie, mais pas celle que prônait l'Église, si vous voyez ce que je veux dire. Il avait adhéré à la doctrine d'Aristote sur la prédominance de la science sur la religion, ce qui n'a pas rendu notre famille très populaire dans notre quartier. Mais rien ne lui faisait peur, pas même les menaces de l'évêque. Pour ne pas commettre la même erreur, j'ai choisi un métier qui n'exigeait pas que je prenne parti dans cette querelle. J'ai appris à tailler la pierre auprès d'un maître.

Simon fit disparaître ses outils et se mit les mains sur les hanches comme s'il reposait ses bras, un geste qu'il avait sans doute conservé de sa vie mortelle.

– Mon père a finalement été tué par un fanatique religieux à coups de poignard en sortant de l'université. J'avais vingt et un ans, à ce moment-là, et je gagnais déjà ma vie. J'ai donc pris soin de ma mère jusqu'à son décès quatre ans plus tard. J'avais terminé mon apprentissage et j'étais devenu maître tailleur, alors plus rien ne m'empêchait de me rendre sur des chantiers éloignés pour mon travail. J'ai participé à la construction de plusieurs églises d'Angleterre.

– Vraiment ? lâcha Samuel, frappé d'admiration.

Était-il entré dans l'une de celles-là sans le savoir ?

– J'étais très précis, alors on me confiait souvent les travaux les plus pointus. C'est au nord de Londres, tandis que je fabriquais l'encadrement des portes d'un parvis, que j'ai rencontré ma femme. Agnès distribuait de l'eau aux ouvriers. Elle s'est arrêtée devant moi pour me tendre un gobelet et j'ai tout de suite su que c'était le ciel qui me l'envoyait. Au bout d'un mois, j'ai trouvé le courage de la demander en mariage. Ses parents nous ont fait attendre jusqu'à la fin de l'année, mais puisque j'étais un bon parti et que leur fille ne manquerait jamais de rien, ils nous ont accordé leur bénédiction.

Samuel étudiait son visage pendant qu'il lui parlait et il remarqua que malgré les deux cent quelques années qui le séparaient d'Ulrik, il avait les mêmes traits.

– Nous n'avons pas eu de maison fixe au début, poursuivit Simon. Agnès me suivait d'une ville à l'autre. Elle a donné naissance à notre fils Adam entre deux chantiers un an plus tard. Nous étions heureux ainsi. J'ai voulu lui enseigner mon art, mais il a préféré apprendre la menuiserie. Puisque nous avions toujours besoin de bons charpentiers, ce n'était pas perdu. Il a donc travaillé avec moi jusqu'à mon trépas.

– Êtes-vous mort de façon naturelle ?

– Non, dans un accident, mais j'ai appris depuis que ce n'en était pas un, finalement. Une grosse pierre s'est détachée du mur que nous étions en train de monter juste au moment où je passais par là et elle m'a réduit en bouillie. Elle était beaucoup trop lourde pour être tombée ainsi. C'est lorsque mon fils est venu me rejoindre ici que j'ai appris que les ouvriers avaient aperçu une vieille femme dans le trou laissé par la pierre.

– La sorcière, encore une fois.

– Je ne connaissais même pas son existence ni ce que nous avions bien pu lui faire pour qu'elle nous assassine tous ainsi. J'ai été longtemps malheureux de ne pas avoir vu mon fils se marier et avoir des enfants. Je n'ai même pas pu connaître sa femme.

Samuel comprit qu'il ne tenait qu'à lui de lui changer les idées.

– Est-il bien difficile de tailler de la pierre ? demanda-t-il.

– C'est un art qui s'apprend avec les années.

– Donc, si je voulais en faire un passe-temps, ce serait peine perdue ?

– Je pourrais vous dessiner un modèle facile sur un petit bloc de stéatite, une pierre facile à sculpter pour un débutant.

– Oh oui, je vous en prie.

Simon fit donc apparaître une table suffisamment haute pour que Samuel puisse travailler sans avoir à se pencher, puis un bloc blanc de dimension moyenne. Avec son esprit, il manipula un crayon de plomb et dessina une forme ovale avec une forme ronde plus petite sur le dessus.

– Êtes-vous en train de m'initier à l'art moderne ? plaisanta Samuel.

– Tout dépend de l'époque à laquelle vous faites référence et de ce que vous en ferez. Mon but est de vous faire sculpter un écureuil.

– Alors, là, je pense que vous m'en demandez beaucoup, mais je veux bien essayer.

– Vous devez commencer par obtenir une petite boule sur une grosse boule, puis nous verrons pour les détails.

Le fantôme lui montra à utiliser le rifloir pour commencer à enlever la matière superflue par frottage. Samuel travailla tout l'après-midi sans voir passer le temps pendant qu'à côté de lui, Simon continuait de frapper sur une pierre plus dure avec ses outils. Il ne s'arrêta que lorsqu'une douleur insistante se fit sentir entre ses omoplates.

– Vous avez fait du bon travail aujourd'hui, le félicita Simon.

– Je reviendrai demain, promis.

Samuel retourna au château en captant également une certaine fatigue dans le bas de son dos. Plus les minutes passaient, plus c'était douloureux. Il s'assit dans la salle à manger en poussant une plainte sourde qui n'échappa pas à Esther.

– Mes souffrances ne sont nullement reliées au jardinage, voulut-il la rassurer. J'ai été initié à la sculpture par Simon.

– Mangez pendant que vous en avez encore la force. Je vais aller chercher quelque chose pour vous soulager.

Elle disparut, le laissant seul devant une bonne portion de pâté au poulet, aux champignons, au bacon et aux poireaux. « J'ai faim, c'est bon signe », s'encouragea Samuel. Il dégusta l'excellente cuisine que la bonne avait subtilisée quelque part en Angleterre en sentant ses muscles se contracter. Quand il déposa finalement sa fourchette, ils avaient commencé à brûler. Esther revint à ce moment précis. Elle matérialisa une bouteille de cachets et un tube de pommade à la place des couverts qui venaient de disparaître.

– Prenez deux comprimés tout de suite avec de l'eau, puis appliquez l'onguent aux endroits douloureux lorsque vous aurez pris une bonne douche.

– Vous êtes une véritable mère pour moi, Esther. Mais où prenez-vous tous ces délices ?

– Puisque je possède la faculté de quitter le château quand bon me semble pour errer dans les rues de Londres, je me tiens informée depuis des années des nouveautés dans tous les domaines, y compris les produits de pharmacie et la cuisine. Je ne peux évidemment pas rapporter physiquement ce qui m'intéresse, mais je peux le déplacer dans l'espace avec mon esprit jusqu'ici.

– C'est une faculté qui me sert bien, en tout cas. Merci pour tout.

– Mon but est de vous rendre la vie la plus agréable possible tandis que vous êtes captif dans le château. Après, ce sera à vous de vous débrouiller.

– Vous me manquerez beaucoup, vous savez.

– Vous me manquerez aussi, mais toute bonne chose a une fin. Vous êtes un homme exceptionnel,

Samuel. Je vous prédis une belle vie et de grandes réalisations.

– Ça fait du bien de l'entendre, mais je n'en suis pas encore convaincu.

– N'oubliez pas la pommade, sinon, vous ne serez pas capable de sortir du lit demain.

– Soyez sans crainte.

Le musicien se réfugia sous la douche. Puisque la bonne lui avait déjà dit que l'eau chaude était illimitée et que, mieux encore, ce n'était pas lui qui payait les frais de chauffage, il y resta pendant une demi-heure pour se détendre. Une fois qu'il se fut séché, il se badigeonna d'onguent partout où il avait mal. Il était tard, alors il décida de s'allonger sur son lit pour profiter d'un bon livre. Il ne lut que deux lignes avant de sentir ses paupières devenir très lourdes. « Mais qu'est-ce qu'il y avait dans cette pommade ? » se demanda-t-il. L'ouvrage lui glissa des mains et il ferma les yeux, sombrant dans un sommeil réparateur.

Chapitre 21

Le reste de la semaine, Samuel partagea son temps entre le jardinage, la sculpture et la musique. Ses douleurs musculaires devenaient de plus en plus supportables. Ambrose lui fit suffisamment confiance pour le laisser s'occuper de ses précieux arbres fruitiers. C'est ainsi que le musicien découvrit qu'il aimait la nature, lui qui avait grandi sur le béton de la ville. Il fit aussi des progrès avec Simon. En quelques jours, son bloc de pierre finit par ressembler à un petit animal assis sur son postérieur. Entre toutes ses activités physiques, Samuel prenait quand même le temps de se reposer.

La veille de son imminente excursion dans le passé, il admira le verger avec des yeux nouveaux. Il cueillit une pomme et la mangea en marchant entre les arbres bien en santé. Le vent était doux et le soleil lui réchauffait le visage. « Je suis en train de devenir une nouvelle personne », constata-t-il. Il se rendit à la clairière au bout de l'étang. Simon avait terminé sa pierre ornementale, sur laquelle était sculpté un coquillage en hélice tout à fait exquis. L'écureuil de Samuel était primitif en comparaison, mais cela lui importait peu. Il était fier de son œuvre. Le petit animal avait les mêmes proportions que les rongeurs vivants tout en affichant sa propre personnalité.

– Lui avez-vous finalement trouvé un nom ? demanda Simon.

– Je crois que je vais l'appeler Morton, car il me fait penser à quelqu'un qui lui ressemble beaucoup.

– Cela lui va bien.

Samuel continua de peaufiner son écureuil avec des instruments plus fins pendant une bonne partie de la journée.

– Quand vous l'aurez terminé, je vous proposerai un plus grand défi avec d'autres outils.

– Un éléphant ? plaisanta Samuel.

Le tailleur de pierre éclata de rire pour la première fois depuis que le musicien travaillait avec lui.

– Les gros objets sont plus faciles à réaliser, expliqua-t-il finalement. Je pensais à un animal de plus petite taille.

– Alors là, je suis vraiment inquiet.

– Je vous laisserai choisir votre propre sujet. Ce pourrait être une bête minuscule ou même un insecte.

– Dans ce cas, mon choix sera facile. Il n'est pas question que je m'attaque à une coccinelle ou à une fourmi. Je pense que ce sera plutôt une souris.

– Nous nous en contenterons.

Samuel admira son travail une dernière fois, puis son estomac lui rappela qu'il n'avait plus rien à digérer. Il remercia donc Simon et retourna au château pour se nourrir. Esther lui avait laissé une grosse omelette au fromage, aux tomates et aux asperges sur la table, ainsi qu'une salade à la poire et à la grenade.

– On dirait qu'elle se préoccupe de ma santé tout à coup, laissa-t-il tomber, amusé.

La première bouchée le rassura : c'était absolument délicieux ! Il mangea en se rappelant que la fontaine allait de nouveau s'arrêter dans quelques heures et se félicita d'avoir augmenté sa résistance physique grâce au jardinage et à la sculpture. En ce qui concernait la confiance, c'était une tout autre affaire. Quand il eut avalé le dernier morceau de fruit, il attendit qu'Esther se manifeste, mais elle n'en fit rien. En fait, il ne savait même pas où la chercher.

– Cet endroit ne comporte qu'une seule chambre, la mienne. Où vont-ils quand ils disparaissent ? Ont-ils tous leur propre petit coin à hanter ?

Le soleil allait se coucher, alors Samuel retourna dehors pour s'asseoir sur le banc qui se trouvait à quelques pas du drakkar échoué dans les roseaux. Il n'avait certes pas l'intention d'y grimper après l'attaque du dragon. Une tasse de thé apparut alors près de lui.

– Esther ?

Elle se matérialisa un peu plus loin.

– Où étiez-vous passée ?

– J'ai dû terminer un petit travail, mais je me suis assurée que vous ne manquiez de rien.

– C'est très aimable, mais est-ce que tout va bien ?

– Cela ne pourrait aller mieux, affirma-t-elle. Y a-t-il autre chose que je puisse faire pour vous, ce soir ? Avez-vous besoin de pommade ?

– Non, merci. Les comprimés me suffisent et je n'en ai presque plus besoin, de toute façon. Serez-vous là demain matin, avant mon départ ?

– Oui, si cela peut vous donner du courage. Buvez votre thé à petites gorgées et ne vous couchez pas trop tard.

– Y avez-vous ajouté de la poudre magique ? la taquina le musicien.

– Vous pourriez dire cela.

Un sourire espiègle se dessina sur les lèvres de la bonne avant qu'elle disparaisse. Samuel lui faisait aveuglément confiance. Peu importe ce qu'elle avait pu mettre dans la boisson chaude, il la but jusqu'à la dernière goutte. C'est alors qu'Andrew lui rendit visite à son tour.

– Si vous êtes venu me rappeler que demain, la fontaine s'arrêtera de couler, je le sais déjà, lui dit le musicien.

– Nerveux ?

– Au bord de la panique, en fait. Je me suis aperçu, la semaine dernière, que je n'ai pas retenu grand-chose de mes cours d'histoire.

– Nous pourrions tous prendre le temps de vous raconter nos vies, mais très peu d'entre nous se sont souciés de ce qui se passait autour d'eux économiquement, politiquement et socialement. Ce que vous appelez de l'histoire était leur quotidien. Et puis, vous pourriez fort bien tomber sur Ulrik demain et ne pas avoir besoin de mémoriser tout cela.

– Ce n'est pas faux.

– Je tenais surtout à vous dire que vous avez grandement apaisé le cœur d'Anwen depuis votre retour de son siècle. Si vous deviez réussir uniquement ce tour de force avec nous tous, nous vous en serions éternellement reconnaissants.

– Je l'ai fait sans m'en rendre compte, mais tant mieux si je lui ai fait du bien. Toutefois, le but de ces expéditions dangereuses, c'est surtout de vous sortir d'ici.

Andrew ne répliqua pas.

– Vous ne croyez donc pas que je pourrais réussir, soupira Samuel.

– Nous avons appris à bien connaître Ulrik depuis que nous sommes au château et vous ne serez pas surpris d'apprendre que s'il est devenu un vieux sage ces derniers neuf cents ans, il était davantage un guerrier sanguinaire à l'époque où il a provoqué la sorcière.

– J'en suis conscient et c'est pour cette raison que j'userai davantage de ma ruse que de ma force pour changer le cours de l'histoire… même si je ne sais pas encore comment. Je tâcherai d'improviser.

– Je ne cherche pas à vous décourager, mais uniquement à vous inciter à la plus grande prudence. Après tout, vous êtes notre seul espoir.

L'avocat le salua et s'évapora. « J'ai oublié de lui demander où ils vont tous… » se rappela Samuel. Il regarda le soleil se coucher et les premières étoiles poindre au firmament. Le beau visage de Felicity se faufila parmi elles, puis celui d'Emily. « Vivre avec toutes les deux dans un endroit aussi merveilleux que ce domaine serait la réalisation de tous mes rêves », se surprit-il à penser. Mais c'était un souhait impossible et Samuel le savait très bien. Jamais Kathryn ne lui accorderait la garde de leur fille et Felicity était morte depuis des centaines d'années. « Est-ce que je commence à perdre la raison ? »

Deux yeux rouges très brillants émergèrent alors de l'étang. Le musicien ne voulut pas savoir à quelle bête ils pouvaient bien appartenir. Il prit ses jambes à son cou et retourna dans la résidence. Pour être en pleine forme le lendemain, il prit une douche et s'allongea sur son lit pour se reposer. S'il lui était facile d'immobiliser son corps, c'était une autre paire de manches avec son esprit. « Si je ne tombe pas sur Ulrik, je vais certainement rencontrer un autre de ses descendants, raisonna-t-il. Est-ce que je devrais leur parler de la malédiction pour qu'ils essaient de s'en garder ? » Dans les films de science-fiction, il y avait toujours une espèce de guide qui conseillait au héros de ne pas essayer de changer le passé. Pourtant, n'était-ce pas la meilleure façon d'éviter de terribles calamités à la race humaine, sinon au moins à une famille entière ?

« Que se passerait-il si j'arrivais quelques jours avant la mort d'Esther et que je l'enlevais pour empêcher son employeur de l'empoisonner ? se demanda-t-il. Est-ce que ça modifierait le reste de notre histoire ? »

« Et si je parlais à tous ces gens de ce château où ils vont se retrouver à leur mort, me prendraient-ils pour un fou ? » Sans doute... Samuel se concentra plutôt sur sa prochaine mission. « Je vais franchir la prochaine porte, identifier l'époque et revenir tout de suite sur mes pas si je ne me trouve pas au temps du vieux Viking », décida-t-il. Après s'être torturé l'esprit pendant une heure, il en vint à la conclusion que tout ce qu'il pouvait faire, c'était son possible. Il ferma les yeux et sombra doucement dans le sommeil.

Il rêva qu'il marchait sur un sentier dallé bordé par des papayers et des lantaniers, au pied desquels poussaient des touffes de citronnelle et des hibiscus. « Alors, là, je ne suis pas en Europe », conclut Samuel. Il aboutit sur une plage de sable blanc qui s'étalait à perte de vue. Les vagues d'un océan turquoise venaient y mourir avec un clapotis rassurant.

« Pourquoi ai-je l'impression d'être déjà venu ici ? » s'étonna-t-il. Ses parents l'avaient déjà emmené au bord de la mer, mais en Angleterre, et elle ne ressemblait certainement pas à cela.

Il se rendit compte qu'il était pieds nus et qu'il portait une robe blanche et aucun pantalon. « Là, ça commence à être encore plus étrange », songea-t-il. Il marcha dans les petites vagues délicieusement chaudes. « Où suis-je ? » Il vit passer un banc de dauphins qui sautaient hors de l'eau pour y replonger aussitôt. Au-dessus d'eux, le musicien aperçut une dizaine de pélicans bruns qui volaient en sens inverse. Il baissa les yeux et vit de petits poissons argentés s'approcher de ses orteils.

– J'espère que vous n'avez pas de dents… murmura-t-il.

Il entendit alors un rire cristallin et pivota pour découvrir d'où il émanait. Au loin, une jeune femme s'amusait dans les vagues. « Je la connais… » s'étonna-t-il. Il marcha sur le sable dans sa direction jusqu'à ce qu'il arrive à distinguer ses traits. Elle portait une longue robe blanche comme la sienne, qui était maintenant mouillée jusqu'à la taille. Ses longs cheveux blonds descendaient en boucles dans son dos. Elle portait des bracelets d'un métal argenté qui étincelait sous les rayons du soleil. Mais ce qui frappa le plus Samuel, c'était sa joie de vivre.

Lorsqu'elle ne fut plus qu'à quelques pas de lui, elle se retourna et lui offrit un sourire qui lui réchauffa instantanément le cœur. Son visage était ravissant, son sourire franc et ses yeux étaient verts…

– Pharos ! s'écria-t-elle, enjouée.

Il se retourna pour voir si elle s'adressait à quelqu'un qui l'aurait suivi, mais il n'y avait personne. Son geste donna le temps à la jeune femme de s'approcher de lui.

– Mais où étais-tu passé ? demanda-t-elle.

– Tu ne me croirais pas si je te le disais…

– Pourquoi t'entoures-tu toujours de mystère ?

Il se perdit dans son regard. C'était celui de Felicity !

– Essaies-tu de te rendre plus important que tu l'es ? le taquina-t-elle.

– Moi ?

– Tu sais pourtant ce qu'en pensent les grands prêtres ?

– Je ne vois pas de quoi tu parles.

Il était très sérieux, mais elle crut qu'il se moquait d'elle.

– Moi, je suis persuadée que tu seras un grand roi, un jour.

« Il y a décidément erreur sur la personne », conclut Samuel, qui n'avait pas une seule goutte de sang royal dans les veines.

– Et quand ils déposeront la couronne sur ta tête, est-ce que tu me demanderas de devenir ta reine ?

Samuel ne sut que répondre, alors la jeune femme l'enlaça amoureusement et planta un baiser sur ses lèvres.

– Sa Majesté la Reine Stincilla… murmura-t-elle avant de l'embrasser de nouveau.

Il ferma les yeux et se laissa transporter par l'ivresse de l'étreinte jusqu'à ce qu'il se sente tomber vers l'arrière. Il se réveilla en sursaut dans son lit.

– Oh non ! Ce n'était qu'un rêve !

Il pouvait encore voir le visage de cette femme magnifique dans ses pensées.

– A-t-elle fait partie des descendants d'Ulrik ? Était-ce une Valkyrie ? Je veux savoir pourquoi j'ai rêvé à quelqu'un que je n'ai jamais connu dans cette vie.

Il se leva et jeta un œil dehors. Le soleil commençait à poindre à l'horizon.

– Si je me rendormais, est-ce que je poursuivrais ce rêve ?

Il essaya de regagner le sommeil, en vain. Il décida plutôt de s'habiller et de passer dans la salle à manger. Malgré l'heure hâtive, son repas l'attendait au bout de la table. Il prit place devant le bagel encore chaud et le café et commença par boire celui-ci à petites gorgées. Esther apparut près de lui.

– Vous êtes bien matinal, nota-t-elle.

– Si j'avais su comment l'éviter, je vous jure que je ne me serais pas réveillé tout de suite. Dites, Esther, y a-t-il parmi les fantômes du château une femme blonde qui aurait vécu au bord de la mer dans un pays chaud ? Elle était dans mon rêve.

– Nous ne sommes que douze femmes et nous avons toutes grandi en Angleterre, où le temps est généralement frais.

– Donc, elle n'est pas une descendante d'Ulrik.

– À mon avis, elle est sans doute le produit de votre imagination et une façon de vous rassurer avant votre prochain départ. Elle est probablement apparue dans votre rêve pour vous donner de l'espoir.

– Tiens, je n'avais pas pensé à ça.

– Ce pourrait aussi être une personne que vous rencontrerez plus tard.

– C'est certain que je vais tenter d'identifier l'endroit où nous nous trouvions dès que je reprendrai ma vie normale, peu importe ce qu'elle sera.

– Allez, mangez un peu, au cas où vous ne trouveriez aucune nourriture derrière la prochaine porte.

– Vous pensez toujours à tout.

– J'essaie.

Elle s'évapora, le laissant seul avec ses pensées obsédantes.

– Si j'ai bien compris, cette future reine de je ne sais où est ma carotte au bout du bâton…

Il tartina son bagel de fromage à la crème et le mangea distraitement, toujours hanté par Stincilla et les suppositions d'Esther. « J'ai la nette impression qu'elle ne fait pas partie de mon avenir, mais de mon passé, mais ça n'a aucun sens… » Il termina son déjeuner et sortit sur la terrasse pour prendre l'air. Ambrose était déjà dans le jardin. Il se tourna vers lui et le salua en levant son pouce vers le ciel pour lui souhaiter bonne chance. « Je me demande comment réagirait Kathryn si elle apprenait que mes

meilleurs amis en ce moment sont des fantômes »,
songea Samuel, amusé.

Il prit de profondes inspirations pour se calmer et étira même les muscles de ses bras et de ses jambes pendant quelques minutes.

– Je suis prêt, décida-t-il.

Chapitre 22

Samuel grimpa à l'étage sans que personne soit venu le chercher. Le couloir était désert. En se rendant à la fenêtre tout au bout, il remarqua que la porte d'Anwen était maintenant de l'autre côté. « Peut-être que la sorcière brasse les portes comme des cartes à jouer pendant la nuit, se dit-il. Elle ne doit pas savoir que j'ai gravé quelque chose sur l'une d'entre elles, car elle l'aurait déjà fait disparaître. Tant mieux pour moi. » Il s'arrêta à la fenêtre et s'étonna de voir que la fontaine coulait encore. Rose, dans la même robe que les fois où il l'avait vue, était plantée devant le bassin et l'observait.

– Elle ne tardera pas à s'arrêter, prédit-elle, sachant que Samuel l'entendrait de là-haut.

Le musicien ne bougea pas avant que l'eau ne soit plus qu'un mince filet, qui finit par disparaître complètement. « À moi de jouer, maintenant. » Il se retourna et sursauta en trouvant Ulrik, Andrew et Esther devant lui.

– Ça promet, laissa tomber le Viking.

– Puis-je vous faire remarquer que vous êtes aussi silencieux que des souris, répliqua Samuel en portant les mains à son cœur.

– Il est très difficile de faire du bruit quand on n'a pas de densité, lui fit remarquer Andrew.

– Il le sait, intervint Esther pour éviter un débat.

– As-tu choisi ta porte, fiston ? demanda Ulrik.
– Non, pas encore.
– Alors, ne perds pas de temps.

Samuel marcha le long des portes en priant son intuition de se mettre en marche. Lorsqu'il remonta le corridor pour la deuxième fois, le Viking poussa un soupir de découragement.

– Ça ne m'aide pas du tout, grommela le musicien.

Il s'arrêta finalement en plein centre et se tourna vers une porte.

– Es-tu bien sûr que c'est celle-là ? lui demanda Ulrik.
– Ne l'ébranlez pas avant son départ, l'avertit Esther.
– Si je me suis trompé, alors je me reprendrai dans sept jours, trancha Samuel.

Il mit la main sur la poignée et dirigea un regard chargé d'avertissement à Ulrik.

– Il ne sera pas nécessaire de me pousser à l'intérieur, cette fois. Je sais ce que j'ai à faire.

Pour déjouer la sorcière, Samuel se retourna et fonça vers la porte opposée, qu'il ouvrit d'un seul coup.

– Mais qu'est-ce qu'il fait ? s'étonna le Viking.
– Il vient de changer d'idée, on dirait, devina Andrew. Samuel avança dans le noir, mais sans paniquer, cette fois.

Il savait qu'il se trouvait dans un vortex qui reliait le présent au passé. Le musicien maîtrisa sa respiration pour demeurer calme et s'efforça de ne pas se construire de scénarios dans sa tête jusqu'à son arrivée sur les lieux. Il savait bien que peu importe ce qu'il pourrait imaginer, la réalité serait différente.

Comme la première fois, Samuel dut fermer les yeux quand une intense lumière remplaça l'obscurité. Il s'immobilisa en attendant d'y voir quelque chose.

La chaleur qui transperça alors ses vêtements lui fit comprendre qu'il n'avait pas abouti au Danemark. « À moins que j'y sois arrivé pendant un record de température », songea-t-il. Il finit par cligner des yeux et apercevoir les troncs de plusieurs palmiers à sa gauche, ce qui acheva de le convaincre qu'il n'avait pas choisi la bonne porte. Il se retourna avec l'intention de revenir sur ses pas, mais le rectangle lumineux qui lui avait permis de rentrer au château après son séjour chez Anwen n'était nulle part.

– Ohé ! Je me suis encore trompé ! Laissez-moi repartir !

Rien ne se produisit et personne ne lui répondit.

– Donc, ça ne fonctionne pas ainsi, conclut-il. Mais vingt-quatre heures, ce n'est pas si long que ça dans la vie d'un homme.

Il évalua son environnement, malgré son manque de connaissances historiques et géographiques.

– Je sais au moins que les palmiers poussent dans les tropiques.

Il examina les alentours et ne vit que des palmiers, des fromagers et des fougères à profusion. Il tendit l'oreille et entendit des chants d'oiseaux, de petits cris aigus d'animaux ainsi que le bruit des vagues.

« Suis-je à l'endroit dont j'ai rêvé la nuit dernière ? » se demanda-t-il, rempli d'espoir. Il se précipita entre les plantes et s'arrêta net en arrivant sur la plage. Ce n'était pas la même. Le sable était blond et non blanc. L'océan était plus vert que bleu. Mais la plus grosse différence entre les deux lieux l'obligea à se pincer le nez. Des odeurs nauséabondes étaient véhiculées par le vent qui soufflait de l'ouest.

– Mais qu'est-ce qui peut bien sentir aussi mauvais ? se lamenta Samuel. Et est-ce que je veux vraiment le savoir ?

Avant de tenter d'échapper à cette puanteur, il prit note mentalement de la route qu'il lui faudrait suivre pour retrouver le rectangle lumineux le matin suivant. Rien ne ressemblait plus à un palmier qu'un autre palmier, alors il chercha d'autres repères et finit par trouver un curieux rocher qui sortait de terre comme le croc d'un loup. Il lui serait facile d'y revenir, puis de piquer dans les fougères en ligne droite. « Je deviens plus prudent », se félicita le musicien.

Pour échapper aux émanations repoussantes, il se mit ensuite à marcher en direction opposée sur la plage. Au bout d'une demi-heure, il dut en venir à l'évidence : en raison du vent, tout l'endroit en était imprégné. Il revint donc à son point de départ avec l'intention d'enquêter sur le phénomène, espérant ne pas tomber sur une pile de cadavres pourrissant au soleil. C'est alors que ses vêtements furent une fois de plus transformés. Il portait maintenant une chemise écrue très ample, un pantalon noir serré, des bottes hautes et une ceinture sur laquelle pendaient un coutelas, un poignard, un pistolet et un petit sac de poudre.

– Qui vient de me transformer ainsi ? Montrez-vous !

Il tourna sur lui-même, s'attendant à voir apparaître Esther ou Isabel, mais il n'y avait personne.

– Je n'ai certainement pas matérialisé toutes ces choses moi-même !

Toujours rien.

– Je ne veux pas vous faire de reproches ! Je veux seulement savoir pourquoi vous m'aidez ainsi.

Personne ne se manifesta. Déçu, Samuel poursuivit sa route jusqu'à ce qu'il aperçoive un curieux village de tentes de toutes les couleurs à même la plage. Pouvait-il s'agir d'un terrain de camping ? Il en douta, puisque c'était un concept plutôt moderne. Il s'arrêta avant d'atteindre ce rassemblement afin d'en évaluer la taille et jugea qu'il abritait plus d'une centaine de personnes. « Un des descendants d'Ulrik vit certainement ici, mais lequel ? »

Samuel capta un mouvement à ses pieds et fit un bond en arrière, craignant d'avoir marché sur la queue d'un serpent. Il constata alors que c'était plutôt un bout de bois, qui était en train de former des lettres dans le sable.

– Jacob Thompson... lut-il.

Il ne se rappelait pas les noms de tous les fantômes, mais se promit d'en dresser la liste dès qu'il serait au château... ce qu'il aurait dû faire à son retour du Moyen Âge. Incapable de supporter plus longtemps les effluves fétides du campement, le musicien remonta vers l'intérieur des terres. À un quart de kilomètre de là, il arriva dans une petite ville composée de maisons en planches collées les unes contre les autres sur une seule ligne parallèle à la plage. Tout comme les tentes, elles étaient multicolores et aucune n'était clairement identifiée. Samuel devina que certains des hommes qu'il apercevait étaient des commerçants, car ils étaient en train de parler avec des hommes habillés comme lui qui leur tendaient des boursettes. Devant un des bâtiments, un autre nettoyait le dessus de gros barils entourés de bancs en bois qui semblaient servir de tables. « C'est sûrement un tavernier », se dit-il.

En s'approchant, il remarqua aussi les enfants assis sur le sol, le dos appuyé contre les bâtiments, qui mangeaient en silence. Aucun adulte ne se souciait d'eux.

Une dizaine de femmes émergèrent alors de la seule maison qui comptait deux étages. Elles portaient des tenues très légères et leurs yeux étaient chargés de sommeil. Elles se retournèrent toutes sur son passage pour lui sourire. Samuel fit bien attention de ne pas leur accorder d'attention, une leçon qu'il avait apprise dans les quartiers peu recommandables de Londres. Il ne réagit même pas lorsque la dernière lui caressa les fesses. Il continua jusqu'à la taverne, non pas pour boire, mais pour se renseigner. Les propriétaires de ce type d'établissement étaient des mines d'information dans n'importe quelle ville du monde.

– Qu'est-ce que je vous sers, pirate ? fit l'homme en voyant approcher Samuel.

– Pirate ? répéta le musicien, étonné.

Il comprit aussitôt où il se trouvait !

– Il est bien trop tôt pour boire, répondit-il en se donnant une contenance.

– Depuis quand ? répliqua moqueusement le tavernier. Voulez-vous d'abord manger ?

– Non plus. Je cherche quelqu'un.

– Je ne me rappelle pas vous avoir déjà vu dans le coin.

– C'est normal, puisque je viens tout juste d'arriver.

– Vous n'êtes pas un espion de Sa Majesté, au moins ?

– Moi ? Certainement pas.

Samuel jugea plus prudent de ne pas lui avouer qu'il était par contre un sujet britannique.

– Je cherche Jacob Thompson.

– Le seul Jacob que je connaisse, c'est le bagarreur. Il n'a jamais prononcé son nom de famille, à ce que je sache.

– Vit-il par ici ?

– Il a planté sa tente parmi les autres près de l'eau.

« Oh non… » se découragea intérieurement Samuel, sans toutefois le montrer au tavernier.

– Un peu de rhum pour oublier la puanteur du campement ?

– Non, ça ira.

Avant de se décider à redescendre sur la plage, le musicien explora le reste de la ville encore endormie. Si le nom de Thompson n'était pas apparu sur le sable, il se serait sans doute assis au pied d'un arbre pour attendre le retour du rectangle lumineux. « Mais je ne peux pas repartir sans avoir au moins vu à quoi ressemble mon ancêtre dans son élément », se dit-il. Démotivé par les odeurs qu'il devrait encore affronter, il retourna tout de même d'où il était venu. Les occupants des tentes étaient pour la plupart des hommes qui dormaient encore et qui ronflaient comme des locomotives. Certains tenaient encore des bouteilles d'alcool vides à la main. D'autres n'étaient pas seuls. Ils enlaçaient des femmes qui ne portaient rien du tout. Samuel fit de gros efforts pour regarder devant lui.

Il aperçut alors un homme assis devant sa tente, en train d'affûter un coutelas semblable à celui qu'il portait lui aussi.

– Vous marchez trop droit pour être un pirate, grommela-t-il.

– Ça ne fait pas longtemps que je parcours les mers, mentit Samuel.

– Et vous êtes bien trop propre. Êtes-vous un déserteur ?

– Pas du tout. Je cherche Jacob Thompson.

– Le bagarreur ?

– Oui, lui.

– Il est par là.

L'homme lui pointait l'océan.

– Il est parti sur son bateau ?

– Non. Il est dans l'eau.

Samuel plissa les yeux pour scruter attentivement les flots. C'est alors qu'il vit le corps d'un homme qui, sur le ventre, se faisait malmener comme un bouchon de liège par les vagues. « S'il meurt, je n'existerai pas ! » s'alarma-t-il. Il courut sur la plage, enleva ses bottes et détacha sa ceinture, qui tomba sur le sol avec toutes ses armes, avant de courir dans les flots. Combattant le ressac, il parvint à se rendre jusqu'à l'infortuné pirate. Il le retourna sur le dos, le saisit solidement par les épaules et le tira sur le sable, où il le laissa finalement tomber. Jacob se redressa d'un seul coup.

– Qui m'a sorti de là ? hurla-t-il.

– C'est moi.

L'homme se retourna vivement vers Samuel. Il ne semblait pas en état d'ébriété, mais il était visiblement de très mauvaise humeur.

– De quel droit ?

– Pour vous empêcher de vous noyer.

– J'étais en train de m'exercer à retenir mon souffle sous l'eau, au cas où j'aurais à m'échapper par la mer pendant un abordage !

L'étonnement sur le visage du musicien fit sourire le pirate.

– Tu n'es pas un régulier, toi.

– Non, monsieur.

– Monsieur ?

Le pirate éclata de rire.

– Ça fait une éternité qu'on ne m'a pas appelé monsieur !

– Pardonnez-moi. La politesse a fait partie de mon éducation.

– Appelle-moi Jacob, comme tout le monde. Qui es-tu et que viens-tu faire sur cette île supposément inconnue des étrangers ?

– Samuel Andersen et… je voyage pour m'instruire.

Il ne pouvait bien sûr pas lui dire qu'il serait son descendant dans trois cents ans.

– Sais-tu où tu te trouves, Samuel ?

– En fait, non.

Thompson ne ressemblait à aucun des autres fantômes qu'il avait rencontrés jusqu'à présent. Il avait de longs cheveux châtains emmêlés au travers desquels fusaient des tresses et ses yeux étaient marron. Il était difficile de croire qu'Ulrik était son ancêtre.

– Tu as plus de chance de te faire tuer ici que de t'instruire, l'avertit Jacob. Alors, reste près de moi et personne n'osera te faire le moindre mal.

– Merci, c'est gentil de votre part.

– Je ne fais ça que parce que tu viens de me sauver la vie.

Le pirate éclata de rire.

– Et si tu tiens à la vie, arrête de parler avec autant de gentillesse, ajouta-t-il.

Le pirate se leva et ne prit même pas la peine d'enlever le sable collé sur ses vêtements mouillés.

– Viens manger avec moi, Samuel.

– Je n'ai pas vraiment faim, mais je veux bien vous accompagner pour que vous me parliez de cet endroit et de ce que vous y faites.

– C'est inhabituel, mais je m'en accommoderai.

Samuel alla chercher ses bottes, sa ceinture et ses armes, puis suivit le pirate à la petite ville. Ils prirent place de chaque côté d'un baril. Le tavernier posa un grand bock de bière devant Jacob.

– Je t'apporte le spécial du jour.

Il se tourna vers le musicien.

– Vous avez changé d'idée, l'étranger ?

– Non. Rien pour moi.

Le tavernier retourna à l'intérieur, où se trouvaient ses provisions. En réalité, il faisait la cuisine à l'extérieur, dans la cour, sur un grand bassin de métal rempli de charbons ardents.

– Comment es-tu arrivé ici ? demanda Jacob à Samuel. Sur quel bateau ?

Le musicien se rappela aussitôt les romans de Jules Verne qu'il avait lus quand il était enfant.

– Le *Chancellor*, répondit-il.

– Connais pas. Vous avez dû jeter l'ancre durant la nuit.

– Exactement.

– Quand repart-il ?

– Demain matin.

– Alors, je vais être bref.

Le tavernier sortit du bâtiment et déposa devant son client une écuelle de poisson grillé et ce qui ressemblait à un gratin de bananes.

– Tu lis dans mes pensées, Alban !

Le pirate se mit à manger avec appétit, comme s'il avait complètement oublié son invité. Lorsqu'il eut terminé son repas, il éructa bruyamment et se tapota l'estomac avec satisfaction. Le tavernier revint chercher sa vaisselle.

– Fais savoir à tout le monde que Samuel que voilà est sous ma protection, lui dit le pirate.

– Comme tu veux, Jacob.

– Quiconque osera s'attaquer à lui aura affaire à moi.

– Je ferai passer le mot.

Jacob retira de son cou une breloque ronde qui pendait sur un cordon en cuir et sur laquelle était étampée une tête de squelette, et la tendit au musicien.

– Porte ça en tout temps et personne ne t'embêtera. Tout ce que je peux te dire, c'est que tu es à Tortuga et que c'est la saison creuse. Les équipages vont bientôt repartir pour piller les vaisseaux marchands en mer, mais en attendant, les marins passent le temps comme ils peuvent. Et ils aiment bien torturer les petits nouveaux.

– Oh…

– Alors, fais attention à qui tu parles et regarde où tu mets les pieds. Comme je n'ai pas dormi de la nuit, je vais aller roupiller un peu. Nous parlerons de ton engagement au coucher du soleil.

– Mon…

Samuel n'eut pas le temps d'ajouter quoi que ce soit. Le pirate lui donna une claque amicale dans le dos qui faillit le faire tomber face première contre terre.

– À plus tard, mon ami.

Jacob s'éloigna en direction du campement en titubant de fatigue, mais, curieusement, il parvint à conserver son équilibre jusqu'à ce qu'il soit hors de vue.

Chapitre 23

Maintenant que Samuel avait eu l'occasion de voir Jacob, il n'avait plus aucun intérêt à rester dans la ville et il n'avait pas l'intention de retourner au village de tentes. Il allait se lever quand deux bras glissèrent sur ses épaules par-derrière et se refermèrent sur sa poitrine.

– Tu sens tellement bon, matelot, fit une voix féminine en lui humant les cheveux.

– Désolé, je ne suis pas intéressé.

Il parvint à se libérer de son emprise en effectuant une pirouette, puis recula de quelques pas. Il pouvait facilement affirmer que cette fille était mineure, malgré tout le maquillage qu'elle portait pour avoir l'air adulte.

– Tu ne me trouves pas belle ?

– Ça n'a rien à voir avec ton apparence.

Il quitta la ville et se dirigea vers la forêt en espérant échapper à tous les dangers auxquels Jacob avait fait allusion. Il arriva à une petite crique, où il trouva un vieux palmier que les années avaient écrasé presque à l'horizontale. Il s'y assit à cheval et se pencha jusqu'à ce que sa poitrine s'y appuie. Pendant de longues minutes, il regarda dans l'eau qui était aussi claire que du cristal. Au bout d'un moment, il aperçut de petits crustacés qui se promenaient entre les pierres, tout au fond, et de petits poissons de toutes les couleurs aussi.

« Si cette île est un repaire de pirates, pourquoi n'ai-je vu aucun bateau au large ? » se demanda-t-il soudain.

Comme il n'avait pas l'habitude de la chaleur, Samuel commença à avoir soif quelques heures plus tard. Il ne pouvait évidemment pas boire de l'eau de mer, alors il revint à la ville en se demandant s'il pourrait trouver de l'eau en bouteille, en oubliant qu'il se trouvait au dix-huitième siècle. « Mais avec quoi vais-je la payer ? » se demanda-t-il en descendant de son perchoir. Il ne savait même pas combien valaient ses armes au cas où il aurait voulu les vendre. Il sentit un mouvement dans l'unique poche de son pantalon et craignit qu'un insecte ne s'y soit faufilé pendant qu'il se reposait. « J'ai horreur des araignées, gémit-il. Surtout celles qui sont grosses et toutes velues... » Il rassembla son courage et écarta suffisamment les bords de la poche pour voir ce qu'elle contenait.

– De la monnaie ? s'étonna-t-il. Comment est-elle arrivée là ?

Sans doute était-ce une autre gentillesse de l'entité invisible qui lui avait procuré des vêtements et indiqué le nom du descendant qu'il voulait rencontrer.

– Je regrette de m'être emporté ce matin, mais j'aimerais vraiment savoir qui vous êtes.

Il se heurta au même silence. Il plongea la main dans sa poche et en sortit des pièces qui ne lui disaient rien du tout.

– Espérons que le tavernier est un homme honnête, se dit-il en remettant le cap sur la ville.

Le soleil était maintenant haut dans le ciel et la chaleur devenait de plus en plus insupportable. Quand il arriva devant l'établissement, Samuel était trempé par la sueur. Il n'y avait plus personne dehors. Tous étaient allés s'abriter à l'ombre, en attendant la fraîcheur de la nuit. Le musicien entra chez le tavernier et ouvrit la main pour lui montrer son trésor.

– Auriez-vous de l'eau ?

– Personne n'en vend sur cette île, ni même ailleurs. Il y a une source à l'est de la cité. Mais je vous conseille l'alcool.

– Qu'est-ce que je peux boire pour ce montant ? demanda Samuel.

L'homme lui apporta une bouteille de rhum bien pleine.

Samuel acheta le rhum en se disant qu'il pourrait l'offrir à son ancêtre pirate et s'en faire un ami pour toujours. Il se fit indiquer la direction à suivre pour trouver le point d'eau et s'y rendit en résistant à la tentation de déboucher la bouteille. Les palmiers ne fournissaient pas vraiment d'ombre, mais ils le protégèrent tout de même un peu des rayons ardents. En marchant entre les arbres, il finit par entendre le bruit de l'eau et ce n'étaient pas les vagues de l'océan. Il aperçut finalement un ruisseau qui serpentait entre les fougères. Il se mit à genoux et but en se servant du creux de ses mains. Ensuite, il s'aspergea profusément le visage, ce qui l'empêcha d'entendre les pas qui s'approchaient derrière lui.

– Tiens donc, un pirate que je ne connais pas, fit une voix féminine.

Le musicien se releva d'un seul coup et fit volte-face. Il se retrouva nez à nez avec une femme toute nue aux longues boucles rousses.

– Oh, pardon ! s'exclama-t-il en se retournant vivement par pudeur.

– Tu ne dois pas être d'ici, toi, répliqua-t-elle en riant. Tu es trop bien élevé. Ramasse ta bouteille.

Samuel ignorait qui elle était, mais il se sentit contraint de lui obéir. Elle l'agrippa alors par le bras et le força à l'accompagner jusqu'à la source du petit cours d'eau. Amusée, elle lui enleva le rhum et le déposa par terre près de sa robe avant de commencer à le déshabiller.

– Madame, je ne suis pas ici pour ça, résista Samuel.

– Madame ? Tu es vraiment très drôle. Maintenant, tais-toi et remercie le ciel d'être venu jusqu'ici.

Elle plaça la main sur son front pendant un court instant.

– Encore une heure et tu serais mort.

– Quoi ?

– La chaleur du soleil est meurtrière à cette heure de la journée. Tout le monde le sait.

– Pour tout vous dire, il ne brille pas souvent là d'où je viens.

Il ne protesta pas quand elle détacha sa ceinture et lui retira sa chemise, mais résista lorsqu'elle délaça le devant de son pantalon.

– Laisse-toi faire.

– Mais je ne vous connais pas.

– Ça tombe bien, moi non plus.

Elle le poussa par terre, où il tomba assis, tira sur ses bottes, puis sur le pantalon. Samuel découvrit avec horreur qu'il ne portait plus de caleçon !

– Allez, debout.

Il lui obéit, mais n'eut pas le temps de lui cacher sa nudité. Elle le fit reculer dans l'eau jusqu'à ce qu'il en ait jusqu'à la taille. Une fois que le corps de la déesse fut partiellement caché, Samuel parvint à se détendre un peu. C'est alors qu'il remarqua les yeux verts de son assaillante : c'étaient ceux de Felicity ! « Mais c'est insensé... »

– Je m'appelle Alice. Et toi, beau pirate ?

– Je n'en suis pas un, la corrigea-t-il, toujours fasciné par son regard.

Même la forme de son visage rappelait celui de la paysanne. Seuls ses cheveux étaient différents.

– Ton nom ? insista-t-elle.

– Samuel.

– Ça te va bien, pirate.

– Vous vous trompez sur mon identité.

– Si tu veux te faire engager, je connais quelques capitaines qui te prendraient volontiers, mais je préférerais te garder juste pour moi pendant quelques jours.

– Je crains que ce ne soit pas possible. Je dois repartir demain.

– Pour aller où ?

Elle plaça les mains sur ses épaules et le fit descendre dans l'eau jusqu'au cou.

– À Londres.

– Ah… tu es un commerçant, alors, devina-t-elle.

– Non. Je suis musicien.

– C'est encore mieux. Les artistes sont très en demande sur les vaisseaux.

Il garda le silence, car il ne connaissait absolument rien à la vie de ces brigands des mers, sauf qu'ils attaquaient les navires marchands pour les piller. Il ne s'était jamais douté qu'ils allaient se prélasser ainsi dans les îles du Sud.

– Tu sais chanter ?

– Oui, bien sûr, mais je suis surtout pianiste.

– Il n'y a malheureusement pas d'instruments de musique par ici, mais peut-être sur les bateaux des capitaines les plus riches… Tu es différent de tous les hommes que j'ai rencontrés, Samuel. Tu es là devant moi depuis plusieurs minutes déjà et tu n'as pas encore tenté de me prendre.

– Mes parents m'ont inculqué de bonnes manières, madame.

– Appelle-moi Alice.

Elle se rapprocha de lui et l'embrassa sur les lèvres.

– As-tu déjà été séduit par une femme ou es-tu un puceau ?

– J'ai été marié.

– Intéressant…

Elle multiplia les baisers, qui furent d'abord courts et tentateurs, puis graduellement plus passionnés. Samuel ferma les yeux et s'imagina dans les bras de Felicity, ce qui ne fut pas trop difficile, puisque la belle Alice possédait la même énergie. Pour qu'il n'attrape pas une insolation, la jeune femme lui immergea la tête sous l'eau quelques secondes.

– Que c'est rafraîchissant, lâcha-t-il en reprenant son souffle.

– Tu n'as pas idée à quel point, répliqua Alice en souriant.

– C'est curieux, mais je commence même à avoir froid.

Elle le prit par la main et l'entraîna hors du bassin. Elle ramassa sa robe ainsi que l'alcool et lui demanda de prendre ses affaires, puis le tira vers le nord. Ils suivirent un sentier, puis s'abritèrent sous une haute tente, au beau milieu d'une palmeraie. Samuel regarda autour de lui. Le sol était tapissé de feuillage odorant et tous les effets d'Alice se trouvaient dans de beaux coffres en bois ouvré. Son lit était en fait un grand rectangle de toile épaisse tendue entre quatre troncs, à un mètre du sol. Samuel baissa ensuite les yeux sur son propre corps. « C'est bien la première fois que je suis une femme chez elle en tenue d'Adam… » nota-t-il. Alice le fit alors grimper sur son étrange couche, puis s'allongea près de lui. Contrairement aux autres abris sur la plage, le sien sentait bon.

– Quel est cet endroit ? demanda-t-il.

– C'est mon antre.

– Je parlais plutôt de cette île.

– Tu ne sais pas où tu es ?

– On m'a dit qu'elle s'appelait Tortuga, mais ça ne me dit rien du tout.

– Tu es vraiment déroutant, Samuel, et tu dois être le seul homme au monde à débarquer dans un endroit aussi dangereux sans t'en rendre compte.

Alice déboucha la bouteille et avala un peu d'alcool.

– C'est bien meilleur que tout ce que j'ai bu jusqu'à présent, avoua-t-elle.

Elle lui tendit le rhum et Samuel en but une gorgée pour lui faire plaisir.

– Tortuga est la plus petite île du coin, expliqua-t-elle. Elle a d'abord été occupée par les Français que les soldats espagnols d'Hispaniola ont tenté de chasser avant d'y construire un fort. Les Français n'ont eu aucune difficulté à s'en emparer, car il était peu résistant et mal protégé. Ils l'ont conservé et ils lui ont apporté les améliorations nécessaires. En peu de temps, ils ont transformé l'île en refuge et en base d'opérations pour les pirates et les corsaires. En échange d'un tribut, les gouverneurs ont offert un abri sûr à tout bateau qui n'était pas espagnol.

– Comment devient-on un pirate ?

– Il faut ressentir au fond du cœur un appel pour la mer et l'aventure, sans oublier le besoin d'échapper à la vie conventionnelle des autres hommes. La vie d'un pirate est beaucoup plus difficile qu'on le croit et souvent très courte.

– Une vie sans foi ni loi, par contre.

– Je ne dirais pas ça. Chaque vaisseau possède son propre code de conduite. Ses marins doivent obéir à des règles très strictes, mais ils reçoivent tous leur part du butin et ils ont leur mot à dire sur la destination du bateau.

Samuel but encore un peu de rhum.

– Les sirènes existent-elles vraiment ?

– Seulement si on boit beaucoup d'alcool. Je peux même en devenir une pour toi, si tu veux.

Alice reboucha la bouteille, puis recommença à l'embrasser. Samuel se laissa séduire et ils firent l'amour en oubliant tous les dangers qui les entouraient. Quand la jeune femme s'endormit enfin dans ses bras, Samuel se dégagea doucement de son étreinte et descendit du hamac de fortune. Il s'habilla et prit le large en lui laissant le rhum. Il eut d'abord de la difficulté à s'orienter, mais finit par retrouver la plage. En gardant ses bottes dans ses bras, il marcha dans l'eau et ramassa même de petits coquillages qu'il fourra dans ses poches. « Emily aimerait tellement cet endroit », se dit-il.

Le vent était plus frais et le soleil déclinait, ce qui rendait la chaleur plus supportable. Il finit par s'asseoir sur le sable et essaya de ne penser à rien.

– Sam ! s'exclama une voix d'homme.

Il se retourna et vit Jacob qui approchait. Sa démarche était plus sûre. Sans doute avait-il dormi toute la journée et n'avait-il pas encore commencé à boire...

– Viens. J'ai quelque chose à te montrer.

Le musicien enfila ses bottes et marcha avec lui, mais pas du côté du campement, heureusement.

– Nous avons toujours besoin de solides matelots à bord du *Plunder*, lui dit Jacob. Tu sembles en bonne santé, tu es bien armé et tu sens même le rhum.

– Je ne cherche pas à m'enrôler. Je suis seulement de passage à Tortuga.

– Jette au moins un œil à ce que j'ai à t'offrir.

Le pirate piqua à travers la forêt jusqu'à ce qu'il arrive au sommet d'une formation rocheuse qui surplombait une baie. Des dizaines de bateaux y avaient jeté l'ancre, protégés des vagues par une rade naturelle.

– Ils appartiennent tous à des pirates ? s'enquit Samuel.

– Oui, jusqu'au dernier.

– Est-ce qu'ils ont été volés ?

– Pour la plupart. Le *Plunder*, c'est le plus gros, tout au fond là-bas. Il est surveillé en tout temps pour éviter que quelqu'un décide de l'emprunter, si tu vois ce que je veux dire. Mais il ne sera plus ici bien longtemps. Nous partons dans quatre jours et j'aimerais que tu sois des nôtres.

– C'est très aimable, mais je ne serai plus ici à ce moment-là.

– Que pourrais-je t'offrir pour te faire changer d'idée ?

– Un passage vers le onzième siècle, soupira Samuel.

Jacob pencha la tête de côté, car il ne comprenait pas sa requête.

– Qu'est-ce que tu veux dire par siècle ?

– C'est une longue histoire.

– Alors, viens me la raconter en ville. Tu n'as rien mangé de la journée, n'est-ce pas ?

– Il faisait bien trop chaud pour avaler quoi que ce soit.

– C'est une grave erreur de rester l'estomac vide, même au paradis.

– Je ne suis malheureusement pas un expert en survie.

– Tu le deviendras.

Le pirate le ramena sur le sentier dans la forêt.

– J'ignore d'où tu viens, mais je sens en toi une force comme je n'en ai pas vu souvent chez les autres hommes, Samuel. Tu as déjà l'étoffe d'un grand capitaine.

– Je vous en prie, ne vous moquez pas de moi.

– Oh mais je dis ça sérieusement. J'ai l'œil.

Ils arrivèrent à la ville au coucher du soleil, alors qu'elle commençait à s'animer. Tous les occupants du campement semblaient s'y être donné rendez-vous.

Chapitre 24

L'obscurité tomba sur l'île comme le rideau d'un théâtre après la dernière représentation, sauf qu'à Tortuga, le spectacle ne faisait que commencer. Des hommes ivres chantaient des chansons grivoises en faisant rire leur public aux larmes. D'autres étaient en train de prendre du plaisir dans les bras des prostituées sans la moindre gêne. Un petit groupe faisait de la musique métallique en frappant avec des bâtons sur des couvercles de marmites dont ils avaient altéré la forme. Samuel passa près de pirates qui giguaient au son d'un harmonica en poussant des cris de joie.

Une cacophonie incroyable s'élevait de cette toute petite ville. Des coups de feu furent même tirés, faisant sursauter le musicien. Jacob passa aussitôt son bras autour de ses épaules.

– Quelqu'un vient-il d'être assassiné ? s'alarma Samuel.

– Mais non. Ce n'était qu'une explosion d'allégresse. Nous sommes tous ici pour nous amuser avant de retourner au travail. Il arrive que quelques-uns soient blessés, mais tués, jamais, mentit-il.

Il fit asseoir son protégé devant la taverne, où il ne restait plus que deux places devant un baril. Autour d'eux, les clients chantaient bruyamment en brandissant leurs chopes pour appuyer leurs arguments. Jacob n'avait cessé d'observer son invité depuis les dernières minutes. Il était évident que celui-ci n'avait jamais fait partie d'un équipage de toute sa vie. Toutefois, il ne se comportait pas non plus comme les habitants de l'Angleterre que le pirate avait quittée des années plus tôt. En fait, Samuel était un véritable mystère pour lui.

– Tavernier ! appela-t-il. Des queues de langoustes et du rhum !

Samuel n'avait jamais mangé de langoustes, mais ce n'était certes ni l'endroit ni le moment de faire des caprices.

– Tu as de l'argent, le bagarreur ?

Le pirate lui lança une petite bourse.

– Et prends le temps de bien les faire cuire dans du beurre.

Le tavernier revint d'abord leur porter une bouteille de rhum et deux verres plus ou moins propres. Jacob les remplit, puis choqua le sien contre celui de Samuel. « Alice a raison », songea ce dernier après une première gorgée. « Il y a des rhums meilleurs que d'autres... » Il se dit qu'après plusieurs verres, il ne verrait sans doute plus la différence.

– Alors, c'est quoi cette histoire de siècle ? demanda Jacob.

– Je suis historien, mentit le musicien pour rendre son explication plus crédible.

– Tu es venu jusqu'ici pour étudier le passé de Tortuga ?

– En réalité, je me suis trompé de destination.

– Mais comment peut-on aboutir ici en essayant d'aller ailleurs ?

– Je ne le comprends pas moi-même.

– D'où arrives-tu, exactement ?

– De Londres, mais pas celui que vous avez connu, si vous y avez déjà mis les pieds.

– J'imagine que les choses ont dû changer là-bas depuis que j'en suis parti.

Jacob semblait être particulièrement intelligent, mais Samuel ne savait pas comment il accueillerait la nouvelle qu'un homme avait réussi à voyager dans le temps. Il jugea plus prudent de ne pas passer pour un fou.

– La vie à bord d'un bateau de pirates est-elle vraiment dangereuse ? demanda-t-il plutôt.

– Ça dépend lequel. Il y a des capitaines qui ont de grandes ambitions et d'autres qui se contentent de trésors plus raisonnables qui ne coûtent pas la vie à tout leur équipage. Le *Plunder* ne s'attaque jamais aux vaisseaux militaires trop bien armés. Il préfère les bateaux marchands moins bien défendus. Tu pourrais en apprendre beaucoup sur l'histoire de notre profession en te joignant à nous, tu sais.

– Non, merci.

– N'as-tu pas envie de faire beaucoup d'argent ?

– J'ai des soucis beaucoup plus pressants, je vous assure.

– Sam, je n'ai jamais rencontré un homme aussi bizarre que toi et, pourtant, tu me sembles familier.

Le tavernier déposa leur repas devant eux. Samuel risqua une petite bouchée de langouste et s'étonna de son bon goût. Quant à son ancêtre, il mangea sans se poser de questions.

– Est-ce qu'on se serait connus autrefois ? poursuivit-il.

– C'est plus compliqué que ça, mais il se pourrait que nous ayons un lien de parenté.

– Alors, ça explique tout ! M'es-tu relié du côté des Thompson ou de celui des Easton ?

Samuel n'eut pas le temps de répondre.

– Eh ! Le bagarreur ! cria alors un homme musclé qui approchait en compagnie de deux autres fiers-à-bras.

Il n'avait pas un seul cheveu sur le crâne et il portait plusieurs armes à sa ceinture.

– Octavius ! s'exclama Jacob. Ça fait un bail !

– Mon capitaine veut rencontrer ton nouvel ami.

Samuel se rendit compte qu'il parlait de lui et arrêta de manger.

– Dis-lui que, malheureusement, il appartient désormais au *Plunder*.

– C'est ce qu'on va voir.

Octavius sortit son coutelas de sa ceinture. Samuel se douta, puisqu'il portait le nom de bagarreur, que son ancêtre n'allait certainement pas reculer devant ce défi. Mais ne connaissant pas ses talents, il se demanda s'il devait prendre la fuite dans la forêt. Les deux adversaires commencèrent par tourner lentement l'un autour de l'autre en s'étudiant, ce qui attira bientôt les autres pirates, qui se mirent à faire des paris sur l'issue du duel.

Jacob attaqua le premier, mais son coutelas se heurta plusieurs fois à celui d'Octavius. Néanmoins, il ne relâcha pas son attaque et fit même reculer son opposant vers la foule. Il était évident qu'il était un bien meilleur escrimeur, plus rapide et plus rusé que le rustre qui l'avait provoqué. Mais la stratégie d'Octavius n'avait été que de l'éloigner de Samuel. Un de ses hommes se glissa derrière le bagarreur et lui assena un coup derrière la tête avec la poignée de son pistolet. Jacob tituba et finit par s'écraser sur le sol. Son protégé n'eut pas le temps de réagir : les deux fiers-à-bras s'emparèrent de lui.

– Je vous en conjure, ne le tuez pas ! s'écria Samuel.

– On n'oserait jamais faire ça, rétorqua l'un des hommes. C'est le second d'un capitaine bien trop rancunier.

– Lâchez-moi !

– Désolé, mais le nôtre veut absolument te voir et il n'est pas question que nous lui désobéissions.

Samuel se débattit, mais il fut tout de même traîné jusqu'à la forêt, en direction de la baie où étaient ancrés les vaisseaux, soit à l'opposé de l'endroit où apparaîtrait le rectangle lumineux quelques heures plus tard. Ne voulant pas rester coincé dans ce monde où il ne survivrait pas longtemps, le musicien se démena davantage, mais les pirates resserrèrent leur emprise. Ils ne suivirent pas le sentier où Jacob l'avait emmené un peu plus tôt et piquèrent plutôt vers l'intérieur des terres. Samuel découvrit alors une autre petite ville semblable à la première. Il n'eut pas le temps de l'étudier plus longtemps : on le jeta à genoux devant un homme à la peau noire comme la nuit.

– Capitaine Janard, voici celui dont tout le monde parle depuis ce matin.

– Je ne sais pas qui vous êtes ni ce que vous me voulez, mais sachez tout de suite que je ne souhaite pas faire partie d'un équipage, rétorqua aussitôt le prisonnier.

– Alors tu n'as rien compris du tout, l'informa l'homme avec un accent créole. Je n'ai pas besoin de ta permission pour te prendre avec moi. Tu es en santé et tu as de bons bras. C'est tout ce qui compte.

– Je suis un homme libre et je tiens à le rester.

Son commentaire causa l'hilarité générale autour de lui.

– Ça n'existe même pas, la liberté, commenta Janard. Peu importe où tu iras sur cette planète, tu seras toujours soumis à l'autorité de quelqu'un, sauf si tu deviens pirate.

– J'ai déjà une vie et je n'en veux pas d'autre.

– Va-t-il falloir te couper la langue pour que tu te taises ?

Se doutant que ces hommes n'hésiteraient pas à mettre cette menace à exécution, Samuel décida de ne plus parler et de se servir de son cerveau pour se sortir de ce mauvais pas.

– Voilà qui est mieux. Tu apprends vite et ça me plaît. Emmenez-le à bord.

– Non ! hurla le musicien, terrorisé.

Profitant que personne ne le retenait, il bondit sur ses pieds et détala comme un lapin, mais n'alla pas bien loin. Un pirate tendit le bras devant lui. Samuel s'y heurta au milieu du ventre et fit une culbute dans les airs avant de s'écraser durement sur le dos.

– Si tu insistes pour être ligoté et transporté sur notre vaisseau, je peux t'exaucer, l'étranger, grommela l'homme à qui il manquait la moitié des dents.

Le souffle coupé, Samuel ne pouvait même pas l'injurier. De solides bras le tirèrent sur ses pieds et l'entraînèrent vers la plage, à la lumière du fanal que le premier tenait devant lui. Leur prisonnier ne semblait plus vouloir leur fausser compagnie, mais les pirates le surveillèrent étroitement. Leur capitaine leur avait demandé de ramener le petit nouveau sur le *Desperado* et ils avaient intérêt à lui obéir.

Samuel recommença à paniquer lorsque les trois hommes arrivèrent là où étaient échouées plusieurs larges chaloupes à rames. Sans doute les utilisaient-ils pour regagner leur bateau. « N'y a-t-il pas des requins dans les mers du Sud ? » songea-t-il. D'une façon ou d'une autre, il ne pouvait pas se permettre de s'éloigner de l'endroit où le rectangle lumineux allait réapparaître au matin. Il n'avait donc pas le choix : il devait à tout prix s'échapper. Il regarda d'un côté, puis de l'autre pour évaluer ses options.

– N'y pense même pas, l'avertit le pirate qui marchait derrière lui.

« Peut-être que les requins dorment la nuit », tenta de se convaincre le musicien. Ses gardiens dépassèrent les premières embarcations, puis s'arrêtèrent devant la dixième.

– Allez, monte.

– Je ne peux pas, protesta Samuel. Je suis attendu ailleurs.

– Le seul qui a envie de toi, cette nuit, c'est notre capitaine, l'avertit un des hommes. Alors, oublie tout le reste.

– Il aime les jeunes hommes blancs en parfaite santé, si tu vois ce que je veux dire, ajouta un autre.

La seule pensée de servir d'animal de compagnie à un boucanier redonna des forces à Samuel. Il prit ses jambes à son cou et fonça sur la plage. Encore une fois, il fut rapidement rattrapé et plaqué dans le sable. Les pirates lui agrippèrent solidement les bras et le jetèrent tête première dans la chaloupe. Le musicien atterrit brutalement entre deux bancs en poussant une plainte sourde.

– S'il te prend l'idée de sauter à l'eau pendant qu'on te conduit au *Desperado*, nous n'essaierons même pas de te sauver, le menaça l'un des pirates. Il y a dans les parages des monstres marins qui te dévoreront les entrailles.

Le captif parvint à s'asseoir. « Réfléchis, Samuel, réfléchis », s'encouragea-t-il. Un des flibustiers passa par-dessus lui pour aller se poster à la poupe de l'embarcation. Les deux autres commencèrent à la pousser vers le large avec l'intention de sauter à bord dès que le fond ne serait plus enlisé dans le sable.

C'est alors qu'une rame venue de nulle part frappa durement le marin de droite derrière la tête et l'envoya choir dans l'eau. Son compagnon dégaina aussitôt son coutelas et se retourna vers son agresseur. Samuel s'attendait à voir apparaître Jacob dans le faisceau lumineux du fanal. Quelle ne fut pas sa surprise d'apercevoir Alice, toute serrée dans sa robe à corset, brandissant la rame de façon menaçante.

– La petite dame a besoin d'apprendre les bonnes manières ? ironisa le pirate.

– Si tu ne le laisses pas partir, tu vas subir le même sort que ton copain, l'informa-t-elle sur un ton qui n'entendait pas à rire.

L'homme s'avança vers Alice, son coutelas pointé sur elle. Samuel ne connaissait pas vraiment la jeune femme. Même si elle avait réussi à assommer son premier opposant, rien ne prouvait qu'elle savait se battre. Le musicien portait encore ses armes à sa ceinture, mais il n'était pas un habile escrimeur comme son ancêtre Thompson.

Alice parvint à bloquer les premières charges avec sa rame, ce qui fit perdre au pirate son sourire moqueur. Il pressa son offensive pour en finir avec ce contretemps qui l'empêchait d'obéir à ses ordres. Elle le laissa donc s'épuiser, puis profita d'une ouverture providentielle pour le frapper lui aussi à la tête. L'homme s'écrasa lourdement sur la plage, incitant le troisième flibustier à entrer en jeu. Pour l'empêcher de l'enjamber de nouveau, Samuel lui agrippa la cheville et le fit trébucher par-dessus lui dans la chaloupe. Furieux, l'homme se retourna, son poignard à la main.

– Laissez cette femme tranquille ! s'entendit le menacer le musicien.

– Vous allez mourir tous les deux !

Alice sauta dans l'embarcation en balançant sa rame. Le pirate l'évita et se redressa agilement, avec l'intention de s'en prendre à elle. Samuel parvint à dégager son propre coutelas de sa ceinture. Il ne voulait pas tuer le fier-à-bras, mais il ne pouvait pas non plus le laisser faire du mal à sa nouvelle amie. Il abattit donc sa lame sur son bras plutôt que de la lui planter dans le dos. Le pirate poussa un cri de rage et pivota vers lui. Son poignard fendit l'air plusieurs fois, infligeant une dizaine de blessures aux bras et à la poitrine du musicien. Le sang se mit aussitôt à rougir sa chemise. Alice lui vint immédiatement en aide. Avec force, elle frappa le boucanier derrière la tête avec la rame, le balançant par-dessus bord. Elle jeta ensuite son arme au loin et tendit la main à Samuel.

– Viens vite et ne fais aucun bruit, lui ordonna-t-elle.

Le musicien réussit à se lever, mais ses jambes tremblaient de faiblesse. Il avança de son mieux dans la chaloupe, franchissant les bancs avec difficulté. Alice ignorait si elle pourrait le cacher à temps, mais elle comprenait sa souffrance. Dès qu'il eut mis le pied sur le sol, elle empoigna sa main et l'entraîna vers l'obscurité de la forêt, avec l'intention de contourner la ville pour ne pas attirer l'attention des pirates. Alice aurait voulu faire marcher Samuel plus rapidement, mais il était plutôt mal en point. L'île n'était pas très grande et il serait facile pour une bande de pirates armés de torches de les retrouver, à ce rythme. Elle choisit donc d'effectuer un détour, au risque d'épuiser encore plus le blessé.

Chapitre 25

Malgré sa tête qui tournait et ses jambes aussi lourdes que du plomb, Samuel tint bon et laissa Alice le tirer dans l'obscurité totale. Elle semblait savoir où elle allait. Les cris et la musique des petites villes s'amenuisaient et cela le rassura de constater qu'ils s'en éloignaient. Au bout d'un moment, il se mit à ralentir, mais Alice ne le pressa plus. Elle espérait seulement qu'il ne perdrait pas connaissance avant d'arriver chez elle. Les derniers pas exigèrent du musicien le peu de force qui lui restait. Il dut se pencher un peu pour pénétrer dans la tente. Samuel tituba dangereusement, mais la jeune femme réussit à le pousser sur son hamac. Il soufflait comme une baleine.

Alice alluma une seule bougie pour ne pas attirer d'éventuels poursuivants. Elle retira au musicien sa chemise couverte de sang, puis lui fit boire de l'eau, ce qui calma légèrement sa respiration. La jeune femme alla chercher de l'eau à la source, puis fouilla dans un de ses coffres. Elle en ressortit des morceaux d'étoffe qu'elle trempa pour laver le sang et mieux examiner les blessures à la lumière de la flamme. Les lacérations n'étaient pas profondes, mais elles devaient être nettoyées pour prévenir l'infection.

– Pourquoi avez-vous risqué votre vie pour moi ? murmura Samuel, au bord de l'évanouissement.

– Je n'en sais franchement rien.

– Est-ce que je vais survivre ?

– Sans l'ombre d'un doute, mais ces blessures seront sensibles pendant plusieurs jours, je le crains.

– Je dois repartir demain matin.

– Nous verrons dans quel état vous serez à ce moment-là. Elle déboucha la bouteille de rhum et en imbiba un linge.

Elle forma un petit rouleau avec un deuxième et força Samuel à le serrer entre ses dents. Il ne comprit ce qu'elle voulait faire que lorsqu'elle frotta la première plaie avec l'alcool. Il étouffa un cri de douleur, puis ce fut le noir.

– Tant mieux, laissa tomber Alice.

Ainsi il n'alerterait pas toute la population de l'île. Elle profita de son inconscience pour terminer ses soins et bander ses bras et son torse. Elle lui retira le rouleau de la bouche, lui épongea le front et s'allongea à côté de lui en songeant aux événements de la soirée. C'étaient les fiers-à-bras de Janard qui avaient tenté d'enlever Samuel. Tout le monde savait que ce capitaine préférait les hommes aux femmes. Le musicien n'aurait pas du tout apprécié sa captivité à bord de ce vaisseau. Encore sous l'effet de l'adrénaline, Alice n'arrivait pas à s'assoupir. Elle avait donc encore les yeux ouverts quand son patient sursauta.

– Est-ce que ça va ? s'inquiéta-t-elle.

– Pas vraiment, non. On dirait qu'un camion de dix tonnes m'a roulé sur le corps.

– Un quoi ?

– C'est un mode de transport qui n'existe pas encore.

Alice mit la main sur son front pour voir s'il faisait de la température.

– Tu n'es pourtant pas fiévreux. As-tu mal à la tête ?

– Oui, un peu, mais c'est supportable. Je m'inquiète pour mes jambes, par contre. Elles me font vraiment mal.

– Tu as fait quelques chutes brutales, ce soir.

– Vous avez donc été témoin de tous mes malheurs ?

– Je ne pouvais pas intervenir en ville, mais oui, j'ai tout vu.

– Comment s'en est tiré Jacob ?

– Je n'en sais rien. Je t'ai plutôt suivi jusqu'aux chaloupes.

– J'espère qu'ils ne l'ont pas tué…

– Tu t'inquiètes pour rien. Il a la tête cent fois plus dure que tous ces pirates.

– Pourquoi le surnomme-t-on le bagarreur ?

– Parce qu'il règle tous ses problèmes avec ses poings, ce qui lui réussit mieux qu'à la majorité de ces ivrognes. Jacob supporte bien l'alcool. Quelle est ta relation avec lui ?

– Nous sommes de lointains parents.

– Est-ce que tu as chaud ?

– Étrangement, non, et j'espère que c'est bon signe.

Alice mit encore une fois la main sur son front. Il ne faisait toujours pas de fièvre.

– On dirait bien que tu as hérité de la même constitution que Jacob. Personne ne guérit plus rapidement que lui.

– Ce serait vraiment un gros avantage, laissa échapper Samuel, qui pensait à toutes les autres portes qu'il lui faudrait ouvrir.

La jeune femme garda le silence pendant quelques secondes avant de se livrer :

– Me prendrais-tu pour une folle si je te disais que j'ai déjà rêvé à toi ?

– Mais c'est la première fois que nous nous rencontrons, répliqua-t-il.

« Sans compter que plus de trois cents ans nous séparent... »

– Je te jure que c'était ton visage, tes yeux et ton sourire. Je sais bien que c'est étrange, mais c'est la vérité. Pire encore, ce rêve revient souvent.

– Est-ce que je me comporte bien dans ces rêves, au moins ?

– Nous sommes des amants, mais tu as de très belles manières et tu es même romantique, une qualité qui fait défaut à presque tout le monde, ici.

– Sommes-nous sur cette île ?

– Pas du tout et c'est ce qui m'étonne le plus, puisque je n'ai pas vécu longtemps en Angleterre. Nous sommes toujours dans un beau château comme ceux des gens riches, qui boivent leur thé dans de belles tasses en faïence. Pourtant, je ne suis ni une reine, ni une princesse, juste une servante, je pense.

Samuel ne put s'empêcher de penser à Felicity qu'il avait rencontrée au Moyen Âge, mais il ne pouvait certainement pas lui en parler sans passer lui-même pour un fou.

– Toi, par contre, tu te comportes toujours comme un noble. Même ici, tu ne peux pas t'empêcher d'avoir de belles manières.

– Mais je ne suis ni un roi, ni un prince.

Elle lui souleva doucement les épaules et lui fit boire un peu de rhum.

– C'est pour la douleur, expliqua-t-elle.

Quelques gorgées plus tard, ses membres s'engourdirent et il arriva à fermer les yeux. Cependant, il ne dormit que quelques heures. Lorsqu'il se réveilla, il faisait moins sombre dans la tente, mais le soleil n'était pas encore complètement levé. Il parvint à s'asseoir en poussant une plainte rauque qui réveilla Alice.

– Laisse-moi t'aider, offrit-elle.

Elle s'assura qu'il avait les pieds bien plantés sur le sol avant de le mettre debout. Samuel fit quelques pas hésitants.

– C'est mieux qu'hier, la rassura-t-il.

Il jeta un œil prudent à l'extérieur avant de s'y risquer. Il n'y avait personne, à moins qu'on lui ait tendu une embuscade. Puis il se rappela que ce n'était pas dans les mœurs des pirates. Il alla soulager sa vessie et aperçut le sang qui avait passé au travers des bandages sur ses bras. « Quand ma mission pour les fantômes sera accomplie, je vais être couvert de cicatrices », soupira-t-il intérieurement.

Il rassembla son courage et retourna dans la tente pour annoncer à sa sauveteuse qu'il devait partir. Elle était en train de s'habiller. « Est-il seulement permis de ressentir autant d'attirance dans des vies où nous ne sommes pas censés nous trouver ? » se demanda-t-il. Alice se retourna et s'approcha de lui pour l'embrasser. Il ne résista pas, mais ne poussa pas l'étreinte plus loin.

– Tu es en sécurité, ici, voulut-elle le rassurer.

– Je sais, mais il ne me reste que quelques heures à peine pour rentrer chez moi. Je regrette de ne pas pouvoir rester et apprendre à mieux vous connaître, Alice, mais vu ce qui m'est arrivé hier, si je m'attarde, je ne ferai pas de vieux os sur Tortuga.

– Ça, c'est certain, mais tu ne partiras pas sans moi. Dis-moi où tu veux aller et je te trouverai une route sûre pour t'y conduire.

– Vous ne pouvez pas continuer à risquer votre vie ainsi pour moi.

– Je connais bien cette île, toi, non. Je dois te faire faire un détour si tu ne veux pas tomber sur les hommes du capitaine Janard, qui sont très certainement à ta recherche.

La seule mention de ce nom fit frissonner Samuel d'horreur.

– Entendu, accepta-t-il.

Alice fouilla dans un autre coffre et en retira une chemise blanche comme celle qu'il portait la veille, sauf que celle-là n'était pas toute déchirée. Elle la lui fit enfiler par-dessus ses bandages. Puis elle attacha sa ceinture d'armes autour de ses hanches.

– Consulte ton médecin de bord quand tu arriveras sur ton bateau, lui recommanda-t-elle en l'entraînant à l'extérieur.

Samuel n'eut pas le temps de lui expliquer que ce n'était pas ainsi qu'il quitterait l'île : elle mit un index sur ses lèvres pour lui ordonner de demeurer silencieux. Il la suivit donc sans rien dire sur un sentier à peine perceptible dans la végétation. Ils s'arrêtèrent à une source au lever du soleil pour se désaltérer.

– À partir d'ici, nous pouvons parler, mais tout bas, murmura Alice. Je ne veux courir aucun risque. Où est ton point de rencontre ?

– Sur la plage, à l'ouest de la ville, où j'ai rencontré Jacob.

Ils reprirent leur route.

– Puis-je vous poser quelques questions, même si elles sont indiscrètes ? fit-il.

– Je n'ai rien à cacher.

– Qu'est-ce qu'une femme comme vous peut bien faire dans un endroit pareil ?

– J'ai quitté la maison familiale à l'âge de douze ans, avoua Alice. Mes parents avaient décidé de mon avenir pour moi et ça ne me plaisait pas du tout. Ils voulaient me marier au fils du boulanger, qui pourrait me procurer une belle vie et des enfants en santé. Moi, je rêvais d'aventures et de pays exotiques. Je me suis donc enfuie, et j'ai marché jusqu'au port pour observer les bateaux. Je n'avais pas d'argent, alors il me fallait trouver une façon d'y monter. J'ai coupé mes longs cheveux et j'ai volé des vêtements dans une maison pour me faire passer pour un garçon.

– Je ne peux même pas me l'imaginer, avoua Samuel.

– J'ai découvert très tôt dans la vie que j'avais des talents de comédienne. Puisque les capitaines cherchent toujours de nouveaux matelots pour s'acquitter des tâches subalternes, on m'a prise tout de suite. Pendant des années, j'ai répondu au nom d'Alan.

– Ils ont dû finir par découvrir leur méprise.

– Oui, quand j'ai fini par développer mes attributs féminins. Nous venions juste d'arriver à Tortuga. Et puisque ça porte malchance d'avoir une femme à bord, ils m'ont débarquée ici avec mes maigres affaires et m'ont dit de m'organiser pour survivre, ce que j'ai fait.

– Vous vivez ici depuis combien de temps ?

– Quinze ans déjà...

– Aimeriez-vous rentrer chez vous ?

– Non. Premièrement, je ne sais même pas si mes parents sont encore vivants et, deuxièmement, le fils du boulanger doit en avoir marié une autre, plaisanta-t-elle.

– Vous pourriez aller vivre ailleurs.

– Aucun bateau de pirates n'acceptera de me prendre à bord, peu importe la somme que je serais prête à payer pour la traversée. Finalement, cet isolement sur Tortuga, c'était le prix de ma liberté.

Ils débouchèrent enfin sur la plage, loin du campement des pirates. Samuel pivota sur lui-même, à la recherche du rocher en forme de croc, et l'aperçut plus loin.

– Nous y sommes presque.

– Il n'y a pas suffisamment de tirant d'eau par ici pour qu'un bateau puisse s'approcher suffisamment de l'île, s'étonna Alice.

– Faites-moi confiance. C'est le bon endroit.

Il lui prit la main et la fit marcher en direction de son point de repère.

– Je ne suis toujours pas convaincue, continua-t-elle de protester.

Les efforts de la marche avaient fait suinter le sang des blessures de Samuel au travers de ses bandages et commençaient à tacher sa chemise.

– Votre capitaine ne sera pas content du sort que vous ont fait subir les pirates de Tortuga, soupira Alice.

– Il sait que je dois courir des risques pour accomplir ma mission.

– Cette mission n'est pas encore très claire pour moi.

Ils atteignirent finalement le rocher, alors Samuel pénétra dans les fougères.

– Tu ne peux pas supporter le soleil ?

– J'adore le soleil, même si je vis dans un pays pluvieux. C'est mon transport qui se trouve par là.

L'air incrédule de la jeune femme le fit presque rire. Une fois près de l'endroit où apparaîtrait bientôt le vortex, Samuel prit place sur un palmier déraciné pour l'attendre. Alice s'assit près de lui.

– Tu es un homme mystérieux, mais on dirait que ça me plaît, avoua-t-elle. J'aurais aimé te connaître quand je vivais encore en Angleterre. Au lieu de partir à l'aventure, j'aurais épousé un musicien, juste pour faire fâcher mes parents.

Samuel se surprit à rougir.

– Je ne te reverrai plus jamais, n'est-ce pas ? déplora-t-elle.

– Sans doute pas. J'ai beaucoup d'autres horizons à explorer.

– Tu vas me manquer, mais je pourrai toujours te rejoindre dans mes rêves.

– Est-ce que les hommes de Janard vous imposeront un châtiment pour l'aide que vous m'avez apportée ?

– Ils n'en savent rien, puisqu'il n'y avait que nous sur la plage au moment où je les ai neutralisés.

– Sont-ils morts ?

– Tout dépend de leur constitution. J'ai frappé fort.

– S'il y a un survivant, il risque de vous identifier.

– Toutes les femmes se ressemblent quand il fait sombre. Arrête de te soucier de moi. Je suis une survivante.

– Il ne me reste plus beaucoup de temps.

– Oui, bien sûr.

Alice, qui avait l'ouïe très fine, n'entendait pourtant pas approcher de bateau. Avait-il été abandonné par son équipage parce qu'il avait perdu la raison en mer ? Elle en avait déjà croisé d'autres comme lui. La plupart s'étaient noyés, persuadés de pouvoir rentrer chez eux à la nage.

– Qui es-tu vraiment, Samuel ? demanda-t-elle.

– Un musicien désœuvré qui a décidé de venir en aide à une bande d'hommes et de femmes en bien pire posture que lui, soupira-t-il. J'aimerais tellement tout vous dire à mon sujet, mais ce serait trop déstabilisant pour vous.

– J'ai le cœur solide.

Il la fixa dans les yeux pendant quelques secondes.

– Je n'appartiens pas à cette époque, tenta-t-il, finalement.

– Je ne comprends pas.

– En réalité, je suis un voyageur du temps. En quelle année sommes-nous ?

– En 1719… répondit Alice, inquiète.

– Hier, je suis arrivé tout droit de 2019.

– J'ai l'esprit ouvert, mais cela ne me paraît pas possible.

– Ce qui va bientôt se produire achèvera de vous convaincre, Alice. Et surtout, n'ayez pas peur.

Elle prit une profonde inspiration.

– Admettons que tu es en train de me dire la vérité. Pourquoi un homme du futur reviendrait-il dans le passé et surtout dans un endroit aussi dangereux sans y avoir été préparé, comme j'ai pu le constater en t'observant ?

– C'est une très bonne question. Je suis à la recherche d'un de mes ancêtres. Il a fait un geste regrettable qui a condamné tous ses descendants à une vie de malheur, dont moi. Je dois arriver juste un peu avant pour l'en empêcher.

– Jacob ?

– Non, ce n'est pas lui. Je suis arrivé au mauvais siècle, mais il compte cependant au nombre de mes ancêtres.

– Désolée, mais c'est trop fou pour être vrai.

Samuel soupira, découragé. Il vit alors Alice écarquiller les yeux avec surprise.

– Mais qu'est-ce que c'est que ça ? s'étrangla-t-elle.

Le musicien se retourna et aperçut le rectangle lumineux qui flottait au-dessus du sol à quelques mètres d'eux.

– C'est mon transport. Merci pour tout, Alice. Je ne vous oublierai jamais.

Il l'embrassa sur les lèvres, mais elle était si pétrifiée qu'elle ne réagit même pas. Il se leva et marcha vers la porte virtuelle.

– Samuel, non ! cria-t-elle.

Il se retourna et lui offrit son plus beau sourire.

– À bientôt, dans vos rêves…

Il pénétra sans aucune appréhension dans le rectangle, qui l'avala d'un seul coup avant de disparaître.

– Doux Jésus, c'était un ange… Ma mère avait raison… Les anges existent…

Pour la première fois de sa vie, la jeune femme se signa et promit au ciel de changer de vie s'il lui offrait les moyens de quitter Tortuga.

Chapitre 26

En refaisant le chemin inverse dans la froide obscurité, Samuel chercha à tâtons le poignard qui pendait à sa ceinture afin de marquer la porte dès qu'elle se refermerait derrière lui. Il se mit à penser à cette deuxième aventure, qui avait bien failli l'emprisonner dans le passé pour toujours. « Est-ce que j'aurais pu exister au dix-huitième siècle et au vingt et unième siècle en même temps ? » se demanda-t-il. La lumière du couloir, même si elle était tamisée, lui écorcha les yeux. Il franchit la porte et l'entendit claquer aussitôt. Battant fiévreusement des paupières, il se mit à graver le nom de Jacob dans le bois. Une fois son travail achevé, il se retourna et vit Ulrik et Isabel qui l'observaient avec stupéfaction.

– Quoi ? Est-ce que j'ai changé de visage ? s'alarma le musicien.

– Ce sang, c'est le vôtre ? finit par articuler la potière.

– Malheureusement, oui.

– As-tu été blessé par Ulrik ?

– Certainement pas, se vexa le Viking. S'il m'avait attaqué, je l'aurais tué.

– Ce n'était pas lui, les informa Samuel pour mettre fin à cette discussion.

– À quelle époque t'es-tu retrouvé ?

– À celle de Jacob, le fils pirate d'Isabel. J'ai du mal à croire que vous soyez reliés, car il n'a absolument rien de vous.

– C'est lui qui a essayé de te trancher en rondelles ? s'enquit Ulrik.

– En fait, non. Jacob a été correct avec moi, mais il se trouvait sur une île truffée de pirates qui recrutent des hommes sans leur demander ce qu'ils en pensent. Ils ont tenté de m'emmener à bord de leur navire et j'ai réussi à m'enfuir, avec l'aide d'une femme.

– Je suis fier de toi, petit.

– Comme vous le savez, je suis obligé de rester derrière chaque porte pendant vingt-quatre heures, alors je ne pouvais pas me permettre de m'éloigner du lieu où j'étais arrivé.

– Rendez-vous tout de suite à la salle à manger, lui ordonna Isabel. Vous continuerez à parler de cette dangereuse aventure pendant que j'examine vos blessures.

– Mais je suis mortel et vous...

– J'ai dit : tout de suite.

Ulrik décocha à Samuel un regard amusé qui signifiait qu'il valait mieux obéir, puis se dématérialisa en même temps qu'Isabel. Le musicien descendit donc l'escalier tant bien que mal, en espérant que le nom de Jacob resterait gravé sur la porte, tout comme celui d'Anwen. Lorsqu'il pénétra finalement dans la grande pièce, la potière l'y attendait avec une grosse trousse de premiers soins ouverte sur la table. Elle ne pouvait évidemment s'en servir qu'avec ses pensées. « Sont-ils tous habiles quand ils manipulent des objets sans les toucher ? » se demanda-t-il. Ambrose arrivait à utiliser tous ses instruments aratoires et Simon tous ses outils avec beaucoup de précision, mais là, il s'agissait de panser ses blessures...

– Assoyez-vous et retirez votre chemise, exigea-t-elle.

Il fit ce qu'elle demandait. Isabel tressaillit en apercevant les bandages sales.

– Enlevez-les tous pour que je puisse examiner l'état de vos plaies.

Samuel n'avait jamais été traité par une infirmière fantôme auparavant et cela le fit sourire.

– Je ne plaisante pas, l'avertit la potière.

– Pardonnez-moi, Isabel. Je crois que je suis surtout épuisé.

Ulrik apparut près d'elle.

– Donc, tu n'as pas encore trouvé le Danemark, laissa-t-il tomber.

– À moins qu'à cette époque il y fît très chaud, qu'il fût entouré de sable blond, d'un océan turquoise et planté de grands palmiers ?

– Je croyais que tu possédais une bonne intuition.

– Je suis musicien, pas voyant. La prochaine fois, vous choisirez la porte pour moi et on verra si vous en avez plus que moi.

– Les garçons, pas de dispute, les avertit Isabel. Je ne peux évidemment pas désinfecter ces lacérations moi-même, ni y appliquer les onguents et les pansements requis, alors vous allez devoir suivre mes instructions.

– On apprend à faire beaucoup de choses soi-même quand on vit chez des fantômes.

– Ce n'est pas par choix, lui fit remarquer Ulrik.

Samuel fit la grimace en voyant l'état de ses blessures aux bras.

– Avec quoi vous a-t-on soigné ? demanda Isabel.

– Du rhum.

– Qu'est-ce que c'est ?

– L'équivalent du whisky, mais dans les îles du Sud.

– Les soins d'urgence ont bien évolué depuis, heureusement.

Un bol d'eau propre, un pain de savon et une serviette en ratine apparurent devant Samuel.

– Commencez par vous laver les mains en frottant bien chacun de vos doigts, lui indiqua la potière.

Samuel s'exécuta méticuleusement.

– Dites-moi si vous voyez des corps étrangers comme des graviers, de la terre ou des brindilles dans les entailles.

– Rien de tout ça.

– Nettoyez maintenant chaque plaie avec le savon et surtout ne frottez pas. Rincez-les et tamponnez-les avec les compresses stériles.

– Dans mon temps, on ne faisait pas autant de cérémonies quand on soignait nos blessures de guerre, lâcha Ulrik. On y versait de l'alcool et quand c'était trop profond, on sectionnait le membre au complet.

– Pouah, répliqua Samuel.

Il termina l'opération et leva les yeux sur Isabel pour entendre ses prochaines instructions.

– Très bien. Elles ne saignent plus, ce qui nous évitera de procéder à une compression. Maintenant, nous allons protéger ces lacérations du frottement de vos vêtements en y appliquant des pansements autocollants… propres, ceux-là.

– Il n'y avait rien de tout ça, à Tortuga. La personne qui m'a soigné a fait ce qu'elle a pu avec ce qu'elle possédait.

Samuel colla les rectangles de gaze sur la dizaine de blessures de ses bras et de son torse.

– Est-ce que ça lui arrachera les poils quand il les enlèvera ? demanda Ulrik avec un sourire sadique.

– Ils repousseront, répondit Isabel.

– Quand dois-je les changer ? s'enquit le musicien.

– Pas trop souvent, contrairement à ce qu'on pourrait croire. Ne vous en faites pas, d'ici une semaine, ce sera guéri.

– Je l'espère bien, car je ne veux pas me présenter ainsi dans la prochaine époque. Merci, Isabel.

– Je vous garderai à l'œil.

– Ouais… je n'en doute pas une seconde.

La potière disparut avec tout son matériel médical, laissant le jeune homme en tête à tête avec le Viking.

– J'espère au moins que tu as tué celui qui t'a charcuté ainsi.

– Même si j'avais su comment manier un coutelas, je ne lui aurais pas enlevé la vie. Ça va à l'encontre de mes valeurs.

– Mais lui n'aurait pas hésité à le faire.

– Comme je vous l'ai dit tout à l'heure, quelqu'un est venu à mon secours.

– Tu as pourtant du sang de guerrier dans les veines. Tu aurais dû suivre ton instinct.

– La seule chose qu'il m'a suggérée, c'était de courir, et ça ne m'a pas aidé du tout.

– Il va falloir remédier à cette fâcheuse tendance.

– Pas aujourd'hui, d'accord ? Je suis encore plus courbaturé que lorsque je suis revenu de la vie d'Anwen.

– Les temps ont vraiment changé. Allez, va te dorloter. Nous reprendrons cette conversation plus tard.

Ulrik disparut sans même tenter de dissimuler son air moqueur.

– Me dorloter ? répéta Samuel. J'ai mal partout !

Il se rendit à la salle de bains et se nettoya en faisant bien attention de ne pas tremper ses pansements, puis appliqua presque tout le tube de pommade sur ses jambes endolories. Il enfila ensuite un bas de pyjama en molleton très doux et s'allongea sur son lit. Le médicament mit plusieurs minutes avant d'agir, mais il procura à Samuel un soulagement réconfortant. « En fin de compte, je ne suis pas né pour être aventurier », songea-t-il. Ses paupières devenaient de plus en plus lourdes lorsque la potière revint à son chevet pour vérifier qu'il allait bien.

– Jacob n'a jamais voulu nous parler de sa vie après son départ d'Angleterre, lui dit-elle.

Samuel, qui se croyait seul, sursauta.

– Oh, je suis désolée. Désirez-vous dormir ?

– Je n'aurai que ça à faire le reste de la semaine, alors ça va.

Plus il regardait Isabel, plus il déduisait que son fils devait ressembler à son père.

– Lorsqu'il est arrivé au château, il n'était pas aussi amer que tous les autres descendants, lui apprit la potière. Il a même trouvé cela très amusant. Nous lui avons expliqué pourquoi il était là et il a tout de suite déclaré que s'il avait été à la place d'Ulrik, il n'aurait jamais provoqué la sorcière et que ce purgatoire n'aurait pas existé.

– Ils ne doivent pas très bien s'entendre, alors.

– Ulrik se moque de ce que nous pensons. Il est imperméable à toutes nos critiques.

– Au bout de neuf cents ans, j'imagine qu'elles doivent cesser de nous atteindre, avança Samuel. Mais comment Jacob s'est-il retrouvé chez les pirates ?

– Comme j'avais commencé à vous le raconter, c'est arrivé après ma mort, quand mon mari a emménagé à Londres avec Jacob. Notre fils s'est embarqué sur le vaisseau d'un corsaire dès qu'il en a eu l'occasion. Pouvez-vous me dire s'il a regretté sa décision ?

– Je n'ai bavardé avec lui que peu de temps, mais j'ai senti qu'il aimait cette vie où il n'était pas obligé de respecter les conventions de la société. Il partageait son temps entre les longs mois en mer à la recherche de vaisseaux marchands à attaquer et des vacances sur une île des Caraïbes, où tout était permis.

– Doux Jésus…

– Il était heureux dans ses choix, Isabel. C'est tout ce qui compte, non ?

– Mais il a abandonné ses jumeaux, qui ont été élevés par des étrangers…

– Il ne m'a pas parlé d'eux, je regrette. À moins que je sois arrivé à un moment de son existence où ils n'étaient pas encore nés. Arrêtez de vous en faire. C'est du passé. Et j'imagine que les jumeaux doivent se trouver au château, eux aussi.

– Oui, Henry et Emeline ont aussi été victimes de la sorcière, mais c'est une autre histoire.

– Je sens en vous le même amour maternel que dans le cœur de ma mère, Isabel, et j'avoue que ça me rassure beaucoup. Je vous jure que je vais mieux et que je me reposerai toute la semaine.

– Pas de jardinage ou de taillage de pierre, vous risqueriez de rouvrir vos plaies.

– Promis.

Si elle avait pu l'embrasser sur le front comme elle le faisait avec Jacob quand il était petit, Isabel n'aurait pas hésité. Elle posa un dernier regard chargé de tendresse sur Samuel et s'évapora pour réapparaître dans le jardin, où se trouvait déjà Esther.

– Je pense que le deuxième tome sera encore plus captivant que le premier, lui dit-elle. Il est couvert de blessures.

– J'irai sonder son esprit une fois qu'il sera profondément endormi. Heureusement, j'ai terminé le premier roman tout à l'heure. J'ai même eu le temps de rédiger la lettre pour les éditeurs.

– Comment les as-tu choisis ?

– En parcourant les rayons des grandes librairies, la nuit. Leur nom revenait très souvent sur les couvertures des livres les plus en demande. Nous ne voulons que ce qu'il y a de mieux pour notre Samuel. Ils s'appellent Jarsdel & Raynott. Mes recherches me portent à croire qu'ils seront très intéressés par ce récit.

– Est-ce que tu leur as écrit en ton propre nom ?

– Certainement pas. Il est important que tout le mérite revienne à Samuel.

– Nous ne savons toujours pas s'il a la fibre d'un écrivain, Esther.

– Lorsqu'il sortira d'ici, je verrai à clore cette série pour qu'il n'ait jamais à écrire d'autres romans. Il sera alors assez riche pour se consacrer uniquement à sa musique.

– Vu sous cet angle…

– C'est un plan formidable, avoue-le donc, la taquina la bonne.

– Comment as-tu décidé d'aborder Jarsdel & Raynott ?

– Je me suis mise dans la peau de Samuel, pour que si un jour, ils le rencontrent, ils n'y voient que du feu. J'ai donc commencé par une présentation dans laquelle, sans se plaindre de son sort, il explique que sa première carrière de compositeur interprète ne l'a pas comblé comme il l'aurait espéré. Il s'est donc enfermé dans un château hanté et a décidé d'écrire l'histoire de ses efforts pour venir en aide aux fantômes qu'il y a trouvés.

– Tu leur dis absolument tout ce qu'il fait ?

– Non, pas tout. Il passerait pour un fou, Isabel. Qui, à part nous, croira qu'un château hanté existe dans une autre dimension au beau milieu de Londres et qu'il est habité par les âmes des descendants d'un Viking qui s'est attiré les foudres d'une sorcière pour l'éternité ?

– C'est difficile à croire, en effet…

– Il est préférable, si nous voulons préserver la réputation de Samuel, de prétendre que toutes ces aventures ont pris naissance dans son esprit fertile.

– Quand as-tu l'intention d'aller leur porter cette lettre ?

– La nuit prochaine, sans doute. Sans en préciser le nombre, car nous ne savons pas combien de portes Samuel ouvrira avant de tomber sur celle d'Ulrik, j'ai promis d'autres tomes aux éditeurs en leur précisant qu'ils étaient déjà en cours d'écriture.

– Mais ce n'est pas vrai, Esther.

– Je ne veux pas qu'ils s'étonnent de les recevoir rapidement. Rappelle-toi que notre beau musicien vit une aventure par semaine et que je dois suivre son rythme.

– J'espère que tu sais ce que tu fais.

– Si Samuel est revenu, c'est donc qu'il a rencontré un autre descendant d'Ulrik. Lequel était-ce ?

– Jacob, ton grand-père.

– Comme ce sera captivant pour moi, qui ne sais pas grand-chose de lui.

– Tu me le feras lire, celui-là, quand tu l'auras terminé.

– Avec le plus grand plaisir.

Esther retourna dans la bibliothèque. En utilisant sa magie, elle signa la lettre de plusieurs pages et la déposa sur le manuscrit avant d'envelopper le tout dans du papier brun et de l'attacher avec de la ficelle. Elle écrivit ensuite dessus l'adresse de la maison d'édition, qu'elle avait mémorisée, même si c'était parfaitement inutile puisqu'elle avait l'intention de le livrer en personne. Satisfaite de son travail, elle se déclara prête à écrire le deuxième tome, mais pour le commencer, elle avait besoin d'accéder aux souvenirs de Samuel pendant qu'ils étaient encore frais.

Elle se rendit donc à sa chambre en traversant les murs et s'arrêta à son chevet. Isabel avait raison : il était couvert de pansements. Elle tendit la main au-dessus de sa tête et ferma les yeux pour absorber le souvenir de ses vingt-quatre dernières heures. Les images qu'elle recueillit la charmèrent aussitôt. Elle n'avait jamais visité d'îles tropicales. Elle se gorgea donc de tous les menus détails que l'esprit de Samuel avait enregistrés sans s'en rendre compte. Elle aurait beaucoup de plaisir à parler de cette aventure.

L'épisode charnel avec Alice fit toutefois rougir la bonne. Ces femmes qui côtoyaient les pirates n'avaient décidément aucune pudeur. La réaction spontanée de Samuel devant ses charmes l'étonna également. « Ces hommes modernes », soupira-t-elle. Néanmoins, elle raconterait l'histoire comme elle s'était réellement déroulée, sans la censurer. Le pauvre musicien avait été bien malmené ces dernières heures, mais ses souffrances lui permettraient de fournir aux éditeurs un récit bien plus palpitant que celui du premier tome. « Espérons que ses aventures seront de plus en plus enlevantes », se surprit à penser Esther.

Elle arrêta de sonder ses souvenirs au moment où Isabel avait commencé à soigner ses blessures. « J'ai tout ce qu'il me faut pour écrire et je vais même commencer maintenant », décida-t-elle en retournant dans la bibliothèque.

Chapitre 27

Samuel dormit une bonne partie de la journée. À son réveil, il constata avec soulagement que ses blessures étaient moins douloureuses qu'à son retour au château. « Elles prennent bien soin de moi », songea-t-il. Il fouilla dans sa commode et en sortit un pull bleu, un jean, un caleçon et des chaussettes propres. Il alla ensuite se laver les dents et le visage et se promit de prendre une douche dès qu'Isabel lui en donnerait la permission. En attendant, il continuerait de se laver sommairement. Il se vêtit, laça ses derniers baskets, les deux autres paires ayant disparu au Moyen Âge et à l'époque des pirates, puis s'allongea encore un peu sur son lit pour réfléchir à l'aventure qu'il venait de vivre.

Il s'en était bien tiré malgré tout, mais douta que ce serait toujours le cas. Il devait apprendre non pas à se battre, mais au moins à se défendre. Il existait sûrement des techniques d'évitement qui le garderaient de blessures aussi stupides. Puis, ses pensées se tournèrent vers les portes de l'étage. « Que se passerait-il si je manquais le moment du retour ? La porte reviendrait-elle la semaine suivante à la même heure ? » Samuel jugea plus prudent de ne pas faire l'expérience de s'attarder dans le passé pour vérifier cette hypothèse. Il revit alors les yeux verts d'Alice, qui étaient en tous points semblables à ceux de Felicity.

Pouvait-il s'agir de la même personne ? La théorie de la réincarnation à laquelle adhéraient les moines tibétains était-elle réelle ? Peut-être un des fantômes pourrait-il l'éclairer à ce sujet.

« Si c'était encore elle dans un nouveau corps, la reverrai-je chaque fois que je passerai une porte ? » se demanda le musicien, rempli d'espoir. Cette seule pensée lui redonna du courage.

Il ressentit de la faim, alors il alla à la salle à manger, où l'arôme de la nourriture fit gargouiller davantage son estomac. Il prit place devant un bon vieux burger garni de laitue, de tomates, d'oignons, d'achards et de moutarde, agrémenté de frites bien grasses. Il mangea lentement en regrettant de ne pas avoir de rhum. « Il faut que j'arrête de boire de l'alcool », se gronda-t-il. Il était important qu'il demeure sain de corps et d'esprit, car il n'était pas au bout de ses peines.

– Un peu de bière pour faire descendre tout cela ? lui demanda Esther en lui apparaissant.

– Savez-vous ce qu'est un coca-cola ?

– Mais certainement, affirma-t-elle en matérialisant une bouteille froide devant lui.

– Vous n'êtes pas un fantôme ! Vous êtes un génie sorti d'une bouteille pour exaucer tous mes souhaits !

Esther arqua un sourcil, mais ne lui demanda pas de quoi il parlait. Elle préférait effectuer ses recherches elle-même.

– Il y a quelque chose que je dois absolument vous demander, Esther.

– Si je connais la réponse à votre question, j'y répondrai volontiers.

– Lors de mes deux incursions dans le passé, une présence invisible m'est venue en aide. Était-ce vous ?

– Non et j'ai même un aveu à vous faire. Lorsque vous avez passé la porte d'Anwen, j'ai tenté de vous suivre sous une forme invisible, mais cela n'a pas fonctionné. Une force puissante m'a repoussée dans le château, tout comme elle l'a fait pour Gulbran. Je pense que les âmes désincarnées n'ont pas le droit d'emprunter ces passages temporels.

– J'imagine mal que ce soit la sorcière qui me fournisse spontanément les vêtements dont j'ai besoin pour passer inaperçu et qui m'informe même du nom du descendant d'Ulrik qui se trouve dans cet univers.

– C'est très curieux, en effet. Mais nous savons si peu de choses au sujet de ces portes. Vous nous en avez tellement appris depuis une semaine.

– Est-ce que tous les descendants se trouvent ici sans exception ? Pourrait-il y en avoir un qui soit coincé dans le vortex ?

– Pas à ma connaissance, mais je vais questionner tout le monde.

– Je veux juste connaître l'identité de cette force mystérieuse qui m'empêche de me faire tuer dans les premières minutes de mon apparition en terre étrangère.

– C'est très compréhensible. Avant que je parte, voulez-vous un dessert ?

– Hum… je n'y avais pas pensé, mais c'est très tentant. Ma mère préparait la meilleure tarte aux pommes chaudes du monde…

– Je vais voir ce que je peux trouver.

Elle s'évapora avec un sourire mystérieux. Samuel termina son repas et vit apparaître une pointe de tarte à la place de son assiette. Il la dégusta et but la boisson gazeuse à petites gorgées. Il se rendait compte, depuis qu'il mangeait à sa faim, à quel point il avait souffert en silence ces dernières années. « Sans doute à cause de la malédiction », devina-t-il. Il déposa la bouteille et aperçut le personnage qui se tenait à l'autre bout de la longue table.

– Jacob…

– Je ne comprends pas pourquoi je ne t'ai pas reconnu quand tu es arrivé au château.

– Parce que ce souvenir n'a été créé qu'hier ? avança Samuel.

– Comment serait-il possible d'en ajouter de nouveaux à une vie qui a pris fin il y a presque trois cents ans ?

– Malheureusement, je n'en sais rien. Ces portes recèlent une magie que personne ne peut s'expliquer.

– Il y a en effet beaucoup de choses étranges, ici. Peu importe mes efforts, je ne suis jamais arrivé à m'échapper du domaine. On dirait qu'il est entouré d'une membrane qui nous empêche de profiter de notre repos éternel.

– C'est justement ce phénomène que je tente d'enrayer en retournant dans le passé.

– Tu es très courageux, Samuel. La plupart des descendants d'Ulrik ont vécu dans des temps difficiles et dangereux.

Jacob s'approcha lentement du musicien en marchant le long des chaises.

– Tiens donc, tu portes toujours mon talisman, remarqua-t-il.

Samuel l'avait oublié dans son cou.

– Tu veux le reprendre ?

– Je ne pourrais même pas le tenir dans ma main. Garde-le en souvenir de moi.

– Dites-moi, que vous est-il arrivé après mon départ ?

– Une fois revenu à moi, je t'ai cherché, mais je ne t'ai trouvé nulle part. Maintenant, je comprends pourquoi. Puis j'ai entendu parler de ce qui était arrivé aux hommes de Janard qui ont essayé de t'emmener sur son vaisseau. Tu t'es bien défendu, pour un musicien.

– J'ai reçu de l'aide, car en réalité, à part prendre la fuite, je ne sais jamais quoi faire pour me sortir de ce genre de mauvais pas.

– De l'aide ? répéta le pirate, étonné. Ce n'était pas dans nos mœurs, pourtant. Qui t'a prêté main-forte ?

– Alice.

– Vraiment ? Contre trois des fiers-à-bras de Janard ?

– Elle les a tous assommés avec une rame et elle semblait très bien savoir comment s'en servir.

– Pourquoi a-t-elle mis sa vie en danger pour sauver un étranger ?

Samuel se mit à rougir.

– La petite Alice et toi ? Décidément, je vais de surprise en surprise. Mais tu n'es resté que quelques heures sur l'île. Comment as-tu réussi à la séduire en si peu de temps ? Surtout que tu n'avais pas d'argent à lui offrir.

Le musicien garda le silence.

– Alice a toujours été préoccupée par sa survie, continua Jacob. Elle ne pouvait pas faire partie d'un équipage et participer aux raids pour s'assurer une part de butin. Elle était coincée sur une île où il n'y avait pas de travail pour une femme, à part vendre ses charmes.

– Elle n'a donc jamais réussi à retourner en Angleterre ?

– Non. Je l'ai revue à quelques reprises entre les expéditions du *Plunder*. Je lui offrais toujours un peu d'argent pour qu'elle puisse manger. Puis un jour, j'ai appris qu'on l'avait retrouvée noyée dans la mer. Nous n'avons jamais su si c'était un meurtre ou un accident.

Il n'y avait aucun corps policier à Tortuga pour mener une telle enquête.

Un voile de tristesse tomba sur le visage de Samuel.

– Elle a dû beaucoup t'impressionner, la petite, malgré le peu de temps que tu as passé avec elle, remarqua le pirate.

– J'aurais aimé qu'elle s'en sorte et qu'elle mène la vie dont elle rêvait.

– Ne te fais pas d'illusions. C'était son choix de quitter sa famille et de s'embarquer pour l'aventure, comme c'était le mien.

Il tendit la main vers la bouteille de Samuel et passa au travers.

– Tu ne sais pas ce que je donnerais pour boire même de l'eau.

Au grand étonnement du musicien, Jacob prit place sur la chaise près de lui.

– Comment se fait-il que vous puissiez vous asseoir ?

– Tout se joue dans notre tête, Samuel. Je ne suis pas vraiment en contact avec ce meuble qui existe dans ton monde, mais plutôt avec une image de celui-ci que j'ai formée dans mon imagination.

– Je sais déjà que vous êtes le fils unique d'Isabel Easton et de Jonathan Thompson. Accepteriez-vous de me raconter comment vous êtes devenu pirate ?

– Je peux commencer par te dire que j'ai grandi dans l'atelier de poterie de ma mère, où je ne pouvais ni jouer ni courir sans risquer de casser quelque chose. Mon père était souvent absent, car il devait constamment rencontrer les clients potentiels du commerce. Il ne pouvait donc pas garder un œil sur moi. Les seules fois où mes parents m'ont laissé jouer seul dehors, ils m'ont retrouvé dans le village voisin. Je m'étais imaginé une grande quête et je l'avais suivie sans réfléchir.

– Vous aviez déjà une âme de conquérant.

– Peut-être bien. Je n'avais peur de rien ni de personne. C'est à ce moment-là qu'Ivanie est entrée dans notre vie. C'était une femme magnifique à la peau sombre et au regard mystérieux. Elle s'est mise à me raconter la vie incroyable d'hommes qui avaient tout abandonné pour suivre leur rêve d'être libres et riches. J'ai tout de suite voulu faire la même chose. Quand ma mère est morte, mon père nous a emmenés vivre à Londres, près du port. Mon projet a commencé à prendre forme.

– Vous n'en avez jamais parlé à votre père, n'est-ce pas ?

– Non. Il n'aurait pas compris. Il voulait que je marche dans ses pas, mais je n'avais pas envie d'être comme tout le monde. Quand Ivanie est partie, elle m'a remis le talisman que tu portes et elle m'a recommandé de ne jamais laisser personne m'empêcher d'être celui que j'avais envie d'être, mais de ne jamais écraser qui que ce soit pour me rendre jusqu'au sommet. Elle m'a embrassé sur le front et je ne l'ai plus jamais revue. Dieu sait que je l'ai cherchée partout jusqu'à ma mort. C'était comme si elle avait disparu de la surface de la Terre. J'en suis même venu à me demander si je ne l'avais pas inventée.

– Sa mission était probablement d'aider les gens et, une fois qu'elle a senti qu'elle ne pouvait plus rien faire pour vous, elle est passée au suivant.

– Ouais, ce n'est pas bête du tout. J'ai travaillé avec mon père pendant deux ans, juste pour me faire de l'argent, et, un matin, je suis monté à bord du *Plunder*, où j'ai passé le reste de mon existence. Je suis même devenu le second du capitaine.

– Votre mère m'a dit que vous aviez eu des enfants.

– Ah… les jumeaux… C'est arrivé après ton départ de Tortuga. J'ai rencontré Amy à la taverne. Je ne me souviens plus d'où elle arrivait. Elle est tombée enceinte et quand je suis rentré sept ans plus tard de mon périple en mer, j'ai appris que j'étais père. Nous venions de récolter un important butin, alors je lui ai remis beaucoup d'argent pour qu'elle les élève convenablement. Elle n'avait plus envie de jouer à la mère, alors elle s'est adressée au gouverneur, qui lui a trouvé un intermédiaire. Il a emmené les jumeaux en Angleterre et les a confiés à une bonne famille. Amy leur envoyait régulièrement de l'argent pour leurs études. Je ne les ai revus que lorsqu'ils sont arrivés dans ce château maudit.

– Ils ont dû être ravis de faire votre connaissance.

– Pas tout à fait. Ils n'ont pas une très bonne opinion de moi, mais c'est ma faute.

Samuel se doutait bien que ces multiples séparations dans la vie du pirate avaient été orchestrées par la sorcière.

– Avez-vous perdu la vie de façon tragique ?

– C'est arrivé sur le bateau, pendant un abordage. Quand la lame d'un coutelas m'a transpercé les reins, je me suis retourné pour emmener mon adversaire dans la mort avec moi. Une vieille femme se tenait devant moi, une arme ensanglantée à la main. Je ne comprenais même pas ce qu'elle pouvait bien faire là. J'ai pensé que c'était peut-être la mère du capitaine du vaisseau marchand. Ce n'est qu'en arrivant ici que j'ai appris l'existence de la malédiction.

– Comme ce fut le cas de bien d'autres descendants.

– Pourquoi ne m'as-tu pas parlé de la sorcière quand nous nous sommes rencontrés à Tortuga ?

– M'auriez-vous cru ?

– Probablement pas. Sois conscient de la chance que tu as d'être encore en vie, Samuel, et ne laisse personne t'empêcher de vivre tes rêves.

Avec un sourire triste, Jacob le salua de la tête et disparut sans rien ajouter. Le musicien quitta la salle à manger et sortit sur la terrasse. Le soleil était en train de se coucher. Mais ce soir-là, le magnifique spectacle ne lui apporta aucun réconfort. Il savait bien qu'Alice était morte depuis très longtemps déjà, mais de savoir qu'on l'avait sans doute assassinée le bouleversait. Il descendit dans le jardin et s'installa sur un des bancs du parc. Des larmes coulaient maintenant sur ses joues.

– Il y a des événements du passé qu'on aimerait modifier, lui dit Ulrik en apparaissant sur le banc, à côté de lui.

Tout comme Jacob, il savait faire semblant de s'asseoir sur les objets solides.

– Je n'ai passé qu'une seule journée avec elle, mais j'ai l'impression de l'avoir connue toute ma vie, murmura Samuel. Je n'arrive même pas à m'expliquer ce que je ressens.

– Tu dois sans doute penser que je suis un pilleur sanguinaire, mais j'ai un cœur, moi aussi. Il y a quelque chose que je n'ai jamais révélé à personne.

Le musicien se tourna vers lui sans même chercher à essuyer ses larmes.

– J'ai eu un fils quand je n'étais encore qu'un jeune guerrier, avant de rencontrer Kara, la mère de Thorfrid. Amalrik n'a vécu que quelques mois. Quand il a succombé à une maladie soudaine, sa mère s'est enlevé la vie, car elle croyait que c'était sa faute. Je les ai pleurés tous les deux pendant des années sans jamais en parler à qui que ce soit.

– Est-il au château, lui aussi ?

– Non. Il est mort avant que la sorcière me maudisse. Ce que j'essaie de te dire, Samuel, c'est qu'il y a des liens qui se forment très rapidement et qui ne meurent jamais. Tu apprendras à vivre avec ton chagrin.

Le musicien retourna au château avec l'intention de jouer du piano jusqu'à ce qu'il tombe de fatigue, ou que ses blessures encore fraîches le fassent souffrir. Ulrik resta assis, à contempler le soleil qui descendait derrière son drakkar. Il sentit alors l'approche de sa fille guerrière.

– J'ai eu un frère ? s'enquit-elle sur un ton de reproche. Pourquoi ne m'as-tu jamais parlé de lui ?

– Tu étais trop jeune pour comprendre qu'il n'était plus là.

– Est-ce pour cette raison que tu n'arrêtes pas de dire que je suis ta descendante numéro deux plutôt que la première ?

– Je pensais que tu savais compter.

– Je n'aime pas qu'on m'identifie par un nombre.

– Ça n'a rien à voir avec toi, Thorfrid. Je n'ai pas envie d'apprendre tous vos noms.

– Je ne suis pas tout le monde.

– Essaie de comprendre.

Il tourna la tête, mais elle avait déjà disparu.

Chapitre 28

Oliver Jarsdel était un homme dans la cinquantaine, aux cheveux argentés et aux yeux bleu clair, qui avait œuvré dans le monde de l'édition toute sa vie. Il n'avait jamais écrit de livres lui-même, mais il avait étudié l'administration dans ses jeunes années et il avait toujours été un amant de la littérature.

Il s'était associé à Lambert Raynott, un homme d'affaires qui avait hérité de la fortune de ses parents. Ensemble, ils avaient fondé une maison d'édition de prestige, qui ne publiait que de gros succès. C'était Raynott qui s'occupait des finances de l'entreprise, laissant à son collaborateur le fastidieux travail de trouver les auteurs qui continueraient de leur rapporter des millions de livres sterling.

Quand Jarsdel arriva au bureau, le soleil n'était pas encore levé. Il tourna la clé dans la serrure, puis désarma le système d'alarme, comme il le faisait tous les jours. Il n'y avait ni argent ni coffre-fort dans l'immeuble, mais les deux hommes avaient acheté des meubles précieux ainsi que des toiles de grands maîtres qui auraient pu attirer les voleurs. Il accrocha son paletot et son chapeau sur la patère de l'entrée, s'essuya soigneusement les pieds et alla tout droit à la cuisine, qui servait aussi de salle de repos aux quelques employés de la boîte. Il mit de l'eau à chauffer et sortit une tasse propre de l'armoire. Abigail, son adjointe, lavait la vaisselle quotidiennement avant de retourner chez elle.

Il y avait une grosse boîte en métal sur le comptoir qui contenait des centaines de sachets de thé pour tous les goûts, mais Jarsdel ne buvait que du Earl Grey original. Autrefois, il utilisait des feuilles qu'il chargeait dans une petite boule en métal percée de trous, mais Abigail avait décidé de le faire passer à l'ère moderne et s'était ainsi épargné le nettoyage constant de l'évier de la cuisine. Jarsdel attendit que l'eau bouille, la versa dans sa tasse et y fit tomber le sachet avant de se rendre à son bureau. Il s'apprêtait à déposer son thé près de son téléphone lorsqu'il remarqua le gros paquet au milieu de sa table de travail.

– Mais qu'est-ce que c'est que ça ? se demanda-t-il en s'assoyant.

Il avait été le dernier à quitter l'immeuble la veille et il n'avait pourtant rien laissé à cet endroit. Il souleva le colis pour voir de qui il provenait, mais n'y trouva que l'adresse de la maison d'édition et non celle de l'expéditeur.

– Comme c'est étrange…

Il déballa prudemment le paquet enveloppé de papier brun et attaché avec une ficelle sans même penser qu'il pourrait s'agir d'une bombe artisanale. Jarsdel était un homme confiant et parfois trop naïf, mais surtout curieux. Il découvrit un manuscrit d'environ trois cents pages écrites à la main, accompagné d'une longue lettre datée de la veille. Elle provenait d'un homme du nom de Samuel Andersen, qui disait avoir commencé sa carrière comme musicien, mais qui avait décidé d'exploiter un autre de ses talents, soit celui de romancier. Ayant passé quelque temps dans un vieux château, Andersen avait eu l'idée d'écrire la vie tragique des fantômes qui le hantaient.

Jarsdel & Raynott n'avaient jamais publié de romans fantastiques depuis leur fondation, mais l'éditeur se sentait attiré par ce nouveau projet. Il ne trouva pas non plus d'adresse de retour sur la lettre, mais plutôt de curieuses instructions de la part de l'auteur.

– Si cette histoire vous intéresse, déposez votre réponse dans votre boîte aux lettres ce soir et je la prendrai au passage, lut-il.

Il avait beaucoup de travail à abattre, ce matin-là, mais il décida de lire au moins le premier chapitre pour se donner une idée du talent littéraire du musicien. Les tribulations de ce dernier durant les premières années de sa carrière touchèrent profondément Jarsdel, si bien qu'il continua à lire et perdit la notion du temps. Il n'avait jamais été friand des histoires de fantômes, même si son pays en hébergeait de très célèbres. Cependant, ceux du roman d'Andersen étaient attachants et il voulut en savoir davantage au sujet de cette malédiction qui les avait tous réunis dans ce château dont ils ne pouvaient plus partir.

Lorsque son adjointe arriva quelques heures plus tard, elle le trouva en pleine lecture. Il n'avait même pas touché à son thé.

– Bon matin, monsieur Jarsdel, lui dit-elle.

Il sursauta.

– Je suis désolée de vous avoir effrayé.

– Je ne vous ai pas entendue entrer, Abigail.

– Pourtant, mes talons vous écorchent les oreilles, d'habitude. Que lisez-vous qui vous coupe ainsi de la réalité ?

– Un nouveau manuscrit que j'ai trouvé sur mon bureau à mon arrivée. Est-ce vous qui l'y avez déposé ?

– Non, monsieur. Nous n'avons rien reçu depuis la semaine dernière.

– Il n'y était pas quand je suis parti hier soir et le facteur ne peut certainement pas entrer ici une fois que le système d'alarme est enclenché.

– Voulez-vous que je mène une petite enquête ? Un des employés de l'entretien ménager l'a peut-être trouvé sur le pas de la porte et a décidé de ne pas le laisser dehors.

– Vous avez mieux à faire, j'en suis sûr. Je vous en prie, annulez tous mes rendez-vous de la journée.

– Tous ?

– Je veux prendre connaissance moi-même de ce nouveau roman. Son style est un peu vieillot, mais la richesse de son vocabulaire et son orthographe impeccable m'impressionnent grandement. Je n'arrive plus à le déposer.

– Très bien, monsieur. Personne ne vous dérangera, je vous en donne ma parole.

Jarsdel recommença à lire avant même qu'Abigail ait quitté son bureau. La femme dans la trentaine, qui travaillait pour l'éditeur depuis plus de dix ans déjà, ne l'avait jamais vu aussi captivé. Elle ferma doucement sa porte et dirigea tous ses appels sur son propre téléphone. Elle annula les rendez-vous et s'empressa d'aller à la rencontre du facteur lorsqu'elle l'entendit ouvrir le couvercle de la boîte aux lettres.

– Nous avez-vous laissé un gros paquet hier, monsieur Merrill ?

– Non, madame Josephson, que de petites enveloppes. Aurais-je oublié quelque chose d'important ?

– Pas du tout. Merci.

Elle prit le courrier et retourna s'asseoir pour l'ouvrir et évaluer l'urgence des lettres et des comptes. À midi, elle décida d'aller voir si son patron respirait encore. Elle frappa quelques coups à sa porte, mais ne reçut aucune réponse. Inquiète, elle tourna la poignée et trouva Jarsdel bien adossé dans son fauteuil, une feuille à la main. Le manuscrit était maintenant divisé en deux piles presque égales devant lui.

– C'est l'heure du dîner, monsieur, lui rappela-t-elle.

Jarsdel avait l'habitude de marcher jusqu'à un petit restaurant du quartier qui servait des repas santé. L'épouse de l'éditeur l'avait obligé à adopter de meilleures habitudes de vie tout de suite après son cinquantième anniversaire pour qu'il puisse profiter de sa retraite ailleurs que dans un hôpital.

– Pourriez-vous aller me chercher un sandwich au fromage de chèvre et aux légumes grillés, je vous prie ? Et un frappé aux fruits, aussi.

– Oui, bien sûr.

Elle referma la porte et alla mettre son manteau en se promettant de lire ce manuscrit à son tour dès qu'il s'en serait détaché. Une demi-heure plus tard, elle déposa le goûter sur le bureau de Jarsdel, même si elle était persuadée qu'il oublierait de le manger. Jarsdel déposa le manuscrit à contrecœur et mangea son repas en faisant attention de bien mastiquer chaque bouchée. Il but quelques gorgées de sa boisson santé, puis poursuivit sa lecture.

À la fin de la journée, Abigail alla chercher son plateau et sa tasse de thé pour les laver. Il lui restait encore quelques chapitres à lire.

– Voulez-vous que j'aille vous chercher à souper ? demanda-t-elle.

– Merci, mais ce ne sera pas nécessaire. J'ai presque terminé.

– Tâchez de ne pas rentrer trop tard. Vous savez ce que madame Jarsdel en pense.

– Ne vous inquiétez pas pour moi, Abigail, et merci pour tout.

L'éditeur déposa la dernière feuille à dix-neuf heures et regretta de ne pas pouvoir plonger tout de suite dans le deuxième tome de cette formidable histoire. Puisque son adjointe était déjà partie, il rédigea sa réponse à Andersen à la main et en fit une photocopie pour ses dossiers. Elle disait sommairement que le manuscrit l'intéressait et qu'il ferait dresser le contrat usuel dès le lendemain afin de le lui soumettre durant la soirée. Il cacheta l'enveloppe et la laissa dans la boîte aux lettres avant de prendre le chemin de la maison.

Quand il revint au bureau au matin, elle ne s'y trouvait plus. Il prépara son thé et le but en observant la petite montagne de feuilles manuscrites qui était restée sur sa table de travail.

– Êtes-vous finalement rentré chez vous hier soir ? le taquina Abigail en lui apportant le courrier dont il devait prendre connaissance.

– Oui, mais il était presque vingt heures, alors je me suis fait gronder. Mais je ne regrette pas d'avoir dérogé à mon horaire, pour une fois. Cette histoire de château hanté au beau milieu de Londres est fascinante.

– J'ai bien hâte d'en prendre connaissance.

– Avant de commencer à la taper à l'ordinateur, pourriez-vous vous renseigner sur Samuel Andersen ? J'aimerais savoir qui il est.

– Tout de suite, monsieur.

Elle s'empara du précieux manuscrit et alla consulter Internet. Elle imprima le peu qu'elle avait trouvé sur cet auteur inconnu et lui apporta le tout.

– Un musicien populaire qui n'a enregistré que deux albums et qui a connu un succès modeste, lut Jarsdel.

– J'ai aussi trouvé un article de journal qui prétend qu'il s'est volatilisé. Personne ne sait où il se trouve.

– Il s'est isolé pour écrire, sans doute. Préparez-moi le contrat usuel et voyez si notre meilleure correctrice est disponible.

Abigail se mit au travail. Elle venait de terminer le document juridique quand Ann-Emma Price se présenta à son bureau pour livrer sa dernière révision d'un roman historique.

– Quelle belle coïncidence ! s'exclama l'adjointe. Je cherchais à vous joindre.

– Alors, me voilà. Avez-vous un autre mandat à me confier ?

– Je commencerai à le taper à l'ordinateur aujourd'hui, mais je pourrais vous photocopier le manuscrit tout de suite. Il est écrit à la main, mais c'est très lisible.

– C'est inhabituel, mais pourquoi pas ?

Cette nuit-là, Esther récupéra l'enveloppe qui contenait le contrat et les instructions de l'éditeur dans la boîte aux lettres de l'immeuble, puis revint au château pour en prendre connaissance. Elle avait un talent certain pour l'écriture, mais pas pour le jargon légal.

– Andrew, j'ai besoin de vous, appela-t-elle, debout devant le pupitre de la bibliothèque.

Les deux fantômes étudièrent la proposition de Jarsdel & Raynott avec attention.

– Ils nous offrent de très belles conditions, constata l'avocat. Je ne vois pas ce que nous pourrions demander de plus, mais il y a tout de même des champs que nous devons remplir, comme l'adresse de Samuel et son numéro de compte en banque.

– Inscrivons la même adresse que sur le testament, décida Esther.

– Ces vieilles grilles brisées que seul Samuel peut voir ?

– Je vais les réparer, y percer une ouverture pour le courrier et surtout, les verrouiller solidement. En ce qui concerne la banque, demandons plutôt des chèques que nous déposerons plus tard dans son compte.

Andrew lui dicta quelques modifications qu'elle s'empressa d'écrire sur le contrat en manipulant sa plume avec son esprit.

– Nous ne devons pas en souffler un mot à Samuel, l'avertit-elle. Ce sera notre présent à tous pour la libération de nos âmes.

– Entendu.

La bonne remit le document dans l'enveloppe et alla le porter chez l'éditeur avant le lever du soleil. Les échanges durèrent quelques jours pendant lesquels Abigail tapait le manuscrit avec grand intérêt. De son côté, Samuel prenait du mieux. Isabel lui avait fait retirer ses pansements, satisfaite de la cicatrisation de ses plaies, mais l'avait obligé à limiter ses activités à la musique jusqu'à nouvel ordre. Il se préparait mentalement et physiquement à ouvrir une nouvelle porte en se couchant plus tôt et en dormant plus longtemps.

À son insu, deux jours avant son troisième départ, le contrat fut enfin signé entre Jarsdel & Raynott et lui, qui lui garantissait des redevances de quinze pour cent sur toutes les ventes du roman. Esther avait même reçu une avance de plusieurs milliers de livres sterling à son nom et était activement à la recherche d'un bon banquier.

De son côté, l'éditeur avait approuvé les quelques propositions de la correctrice, qu'Abigail avait insérées dans le texte à l'ordinateur. Il avait exigé une dernière relecture pour s'assurer que tout était parfait avant de le remettre à l'infographe.

– Tout avance comme prévu ? demanda-t-il.

– Encore plus rapidement que je le pensais, répondit Abigail. Le texte s'est pratiquement tapé tout seul et la correctrice vient de m'appeler pour m'informer qu'elle ne désirait rien y changer. On dirait de la magie.

– Maintenant, il ne reste plus qu'à réserver du temps d'impression chez l'imprimeur.

– Je vais communiquer avec eux. Que comptez-vous faire pour la couverture ?

– Une illustration de ce fameux château hanté nous servirait bien, qu'en dites-vous ?

– Dès que j'aurai parlé à l'imprimeur, je ferai une recherche sur les sites d'illustrations pour vous en proposer quelques-unes. Mais si je peux me permettre une suggestion, n'y faites pas ajouter de fantômes transparents par l'infographe. Cela ferait perdre toute crédibilité à l'histoire.

– J'en prends note.

– Si nous continuons à cette vitesse, nous pourrons mettre ce roman en vente le mois prochain.

– C'est bien ce qu'il semble.

– Les journalistes voudront interviewer monsieur Andersen, vous savez.

– Je m'en doute, mais dans mes derniers échanges avec lui, il a indiqué ne pas encore être prêt à affronter la presse. Peut-être pourrions-nous leur suggérer de lui préparer leurs questions par écrit.

– Je le leur mentionnerai, monsieur.

– Il y a bien longtemps qu'un nouveau projet ne m'a pas enflammé de la sorte.

Abigail pouvait l'attester. Jarsdel retourna à son bureau avec l'intention de donner un coup de fil à son associé pour lui raconter l'agitation des derniers jours. Soudain, il remarqua un document en couleur sur sa table de travail. Il le souleva, estomaqué. C'était une photographie du château hanté !

– Mais comment est-ce possible ?

Il l'examina attentivement, y retrouvant tous les petits détails mentionnés dans le texte.

– Existe-t-il vraiment ?

Abigail entra dans son bureau.

– Croyez-vous aux miracles ? L'imprimeur vient d'avoir une annulation et il pourrait prendre notre roman lundi, annonça-t-elle.

– Et en voici un deuxième miracle, rétorqua l'éditeur en lui tendant la photographie.

Son adjointe se montra tout aussi étonnée que lui.

– Envoyez-la à l'infographe et dites-lui de ne rien y changer.

Abigail tourna les talons pendant que son patron marchait jusqu'à la fenêtre de son bureau, qui lui offrait une vue sur les marches menant à la porte de l'immeuble et sur la boîte aux lettres.

– Peut-être que je devrais faire installer une caméra de surveillance juste pour voir qui vient livrer les lettres de monsieur Andersen…

Chapitre 29

Toute la semaine, malgré les efforts d'Esther pour procurer à Samuel des repas qu'il aimait, elle se rendit rapidement compte qu'il mangeait de moins en moins. Il lui était évidemment impossible d'évaluer la fraîcheur des aliments qu'elle lui servait, alors elle partit à la recherche du musicien pour obtenir son opinion. Il marchait dans le jardin en regardant ses pieds. En fait, c'était la troisième fois qu'il en faisait le tour depuis le matin. Perdu dans ses pensées, il ne portait pas attention à ce qui se passait autour de lui. Esther l'accompagna pendant quelques minutes, attendant qu'il remarque sa présence. Puisqu'il ne se rendait compte de rien, elle dut intervenir.

– Samuel, est-ce que vous allez bien ?

Il leva sur elle un regard chargé de tristesse.

– Dites-moi ce qui vous manque pour retrouver votre joie de vivre.

– Des réponses à des questions qui m'obsèdent depuis que je suis revenu de Tortuga.

– Avant que je tente d'y répondre, dites-moi pourquoi vous ne mangez plus. Ai-je fait de mauvais choix ? La nourriture est-elle moins fraîche ?

– Non, non, elle est excellente. C'est mon appétit qui me fait défaut.

– En raison de votre obsession. Laissez-moi donc vous aider avant que vous tombiez malade.

Ils continuèrent de suivre le sentier qui faisait le tour de l'étang.

– Je crois désormais aux fantômes et aux méchantes sorcières, commença Samuel. Mais est-il aussi possible qu'une personne puisse jouir de plusieurs vies ?

– Personnellement, je ne me souviens pas en avoir eu d'autres, mais je ne suis pas fermée à cette possibilité. Pourquoi cela vous tracasse-t-il ? Avez-vous eu dernièrement des souvenirs qui viennent d'ailleurs ?

– J'ai rencontré une femme dans le passé d'Anwen, puis une autre dans celui de Jacob, et je suis certain qu'il s'agit de la même personne. Non seulement leur énergie était semblable, mais elles avaient toutes les deux les mêmes yeux verts. Mieux encore, j'ai la conviction dans mon cœur que je connais ces femmes depuis toujours.

– C'est intrigant, en effet, mais pourquoi cela vous touche-t-il à ce point ?

– Parce que j'ai l'impression que nous devrions être ensemble.

– Mais elles sont mortes depuis longtemps, Samuel.

– Je le sais mieux que quiconque, mais je ne peux m'empêcher de penser que si cette femme a vécu dans différents siècles et qu'elle se retrouve continuellement dans l'entourage de mes ancêtres, c'est peut-être moi qu'elle cherche.

– C'est une théorie intéressante.

– Mieux encore, elle s'est peut-être réincarnée dans mon présent et elle essaie de me trouver.

– Je ne sais pas quoi vous dire, mais je vais m'informer auprès des autres descendants. L'un d'eux s'est peut-être penché sur le sujet.

– Merci, Esther.

– D'ici là, je dois insister pour que vous recommenciez à manger, sinon vous n'aurez pas la force de vous défendre lors de votre prochaine incursion dans le passé.

– Vous avez raison.

– Et je trouverai le moyen de vous redonner votre beau sourire, je vous le promets.

Elle disparut, laissant Samuel poursuivre sa route seul autour du jardin. « Dans deux jours, je vais encore me retrouver à l'époque d'un des fantômes, se dit-il. Ce serait bien que ce soit dans la vie d'un des plus tranquilles, avant que je tombe sur Ulrik. » Il ne rentra au château qu'à l'heure du midi. Esther lui avait préparé un steak frites bien à point avec un verre de vin rouge. Pour ne pas inquiéter davantage sa bienfaitrice, le musicien s'efforça de tout manger, puis termina par l'alcool qu'il sirota sans se presser. La seule pensée que Felicity puisse avoir retrouvé son chemin jusqu'à lui au vingt et unième siècle lui redonna du courage.

Il décida de retourner sur la terrasse pour profiter du beau temps, très différent de celui qu'il faisait généralement à Londres en cette saison. Il allait traverser du salon à la salle à manger lorsqu'une hache se logea brutalement dans le cadre de la porte, à la hauteur de son visage. Samuel écarquilla les yeux, effrayé. Les fiers-à-bras du capitaine corsaire l'avaient-ils suivi dans le vortex ? Il tendit une main tremblante vers l'arme pour tenter de la décrocher, mais passa au travers. Thorfrid, la Viking aux longs cheveux roux, apparut devant lui. Elle portait son armure verte en cuir avec un col de fourrure noire, des collants brillants qui imitaient les écailles d'un poisson doré et des bottes également en fourrure. Même si elle habitait désormais au château, la guerrière arborait fièrement ses peintures de guerre.

– Si tu veux survivre, tu dois apprendre à te battre ! lâcha-t-elle.

– Je n'aime pas la violence, rétorqua Samuel.

– Tu n'aimerais pas non plus mourir et te retrouver ici.

– Une bonne négociation peut aussi régler une situation tendue.

– Comme quand tu as reçu tous ces coups de poignard ?

Samuel se surprit à penser que c'était une bonne chose qu'elle soit un fantôme, car elle ne pouvait pas physiquement le frapper.

– Demain matin, dans le jardin, ordonna-t-elle. Et si tu n'y es pas, je viendrai te chercher.

Elle décrocha sa hache du cadre de la porte et disparut d'un seul coup.

– Finalement, je vais rester à l'intérieur, décida Samuel.

Il alla jouer du piano pour se déstresser et oublier le regard meurtrier de Thorfrid. « Comment va-t-elle m'apprendre à me battre si elle ne peut même pas cogner ses armes contre les miennes ? » Cette femme était si déterminée qu'elle trouverait certainement une façon d'y arriver. Il composa une chanson pour Alice, cette fois. « Si je continue de rencontrer la même femme sous des noms différents derrière toutes ces portes, je vais finalement enregistrer tout un disque juste avec elle », songea-t-il, amusé.

Samuel ne s'arrêta qu'à l'heure du repas du soir. Lorsqu'il entra dans la salle à manger, Esther l'attendait avec un gros morceau de pâté au saumon et une salade de quinoa.

– C'est très appétissant, avoua-t-il en s'assoyant.

Un verre de vin apparut près de sa main.

– Ça également.

– J'ai parlé à la plupart des descendants, mais aucun ne se rappelle avoir déjà vécu auparavant, l'informa-t-elle. Toutefois, Stuart m'a conseillé ce livre, en espérant qu'il répondra à vos interrogations.

Il apparut près de sa coupe. Il s'agissait d'un des nombreux ouvrages d'Edgar Cayce, le prophète endormi, sur les vies antérieures.

– Ce sera sûrement très édifiant. Merci, Esther.

– Si cet auteur vous intéresse, il a écrit des livres sur beaucoup d'autres sujets étranges, comme l'Atlantide.

La mention du continent perdu fit sursauter Samuel sans qu'il sache vraiment pourquoi.

– J'aimerais bien lire celui sur l'Atlantide, lui dit-il.

– Je vous le procurerai.

– Pendant que vous y êtes, pourriez-vous aussi me trouver des feuilles de musique sur lesquelles je pourrais écrire mes nouvelles compositions ?

– Certainement. Dès que vous aurez fini de manger, j'ai une autre surprise pour vous.

– Une surprise ?

Esther se dématérialisa avant qu'il se mette à la harceler pour lui faire dire de quoi il s'agissait.

Il mangea le cœur plus léger, avec l'espoir de retrouver Felicity encore une fois derrière la prochaine porte. « Si j'arrive dans une époque où le piano a été inventé, je pourrai même lui jouer mes deux compositions », pensa-t-il. Le saumon était vraiment excellent. Il se souvint en avoir déjà mangé qui avait exactement le même goût lors d'un petit voyage de famille en Écosse.

Tout en buvant le vin, il tourna les premières pages du livre de Cayce. Il apprit ainsi que c'était un mystique américain qui répondait aux questions de ceux qui venaient le consulter alors qu'il était dans un état second. Ses paroles avaient été mises par écrit et constituaient des « conférences ». Elles concernaient la santé, l'interprétation des rêves, les phénomènes psychiques, la santé mentale, la méditation, la prière, le développement spirituel, le commerce, les vies antérieures et le continent perdu d'Atlantide. Cayce avait été un homme simple, peu instruit, mais capable de prescrire en état de sommeil la solution médicale à toute maladie.

Le concept de la réincarnation avait choqué Cayce lui-même, car il était profondément religieux et cela ne faisait pas partie de l'enseignement de l'Église. Il croyait toutefois que la vie était continue et qu'il était ainsi possible que chaque personne traverse une série d'incarnations pour assurer le développement de son âme, tout en affrontant les conséquences des choix qu'elle avait faits dans ses vies précédentes.

Lorsqu'il leva finalement les yeux du livre, Samuel se rendit compte qu'il faisait sombre dehors et qu'il avait terminé sa coupe de vin. Aussi, il était encouragé d'apprendre qu'il était possible que Felicity et Alice soient la même personne.

– La surprise d'Esther… se rappela-t-il.

– Elle se trouve dans votre chambre, lui dit-elle en apparaissant devant lui.

– Vous avez réussi à ramener une de ces femmes au château ? espéra le musicien.

– Je ne possède pas ce pouvoir, mais vous allez aimer quand même.

Il la précéda dans la grande chambre.

– À demain, Samuel.

– Attendez !

La sonnerie d'un téléphone lui fit presque faire une crise cardiaque. Il pivota sur lui-même et finit par apercevoir le vieil appareil sur la table de chevet. Il se précipita pour répondre avant qu'il arrête de sonner.

– Allô ! s'écria-t-il.

– Papa ?

Samuel se laissa tomber assis sur le lit, instantanément attendri par la voix de sa fille.
– Emily ? Comment as-tu eu ce numéro ?
– Je ne t'ai pas appelé. Notre téléphone vient de sonner et c'était toi.
Encore la magie d'Esther…
– Ce n'est pas important de savoir ce qui vient de se passer, mon cœur. Je suis tellement content de pouvoir te parler.
– Moi aussi. Je voulais te dire merci pour ton présent d'anniversaire. C'est un peu comme si tu étais toujours avec moi. Mais où es-tu, en ce moment ?
– Je me repose à l'extérieur de Londres. Avec tout ce qui m'est arrivé ces dernières années, j'avais besoin de m'arrêter un peu.
– C'est chouette que tu aies pensé à moi, même si tu es loin.
– Je pense à toi tous les jours, Emily, et jamais je n'oublierai ton anniversaire, surtout que tu viens d'avoir dix ans. Tu es une grande fille, maintenant.
– Oui ! J'ai deux chiffres dans mon âge !
– Est-ce que ça se passe bien à la maison ?
– Je dirais que oui, mais maman n'est plus comme avant, quand nous étions tous les trois ensemble.
– Morton est différent de moi, mon ange. Elle s'est juste ajustée à lui, c'est tout.
– Il est même tout le contraire de toi. Il est gentil, mais toujours si sérieux. Il ne parle que des affaires, des actions, de la Bourse et de l'avenir de l'informatique. La seule fois que j'ai osé parler des fées à table, il m'a dit que c'étaient des histoires pour les enfants et que je devais commencer à me comporter en adulte. Mais toi, tu sais qu'elles existent, n'est-ce pas ?
– J'ai en effet découvert que beaucoup de choses auxquelles personne ne croit existent quand même,

ma puce. Ne renonce pas à ton imagination, même si tu viens d'avoir dix ans, d'accord ?

– Jamais. Et dès que je serai vraiment plus grande et que je pourrai enfin faire tout ce que je veux, nous partirons en vacances ensemble en Irlande comme tu me l'avais promis.

– Ça finira par arriver, tu verras. Et à l'école, tu réussis bien ?

– J'ai eu de la difficulté à m'intégrer au début, mais après, mes notes se sont mises à remonter et je suis redevenue une première de classe.

– Je suis fière de toi, Emily. L'école, c'est parfois lassant, mais ça nous permet ensuite de travailler dans ce que nous aimons vraiment pour le reste de notre vie.

– Un mal nécessaire, quoi ?

– Où as-tu entendu ça, grenouille ? s'amusa Samuel.

– Dans un téléroman que je regarde avant que maman rentre du travail.

L'enfant poussa un petit cri de surprise.

– Que se passe-t-il ? s'inquiéta le père.

– Maman arrive et je ne suis pas censée répondre au téléphone quand je suis seule à la maison. Je dois te quitter. Je t'aime, papa.

– Moi aussi.

Elle raccrocha en vitesse. Samuel déposa le récepteur sur sa base et remarqua alors qu'aucun fil ne reliait l'appareil ni à l'électricité ni à quelque autre prise que ce soit.

– Décidément…

Il s'allongea sur le lit et se laissa bercer encore un peu par l'euphorie de sa conversation avec sa fille.

– Cela vous a plu ? lui demanda Esther en apparaissant à la porte.

– C'était la plus belle surprise de toute ma vie. Vous n'avez pas idée du bien immense que cette conversation vient de m'apporter.

– Je vous avais dit que je trouverais une façon de vous redonner votre sourire.

– Avant de partir, pourriez-vous me réciter les noms des autres descendants que je pourrais rencontrer et à quelle époque, juste pour que je ne commette pas de bévues ?

– Je peux vous mettre cette liste par écrit, si vous voulez.

– Cela me serait certainement utile, mais dans les grandes lignes, où est-ce que je risque de me retrouver après-demain ?

– Il y a la période « viking » d'Ulrik, Thorfrid, Gulbran, Halvor, Kjald, Steen, Svend et Winter, pendant laquelle il ne s'est pas produit d'événements spectaculaires. À partir de Howe Svendsen, les descendants ont vécu en Angleterre, donc Simon, Adam, Walter, Peter, Geoffroy, Nicholas, Edith, Juliet, Phillip, Anwen, William, Andrew, Joyce, Martin et Ambrose.

– C'est beaucoup de noms…

– Les choses se sont compliquées à partir de Phoebe, Paul, Isabel, Jacob, Henry, Emeline et moi, car la sorcière a commencé à se montrer encore plus cruelle. À partir d'Anthony, le vampire, alors là, c'est devenu carrément bizarre.

– Le vampire… J'espère ne pas avoir à mettre les pieds à son époque.

– Je vous le souhaite aussi. Anthony a été suivi de Stephen, Mark, Jonas et Rose. Quant à Sidney et Clara, ils ont vécu à New York. Lionel est ensuite retourné en Angleterre pour se battre contre les nazis. C'est là que sont nés ses enfants et ceux de son frère Ben.

– Mon grand-père hippie, dont mon père m'a souvent parlé, mais que je n'ai pas connu. Je pense qu'il y a beaucoup trop de descendants pour que je les mémorise tous. En fait, je commence même à comprendre pourquoi Ulrik leur a assigné des numéros.

– Je vais mettre tout ça sur une petite liste dès ce soir.

– Pourriez-vous m'en faire plusieurs copies, car j'ai l'intention de transporter cette précieuse information sur moi à partir de maintenant. Et sachant ce qui m'est arrivé derrière les deux dernières portes, il se pourrait que je la perde ou qu'on me la confisque…

– Alors, soit. Sans la rendre exhaustive, je vous donnerai le plus de détails possible.

– Je ne le dirai jamais assez souvent, Esther : que ferai-je sans vous ?

Embarrassée, elle fit apparaître près du téléphone l'ouvrage d'Edgar Cayce sur l'Atlantide et disparut.

Chapitre 30

Samuel lut une partie de la nuit, jusqu'à ce que les mots se mettent à danser devant ses yeux. Incapable d'attendre d'avoir terminé l'ouvrage sur les vies antérieures, il avait commencé celui sur l'Atlantide pour finalement découvrir qu'il s'agissait d'un immense continent qui avait jadis sombré dans l'océan Atlantique, entre l'Amérique et l'Afrique. Ses survivants avaient fui vers l'Égypte, l'Amérique et les Pyrénées. Selon les lectures de Cayce, deux courants de pensée s'opposaient en Atlantide, soit la Loi de l'Un, qui était spirituelle et altruiste, et la Loi de Bélial, qui visait à la satisfaction des appétits égoïstes. Il allait jusqu'à dire que des personnes vivant actuellement sur la planète étaient des Atlantes réincarnés et qu'ils devaient faire face aux mêmes tentations que jadis.

Ce qui étonna surtout Samuel fut d'apprendre que les Atlantes disposaient d'une énergie colossale plus de dix mille ans plus tôt, chargée dans des cristaux. Celle-ci permettait de mouvoir des vaisseaux sur l'eau ou dans les airs ! La destruction de l'Atlantide était survenue lorsque la surcharge d'un de ces cristaux avait causé une gigantesque explosion et englouti l'île au fond de la mer.

– Dommage qu'Ulrik n'ait pas vécu à cette époque, soupira le musicien en mangeant son bagel du matin. J'aurais bien aimé voir ça.

Il n'avait pas encore fait le lien entre son rêve sur la plage et cette lointaine civilisation, mais son cerveau s'était néanmoins mis en marche. Il termina son café et se souvint de l'invitation de Thorfrid.

– J'ai l'impression que ça va faire mal, grommela-t-il en quittant la salle à manger.

Ses lacérations étaient bien refermées et il ne voulait pour rien au monde qu'elles se remettent à saigner. Il sortit sur la terrasse, s'attendant à tout. Il scruta le jardin et l'étang sans voir la guerrière. C'est alors qu'il entendit un grondement qui ressemblait à celui d'un chien. Il se retourna lentement et aperçut un énorme loup noir qui lui montrait les dents. « Quand ce n'est pas un dragon qui veut me dévorer, c'est un loup ? s'alarma-t-il. Mais qu'est-ce qu'ils ont tous à m'en vouloir comme ça ? »

Thorfrid apparut à côté de la bête et posa la main entre ses oreilles, la calmant instantanément.

– C'est Brynjulf, mon bouclier, lui dit-elle.

– Enchanté... fit timidement le musicien.

La Viking leva les yeux au ciel. Pourquoi son père avait-il choisi un idiot pour les sauver tous ?

– Je vais t'enseigner ce que tu dois savoir pour survivre si tu arrives au beau milieu d'une guerre, continua-t-elle.

– Mais vous êtes un fantôme. Vous ne pourrez même pas corriger ma position.

– Tu imiteras d'abord mes mouvements et, crois-moi, je suis capable de mouvoir des objets avec mon esprit. Contrairement à Esther et à Andrew, ce n'est pas une plume que je sais manipuler, mais mes armes.

– Je vois.

– Nous allons commencer par les techniques d'évitement, qui te permettront de conserver tes forces et de garder tes membres et même ta tête.

– La fuite est aussi une bonne technique.

– Si tu te retrouves à mon époque, il ne te servira à rien de courir.

Samuel savait bien qu'elle avait raison, mais il détestait la violence. Un bouclier circulaire en bois et une épée en métal apparurent à ses pieds. Le musicien ne savait pas très bien quoi en faire.

– Prends l'épée avec ta main dominante et le bouclier avec l'autre, ordonna-t-elle.

Il s'exécuta plutôt gauchement.

– Le bouclier ne te servira pas qu'à parer les coups de ton adversaire, mais aussi à le frapper autant avec sa face qu'avec son rebord.

– Pas de hache ? s'étonna Samuel, qui avait toujours vu les combattants en brandir dans les films de Vikings.

– Elles sont pour les pauvres. Tu es un descendant de Valkyrie.

– D'accord...

Il n'osa pas lui mentionner qu'en neuf cents ans, il s'était mêlé bien d'autres sangs à celui de ses ancêtres Vikings.

– Chaque fois que tu seras obligé d'attaquer ton adversaire, tu devras te rendre aussi effrayant que tu le peux et pousser des cris terrifiants pour le déstabiliser.

– Est-ce vraiment nécessaire ?

– Tu peux aussi essayer de lui chanter une petite chanson, mais tu vas te rendre compte rapidement que tu auras l'air ridicule.

Elle émit un rugissement de colère si puissant que Samuel perdit son emprise sur son bouclier, qui s'écrasa sur le sol.

– Et quand ton adversaire laisse tomber son bouclier comme tu viens de le faire, tu en profites pour charger. À ton tour.

Le musicien le reprit et fit quelques tentatives.

– Tu cries comme une fille ! lui reprocha la Valkyrie.

Samuel imagina donc qu'il était le chanteur d'un groupe de métal et poussa le même genre de hurlements qu'eux.

– C'est beaucoup mieux. Montre-toi toujours agressif, déterminé, rapide et léger.

– Là, c'est beaucoup me demander, se découragea le musicien.

– En corps à corps, vise toujours la tête et, si tu ne le peux pas, fonce dans les jambes.

– Est-ce que je vais être obligé de faire tout ça aujourd'hui ?

– Non. Je t'ai dit tout à l'heure que nous allions commencer par les coups de base. Est-ce que tu m'écoutes quand je parle ?

Il était tellement affolé qu'il n'arrivait pas à enregistrer quoi que ce soit dans son esprit.

– D'où viennent mes armes ?

– Je suis ici pour te donner une leçon de combat, pas pour contenter ta curiosité. Compris ?

– Oui, madame.

– Mets-toi en garde et protège-toi avec ton bouclier.

Samuel fit de son mieux. Brynjulf se tourna vers sa maîtresse et bondit sur elle comme s'il allait l'attaquer, mais lorsque ses pattes antérieures touchèrent l'armure verte, il se transforma en un bouclier en acajou sur lequel était peint un loup blanc à deux têtes.

– C'était un vrai bouclier ? laissa tomber le musicien, impressionné.

– C'est bien ce que je t'avais dit, non ?

– Mais je ne pensais pas que…

– Tais-toi et concentre-toi.

En tenant le bouclier devant elle, Thorfrid leva le bras qui tenait son épée.

– Fais la même chose.
Samuel s'efforça de l'imiter.
– Sers-toi du bouclier pour pousser celui de ton adversaire sur le côté et plonge ta lame dans son cœur.
Elle refit le même geste plusieurs fois pour permettre à son élève de le mimer. Ainsi, le musicien passa tout l'avant-midi à apprendre les différentes façons d'embrocher un opposant, de lui casser la mâchoire avec le bord de son bouclier ou de lui fracasser la figure avec le renflement de métal en son centre.
– Demain, je t'enseignerai les coups de poing et les coups de pied.
Samuel pensa à ses précieux doigts de pianiste, mais n'osa rien dire. Il avait vingt-quatre heures pour se trouver une excuse. La Valkyrie disparut avec ses armes, mais lui laissa les siennes. Il entendit alors gronder son estomac et prit le chemin de la salle à manger. Sans réfléchir, il déposa l'épée et le bouclier sur la table. Esther se matérialisa à quelques pas de lui.
– On ne met jamais ses armes sur la table, Samuel, lui reprocha-t-elle.
– Oh pardon, s'excusa-t-il.
Il alla les porter sur son lit et revint s'asseoir devant une assiette de gratin de saucisses cuit au four et de purée de pommes de terre, servi avec des légumes variés et de la sauce.
– J'ai trouvé ce que vous m'avez demandé, lui dit la bonne.
Un paquet de feuilles de musique vierges apparut près de son assiette.
– Merveilleux !
– Et j'ai aussi votre liste.
Elle en déposa plusieurs exemplaires sur les feuilles.
– J'ai aussi indiqué le métier de chaque descendant pour vous faciliter la vie.

– Je me sens déjà mieux équipé pour accomplir ma mission. Vous n'êtes pas un fantôme. Vous êtes un ange.

– Mangez et essayez de vous reposer un peu, cet après-midi. Vous avez travaillé très fort, aujourd'hui.

Samuel mangea sans se presser en se remémorant les mouvements que Thorfrid lui avait enseignés, pas tellement pour s'en servir, mais pour éviter que la Valkyrie le reprenne lors de leur séance d'exercices du lendemain. Il alla ensuite s'asseoir devant le feu dans le salon pour calmer son intellect bombardé de questions auxquelles il ne pouvait pas répondre. En fait, elles tournaient toutes autour d'une possible rencontre avec le vampire de la famille. « Je ferais mieux d'apprendre comment planter un pieu dans le corps d'un tel monstre au lieu de me protéger derrière un bouclier », soupira-t-il intérieurement.

Il sortit la petite liste de sa poche et commença à la mémoriser en se disant que s'il tombait sur Ulrik dans deux jours, elle ne lui servirait finalement à rien. Puis il songea à sa fille qui l'aimait encore même si elle avait une nouvelle famille. « Si je pouvais ramener Felicity dans ce siècle avec moi, elle aurait deux pères et deux mères… »

Dès qu'il sentit sa digestion bien enclenchée, Samuel alla chercher son épée et son bouclier et descendit dans le jardin, où il n'y avait plus personne au coucher du soleil. Il s'entraîna de son mieux, imitant tous les gestes que Thorfrid avait faits devant lui, mais ses cris de guerre ne devinrent pas plus menaçants que ceux du matin.

Sous sa forme invisible, Ulrik observait ses efforts avec découragement. Malgré les années, il se rappelait son propre entraînement auprès de son père, qui avait commencé lorsqu'il n'était qu'un enfant. Il n'était pas facile de transformer un agneau en loup à l'âge de trente ans. « Et s'il s'en prend à moi, dans mon passé, je n'en ferai qu'une bouchée... » Les bras croisés sur sa poitrine, le Scandinave cherchait une solution pour éviter que son quarante-sixième descendant se fasse tuer avant d'avoir accompli sa mission, car il ne se voyait pas demander le même service à sa fillette de dix ans. Il attendit donc que Samuel n'y voie plus rien dans le noir avant de se manifester à lui.

– Bel effort, le félicita-t-il en lui apparaissant dans les marches qui menaient à la terrasse.

– Si vous connaissez bien votre descendance, vous savez comme moi que ce type de combat ne fonctionnera que sur ceux qui ont vécu au Danemark et encore...

Ulrik l'accompagna à l'intérieur. Les deux hommes s'arrêtèrent au salon. Samuel fit bien attention de ne pas déposer ses armes sur la table basse ou sur un guéridon. Il les mit plutôt sur le sol, ses bras ne pouvant plus supporter leur poids, puis se laissa tomber sur le sofa.

– Jonas, le tueur en série, se servait d'une dague pour exécuter ses victimes et Anthony, le vampire, de ses dents, continua-t-il de se lamenter.

– Plusieurs étaient également inoffensifs, lui fit remarquer Ulrik. En fait, les seuls qui te donneront du fil à retordre, ce seront probablement Thorfrid et moi.

– Je ne voudrais pas être obligé de vous tuer pour vous empêcher de vous en prendre à la sorcière.

– Tu n'y arriverais pas, de toute façon.

– Alors, dites-moi quoi faire.

– Je n'arrête pas d'y penser depuis que tu es arrivé au château. Oublie l'idée de couler mon drakkar ou de partir seul à son bord. Les courants te transporteraient très loin des côtes, et tu mourrais de faim. Il faut travailler en équipe pour diriger ces magnifiques bateaux.

Samuel ouvrit la bouche pour parler, mais le Viking le devança :

– Non, tu n'arriveras jamais à corrompre mes compagnons, peu importe ce que tu leur offrirais. Il existait entre nous une loyauté inébranlable.

– Je commence à manquer d'idées.

– Il y aurait peut-être une autre façon, mais tu t'exposerais à un grave danger.

– Parce que ce n'est pas déjà fait, à votre avis ?

– Ma fille était la prunelle de mes yeux, jadis. En fait, ce raid, je l'ai mené pour lui assurer une belle vie. Je n'avais pas suffisamment de biens pour lui trouver un mari riche qui l'aurait choyée.

Samuel ne pouvait même pas imaginer comment c'était possible de dorloter une telle furie.

– Si tu réussissais à l'enlever avant mon départ… poursuivit Ulrik.

– Enlever cette louve enragée ? Vous n'y pensez pas ! C'est elle qui me tuera, pas vous !

– Elle n'avait que neuf ans, à l'époque, et elle n'avait pas encore manifesté le désir de devenir une Valkyrie comme sa mère.

Emily avait le même âge lorsqu'il l'avait vue pour la dernière fois… D'ailleurs, il avait toujours eu peur qu'elle se fasse enlever quand elle avait commencé à aller à l'école.

– Ne me dis pas que tu serais incapable de t'emparer d'une enfant et de t'éloigner suffisamment de mon village pour que je sois obligé de te poursuivre pendant des jours.

– Des jours ? Je ne pourrai rester que vingt-quatre heures. Et n'essayez pas de me faire croire qu'elle me suivrait docilement.

– Ah, ça, non. Et tu dois aussi comprendre que rien ne devra lui arriver si tu veux exister un jour.

– Ulrik, je commence à douter sérieusement de mes compétences pour mener cette mission à bien.

– Curieusement, je ne suis pas de ton avis. Mais ce n'est peut-être pas le bon moment pour en parler, ce soir. Prends le temps d'y penser. Tu n'es pas fort physiquement, ce qui veut dire que tu es probablement rusé.

– C'est un proverbe scandinave, ça ?

– Non, c'est une évidence. Bonne nuit, Samuel.

Le musicien n'eut pas le temps de lui répondre qu'il avait disparu.

– Pourquoi ont-ils tous aussi confiance en moi ? soupira-t-il.

– Parce qu'ils voient votre puissance derrière vos doutes, répondit Isabel en s'approchant. Laissez-moi voir vos bras.

Au lieu de remonter ses manches, Samuel enleva carrément son pull. Isabel examina chacune de ses cicatrices et s'en déclara satisfaite.

– C'est le premier examen que je réussis depuis que je suis ici, plaisanta-t-il. Je ne me suis jamais senti aussi nul de toute ma vie.

– Arrêtez de vous sous-estimer, jeune homme. Vous en avez fait bien plus que tous les fantômes du château pour tenter de nous aider. Vous avez même survécu à vos deux incursions dans le passé, alors que d'autres seraient déjà morts. Une fois que vous aurez maîtrisé votre peur, vous serez un redoutable adversaire.

– Et comment je fais ça, Isabel ?

– En fonçant même si vous êtes terrorisé. Fouillez dans vos souvenirs. Je suis certaine que vous trouverez des événements de votre vie qui vous ont forcé à surmonter vos craintes. Si vous arrivez à revivre cette émotion à volonté, vous deviendrez un véritable héros. Maintenant, allez vous laver et vous coucher, car vous avez encore rendez-vous avec Thorfrid demain matin.

– Je ne l'avais pas oublié…

– Bonne nuit, Samuel.

– Non, attendez. J'ai une dernière question.

– Je vous écoute.

– Où vont tous ces fantômes quand ils ne sont pas autour de moi ?

– Là où ils en ont envie, mais ce n'est pas parce que vous ne les voyez pas qu'ils ne sont pas présents dans la pièce où vous vous trouvez… sauf votre chambre à coucher, où Esther leur a défendu d'entrer quand vous dormez.

« Vive l'intimité », se découragea le musicien.

Isabel s'évapora. Samuel jeta un œil à ses armes et décida de les laisser par terre, car personne ne s'en était formalisé jusqu'à présent. Il se rendit sous la douche, où il resta de longues minutes, puis frotta ses bras avec la pommade magique d'Esther en prévision du lendemain. Il venait à peine de mettre la tête sur son oreiller qu'il sombrait dans un profond sommeil.

Chapitre 31

Le lendemain matin, ayant eu de la difficulté à soulever son couteau pour mettre du fromage sur son bagel, Samuel appliqua une autre couche de pommade sur ses bras avant de quitter la salle à manger. « Thorfrid ne sera pas contente… » se dit-il. Il attendit que l'onguent fasse effet avant de se risquer dans le jardin. Au lieu d'y trouver la Valkyrie, il tomba sur Ulrik, qui semblait l'attendre.

– Ai-je changé d'entraîneur ? demanda le musicien.

– Nous sommes tous là pour t'aider, Samuel. Mais il est vrai que je t'ai préparé quelque chose de différent.

Il conduisit Samuel dans une clairière au sud de l'étang. Plusieurs mannequins en bois s'y trouvaient, plantés debout dans le sol.

– J'ignorais que vous aviez des talents de sculpteur.

D'épais gambisons recouvrirent alors toutes les statues articulées.

– Est-ce plus clair, maintenant ? demanda le Scandinave.

– Non, je suis désolé.

– Les coups d'épée et de bouclier dans le vide, ça ne rime à rien.

Thorfrid apparut alors devant les deux hommes et adopta une position de combat.

– Es-tu en train de remettre mon enseignement en question ? gronda-t-elle.

Samuel recula prudemment. Il n'avait pas du tout envie de se retrouver coincé entre ces deux formidables Vikings.

– Je n'ai qu'ajouté un peu de réalisme à tes exercices, expliqua le père. Il doit s'habituer aux impacts, sinon il se fera terrasser à sa première charge.

– Impacts ? répéta le musicien, inquiet.

– Les cris et les simagrées font peur à l'ennemi, mais après un moment, tu dois frapper. Soulève ton bouclier pour protéger ta poitrine et fonce sur un des mannequins.

– Mais je vais me casser les os, protesta Samuel, parce qu'il est évident qu'il ne bougera pas.

– Le but, c'est justement de ressentir de la résistance. Je te ferais bien une démonstration, mais comme tu le sais déjà, je passerai au travers.

Samuel hésita, car ses bras le faisaient déjà beaucoup souffrir.

– Je vais faire un essai, décida-t-il finalement. Mais rappelez-vous que je dois franchir une autre porte demain et que je ne veux pas le faire en petits morceaux.

– Je te les recollerai, répliqua Thorfrid, qui ne semblait pourtant pas plaisanter.

« Comme si c'était possible », soupira intérieurement le musicien. Il prit une profonde inspiration et fonça sur son adversaire immobile, mais sans y mettre beaucoup de force. Le choc lui coupa tout de même le souffle.

– Ce n'était pas très convaincant, nota le Scandinave.

– Plus fort ! ordonna Thorfrid en frappant sur son bouclier avec son épée.

Samuel fit un deuxième essai et poussa un grondement sourd après la collision.

– Si je continue, je vais me disloquer l'épaule, gémit-il.

– L'important, c'est que tu comprennes comment t'y prendre si jamais tu te retrouves devant un ennemi qui refuse de te laisser passer, l'informa Ulrik.

– Tu dois l'envoyer au sol afin de l'achever, ajouta Thorfrid.

– L'achever ? répéta Samuel, incrédule. Mais vous n'y pensez pas !

– Préfères-tu que ce soit le contraire ?

– Évidemment pas ! Mais je ne retourne pas dans le passé pour tuer des gens. On m'a uniquement demandé d'empêcher Ulrik de brûler la maison de la sorcière, rien de plus.

Il tourna les talons avec l'intention de rentrer au château pour se reposer, mais une force invisible le cloua sur place.

– Essayons plutôt autre chose, proposa le Scandinave.

Une épée apparut sur le bras de bois d'un mannequin, où son manche fut solidement attaché.

– Entraîne-toi à frapper ton arme contre la sienne. Je te jure qu'il ne ripostera pas.

– Très drôle.

Samuel fit quelques essais, mais dut s'arrêter, en proie à de grandes souffrances. Thorfrid s'approcha alors de lui et il crut qu'elle allait lui donner une raclée. À sa grande surprise, elle caressa son bras droit de la main, continua sur ses omoplates, puis sur son bras gauche. Il ressentit aussitôt un immense soulagement. Elle le fixa dans les yeux et disparut. Samuel n'attendit pas qu'Ulrik lui propose d'autres exercices. Il jeta ses armes sur le sol et courut jusqu'au château.

Il se réfugia dans le salon et s'assit par terre devant le feu en faisant de gros efforts pour se calmer. Cette mission commençait à lui sembler de plus en plus irréalisable.

– Nous voulons seulement que tu puisses te défendre, lui dit Ulrik en apparaissant derrière lui.

– Je ne suis pas un guerrier.

– Ça, c'est évident, Samuel, mais nous voulons éviter que tu nous reviennes avec des membres en moins, la prochaine fois.

– Comme c'est rassurant…

– Tu l'ignores encore, mais tu es le plus vaillant d'entre nous.

Ulrik s'évapora à son tour, le laissant seul avec ses tourments. « Il y a sûrement une façon plus intelligente de déjouer la sorcière », se dit-il. Épuisé physiquement et moralement, il grimpa sur le sofa et s'allongea pour se reposer. Il s'endormit presque immédiatement. Encore une fois, il fit un rêve étrange. Il se vit en train de marcher dans une forêt, sur un sentier de petites pierres blanches. Un vent tiède jouait dans ses cheveux. Il portait une tunique blanche et des sandales en cuir. « Où suis-je ? » se demanda-t-il. Le chemin montait en pente douce et bientôt il se retrouva sur un monticule. Le spectacle qui s'offrit à ses yeux lui coupa le souffle. Devant lui s'étendaient de larges bandes de terre couvertes de maisons immaculées ainsi que de champs cultivés et de pacages pour les animaux. Elles étaient séparées par d'importants canaux, où voguaient des embarcations de toutes sortes, certaines avec des voiles, d'autres non. « Je connais cet endroit », se dit-il. À l'horizon, il pouvait même voir la mer.

Samuel se retourna pour regarder derrière lui. Il se trouvait sur le versant d'une haute montagne dans laquelle étaient creusées d'immenses habitations. Tout au sommet s'élevait le plus beau temple qu'il ait jamais vu, même dans ses livres de classe. Le soleil se reflétait sur sa surface polie comme un joyau. Il ne pouvait en voir que la devanture, avec ses colonnes gigantesques et son fronton triangulaire qui les dominait. Ressentant une inexplicable attirance pour cet immeuble, Samuel chercha à s'y rendre.

Il retourna dans la forêt et finit par aboutir sur une large avenue dallée qui partait du temple et qui descendait jusqu'à la dernière bande de terre. Elle traversait les canaux grâce à des ponts suffisamment élevés pour ne pas gêner la circulation nautique.

Des gens passaient de chaque côté du musicien et le saluaient comme s'ils le connaissaient depuis longtemps. Ils étaient aussi vêtus de tuniques courtes ou longues, mais dans des couleurs pastel. De crainte que son rêve s'achève trop rapidement, Samuel s'empressa de grimper vers le sommet. Il remarqua aussitôt que son corps onirique était en bien meilleure forme que son corps physique. En peu de temps, il arriva au milieu de la montagne, là où se trouvaient les maisons qui étaient encore plus vastes qu'elles lui avaient paru à première vue. Elles possédaient toutes de grands balcons délimités par des balustrades ouvrées.

L'une de ces demeures dominait les autres et lui sembla familière. Il se mit donc à grimper la centaine de marches qui y menaient. Il trouva sur son balcon de nombreuses tables rondes en fer forgé blanc entourées de chaises dont les dossiers représentaient des animaux marins.

Transporté de joie, Samuel marcha jusqu'à la balustrade et regarda au loin. « On dirait une île au milieu de la mer… remarqua-t-il. Pourrait-ce être l'Atlantide ? » Il avait l'intime conviction d'avoir fréquenté assidûment ces lieux. « C'est ici chez moi. » Il ne comprenait pas comment c'était possible, mais le sentiment de bien-être qui s'était emparé de tout son être lui fit comprendre qu'il y avait été heureux.

Un mouvement attira son regard sur un autre balcon à sa droite. La jeune femme qu'il avait vue sur la plage l'observait en silence, un sourire amusé sur les lèvres. Ses longs cheveux blonds volaient dans le vent qui balayait la montagne. « Stincilla… » Samuel chercha une façon de se rendre jusqu'à elle. Il découvrit un tunnel creusé dans le roc qui réunissait les deux terrasses. Il marcha jusqu'à celle qui lui paraissait si étrangère et si familière à la fois.

– Ta mère te cherche partout, l'informa-t-elle.

« Ses yeux… » Le musicien admira encore une fois son regard. « En réalité, Felicity, c'est elle… » Il prit ses mains douces comme de la soie.

– Tu te comportes de façon étrange, ce matin, Pharos.

– Crois-tu que même la mort ne peut pas séparer ceux qui s'aiment ?

– Qu'est-ce que tu racontes ?

– Je suis désormais persuadé que notre âme revient sans cesse dans de nouveaux corps pour nous permettre de retrouver nos êtres chers.

– Aurais-tu encore respiré l'encens du temple ? le taquina-t-elle.

– Je suis très sérieux.

– Alors fais bien attention que ton père ne t'entende pas, sinon c'est à ton frère qu'il léguera son trône.

« J'ai eu un frère ? » se réjouit Samuel, qui avait été enfant unique. Il attira la jeune femme contre lui et huma son parfum enivrant.

– Tout le monde peut nous voir, Pharos, lui reprocha Stincilla.

– Ne savent-ils pas déjà ce que j'éprouve pour toi ?

– Je suis sur la liste des épouses pressenties par tes parents, mais je n'ai pas encore été choisie.

Il déposa un baiser sur ses lèvres.

– Tu n'es pas raisonnable…

– Moi, j'ai choisi.

Il la serra encore plus fort et l'embrassa avec passion. Stincilla partageait certainement ses sentiments, puisqu'elle se laissa facilement conquérir. L'amour qu'éprouva alors Samuel fut mille fois plus fort que tout ce qu'il avait ressenti précédemment dans sa vie, même pour Kathryn. Il ouvrit subitement les yeux et se rendit compte qu'il était allongé sur le sofa du salon. Des larmes se mirent à couler sur ses joues. Elle lui manquait déjà. « Je dois la retrouver, décida-t-il. Et surtout me débarrasser de cette maudite malédiction qui nous empêcherait de vivre encore ensemble. »

Samuel entendit des voix. Il se leva avec prudence, mais constata que ses muscles n'étaient plus endoloris. Thorfrid était-elle guérisseuse en plus d'être guerrière ? Il se dirigea vers la salle de jeu et fut surpris d'apercevoir un bon nombre des fantômes réunis autour des tables, en train de s'adonner à des jeux à l'aide de cartes et de dés spectraux. Il les observa pendant un moment sans les déranger. C'était étrange de voir toutes ces époques différentes réunies au même endroit.

– Votre repas est servi, chuchota alors Esther à son oreille.

Il se tourna vers elle.

– Quelle est cette tristesse que je vois encore dans vos yeux ?

– C'est difficile à expliquer.

– Venez m'en parler en mangeant.

Il la suivit dans la salle à manger et prit place devant un spaghetti fumant, des petits pains à l'ail et une salade verte.

– Je viens de trouver un sens à ma vie, mais j'en suis séparé par des épreuves qui me paraissent insurmontables, soupira-t-il.

– Comme tous les hommes, Samuel. Nous sommes des étudiants dans une grande école où nous devons trouver nous-mêmes les solutions à nos problèmes afin d'obtenir notre diplôme.

– C'est tellement bien dit...

– Certains ont des centaines de petites épreuves à traverser, d'autres en ont moins, mais elles sont plus importantes. Le but, c'est de les vaincre.

– Ai-je vraiment une chance de faire disparaître cette malédiction ?

– Moi, j'ai déjà mis tout mon argent sur vous.

– Vous avez pris des paris ?

– Seulement quelques-uns d'entre nous, avec de l'argent imaginaire. Allez, nous pourrons en reparler plus tard.

– Merci, Esther.

Il mangea lentement en se disant qu'il l'afficherait bientôt sur son mur, ce diplôme. Lorsqu'il eut fini son assiette, un verre de vin rouge apparut près de sa main. Il décida d'aller le boire sur la terrasse. Il s'appuya contre la balustrade et contempla le coucher de soleil en sirotant l'alcool. « Il faut que je tombe sur la bonne porte demain. » Il avait soudain envie de vivre, de rire, d'aimer et d'être heureux. « Moi qui ai tenté de me suicider il n'y a pas si longtemps, se rappela-t-il avec un sourire amer. Esther a raison : la vie est un parcours d'obstacles qu'il nous faut vaincre un à un pour remporter le grand prix. »

Samuel abandonna la coupe vide sur la terrasse et descendit dans le jardin. Il retrouva facilement son chemin jusqu'à la clairière où les mannequins de bois se dressaient encore. Il ramassa son bouclier et son épée et fonça sur l'un d'eux en faisant tout de même attention de ne pas se blesser. Un être humain qui n'avait pas les pieds plantés ainsi dans le sol ne lui opposerait certainement pas la même force d'inertie. Il s'amusa ensuite à frapper la lame de celui qui tenait toujours une épée en poussant des cris de guerre. « Je ne sais pas trop à quoi tout ça pourra me servir, mais c'est drôlement défoulant », admit-il. Il s'arrêta lorsque l'obscurité ne lui permit plus d'y voir quoi que ce soit et se tourna vers le château. Thorfrid se tenait devant lui. Une torche apparut dans sa main, qui les éclaira tous les deux.

– Ce n'est pas pour le vaincre que je t'apprends à te battre, laissa-t-elle tomber. C'est pour que tu n'aies pas peur d'Ulrik.

– En vérité, je pense qu'il me terrorisera, que je m'y prépare ou non.

– C'est vrai qu'il n'a l'air de rien maintenant, mais que c'était un formidable guerrier autrefois.

– Je trouverai bien une façon de l'empêcher de partir pour l'Angleterre, même si je dois mettre le feu au village.

– Je ne te le conseille pas. Les survivants ne seraient pas très cléments avec toi.

– Ce n'était qu'un exemple. Je pourrais aussi me déguiser en Valkyrie et l'attirer dans la forêt.

Pour la première fois depuis qu'il avait fait la connaissance de Thorfrid, il la vit sourire avec amusement.

– Il te manque pas mal d'attributs, rétorqua-t-elle finalement. Mais c'est un bon plan. Quand tu arriveras à cette époque, je serai déjà là, mais je ne serai qu'une enfant de neuf ans. Viens tout de même me demander conseil.

– Merci pour l'invitation. Et avant que vous disparaissiez, j'ai une question. Si c'est trop personnel, vous n'êtes pas obligée d'y répondre.

– Pose-la toujours.

– Lorsque j'aurai fait disparaître la malédiction, est-ce que vous irez rejoindre votre mère à Asgard au lieu de monter au ciel avec les autres ?

– Je n'en sais rien, mais c'est ce que je désire de tout mon cœur.

Thorfrid se dématérialisa avec la torche, laissant Samuel dans le noir.

Chapitre 32

Adley Carlisle était le petit-fils de celui qui avait fondé Carlisle Printers & Sons à Londres. Son père et son grand-père, qui avaient bâti l'entreprise à partir de rien, étaient morts depuis longtemps déjà, mais Adley continuait de la mener d'une main de maître. Les plus grands éditeurs de la Grande-Bretagne et même certains des États-Unis faisaient appel à ses services. Il entretenait de bonnes relations avec chacun d'entre eux, mais surtout avec Jarsdel & Raynott. Lorsque ceux-ci lui avaient transmis le fichier d'un roman de la part d'un auteur inconnu, il avait d'abord arqué un sourcil, car son ami Oliver n'en acceptait plus depuis bien longtemps. Alors, dès que la maquette avait été prête, il avait commencé à la lire et n'avait plus été capable de s'arrêter. Il était si emballé par cette histoire de fantômes qu'il n'arrêtait plus d'en parler à l'imprimerie.

La veille de la mise sous presse du premier roman de Samuel Andersen, il avait même décidé de rendre visite lui-même à ses vieux amis. Abigail écarquilla les yeux en le trouvant sous le porche lorsqu'elle ouvrit la porte.

– Quelle belle surprise ! s'exclama-t-elle. Entrez et donnez-moi votre manteau, monsieur Carlisle.

– Vous êtes toujours aussi gentille, Abigail.

– Monsieur Jarsdel est dans son bureau. Vous pouvez y aller. Il est seul.

Il s'y rendit donc et frappa poliment quelques coups sur le cadre de la porte.

– Adley ! s'exclama joyeusement l'éditeur. Quel bon vent t'amène ?

– Ce nouveau roman que tu m'as fait parvenir cette semaine.

– Je t'en prie, assieds-toi.

Il déposa la maquette devant lui.

– Habituellement, tu nous envoies une requête par courriel pour mon approbation. En fait, je ne crois pas que tu sois déjà venu nous la demander une seule fois en personne depuis que je te connais.

– Tu ne m'as jamais envoyé un roman aussi fascinant non plus.

– Tu l'as lu ?

– J'avais l'intention de le feuilleter rapidement, mais après les trois premières pages, je n'ai plus été capable de m'arrêter. Je te jure qu'après l'avoir lu, tes lecteurs vont tous se mettre à la recherche de ce foutu château tellement il semble réel. Mais qui est ce Samuel Andersen, Oliver ?

– Un musicien qui a décidé de changer de métier, apparemment.

– Tu dois le faire connaître. Présente-le aux journalistes.

– Je veux bien, mais le problème, c'est qu'il leur sera très difficile d'obtenir une entrevue avec cet auteur qui est aussi fugace que ses satanés fantômes. Il ne communique avec moi que par correspondance écrite dans ma boîte aux lettres et il n'a même pas le téléphone.

– Pourrait-il être un spectre lui-même ?

– Tiens donc, je n'avais pas pensé à cela… J'avoue que je ne serais pas étonné, vu les circonstances vraiment étranges qui ont entouré ce manuscrit depuis qu'il est arrivé sur mon bureau et toutes les heureuses coïncidences qui ont permis son montage si rapide.

– Si tu me donnes ton approbation, les presses commenceront à tourner demain à la première heure.

– Eh bien, allons-y.

– J'ai laissé une maquette chez Waterstone's à Piccadilly tout à l'heure pour qu'ils commencent à en parler. Ils l'ont tout de suite mise dans leur vitrine. Si tu veux mon avis, nous allons en manquer avant longtemps. Toutefois, je te promets de réimprimer ce roman rapidement. Notre bon vieux Lambert n'est pas là ?

– Il ne vient plus qu'une fois par mois, maintenant. Il préfère travailler de la maison. Il dit que c'est moins bruyant. Pourtant, Abigail et moi ne sommes pas tapageurs.

– Il vieillit.

– C'est ce que je pense aussi.

– Mais sans vouloir te presser, sais-tu quand tu recevras le deuxième tome de cette histoire ?

– L'auteur m'a assuré qu'il était en train de l'écrire, mais nous n'avons pas encore parlé de contrat.

– Merveilleux ! Il me tarde de le lire.

– Moi de même. Merci de nous avoir rendu visite, Adley.

– Je te rappelle pour le thé. Et transmets mes félicitations à monsieur Andersen, lorsque tu lui reparleras. Je suis accro.

Les deux hommes se serrèrent la main.

– Tu tiens un gros succès, mon ami.

Emily avait recommencé l'école après les vacances de Noël, mais cela ne la déprimait pas du tout. Elle aimait apprendre de nouvelles choses, même quand elle ne comprenait pas à quoi elles pouvaient bien servir. Aussi, puisque ses parents ne la laissaient jamais ramener ses amies à la maison, cela lui permettait de passer du temps avec elles au réfectoire et dans la salle d'études. Elle n'en voulait pas à sa mère d'avoir épousé un homme aussi flegmatique que Morton Madigan, car il leur fournissait une vie sécuritaire à toutes les deux. Mais la fantaisie de son père lui manquait et souvent, quand elle avait terminé ses devoirs, elle imaginait que ses parents retomberaient amoureux un jour.

– Emily, le repas est servi, fit la voix de sa mère dans le couloir.

Obéissante, la fillette déposa son petit jeu électronique et sortit de sa chambre. Elle fut surprise de ne trouver que sa mère à table.

– Où est Madigan ? s'inquiéta-t-elle.

– Tu pourrais commencer à l'appeler papa, tu sais.

– C'est ton mari, mais pas mon père.

Emily commença à manger ses légumes pour éviter une discussion inutile. Elle remarqua alors que sa mère n'avait même pas soulevé sa fourchette.

– Tu es fâchée contre moi ? s'inquiéta la fillette.

– Non, ma chérie. Je n'ai pas vraiment faim.

– Est-ce que tu es malade ?

– Non, mais mon état n'est pas normal. En fait, je voulais profiter de l'absence de Morton, qui a une importante réunion ce soir, pour t'annoncer une grande nouvelle.

– Vous allez divorcer ?

Kathryn en perdit presque contenance.

– Mais non, voyons. Pourquoi dis-tu une chose pareille ?

– Parce que tous les soirs je demande au bon Dieu de ramener papa dans notre vie.

– Je crains que cela n'arrive jamais, Emily. J'ai pris la décision de partir et de refaire ma vie avec un autre homme et j'attends maintenant son enfant.

Emily laissa tomber bruyamment ses couverts sur la table.

– Ce n'est pas une bonne idée, protesta-t-elle.

– Tu n'as pas envie d'avoir une petite sœur ou un petit frère ?

– Seulement si le bébé est de mon vrai père.

– Je suis ta mère et c'est moi qui porte le bébé, alors ce sera tout comme.

– Ce n'est pas la même chose, maman.

– Tu fais la mauvaise tête.

– J'exprime mon opinion. C'est différent.

– Alors dis-moi, si ton père rencontrait une autre femme et s'il lui faisait un enfant, celui-ci serait-il ta sœur ou ton frère ?

– Mais oui, puisque nous aurions le même nom de famille.

– Pourtant, tu sais que Morton a l'intention de t'adopter.

– Je suis maintenant assez vieille pour dire au juge que je ne veux pas devenir une Madigan. Je suis née Andersen et je le resterai toute ma vie.

L'enfant sortit de table et s'enfuit dans le couloir.

– Je n'arriverai jamais à effacer en elle la mauvaise influence de Samuel, se découragea la mère.

Elle ne reparla plus de sa grossesse à Emily. Quand le bébé arriverait à la maison dans sept mois, elle finirait bien par l'accepter. Kathryn avait obtenu un contrat de traduction dans une firme de publicité de Londres, qui se terminerait avant la période critique de sa grossesse. Tout comme Emily, cela lui faisait le plus grand bien de sortir de leur grande maison, mais elles ne s'en parlaient pas.

Un soir qu'elle rentrait du travail, Kathryn passa devant la grande vitrine de Waterstone's, comme elle le faisait tous les soirs depuis une semaine, mais cette fois-là, une affiche attira son attention. Elle ne regardait jamais les titres des livres, parce qu'elle n'avait plus le temps de lire, mais le nom en grosses lettres de l'auteur de ce nouveau roman la paralysa devant la vitre.

– *Anwen, la délaissée,* par Samuel Andersen ? murmura-t-elle, interdite.

Était-ce une coïncidence ? Elle décida d'en avoir le cœur net et entra dans la librairie pour s'adresser à un commis.

– J'aimerais acheter le roman de Samuel Andersen, je vous prie.

– Je suis vraiment désolé, madame, répondit le jeune homme, mais nous n'en avons qu'un seul exemplaire promotionnel. Il sera par contre disponible dans deux semaines. Voulez-vous que je vous le réserve ?

– Dites-moi d'abord ce que vous savez sur ce nouvel auteur.

– On ne nous a fourni aucune information à son sujet, mais j'imagine que nous en saurons davantage quand nous recevrons son roman. J'ai même entendu mon patron dire qu'il tentera de lui organiser une séance de dédicace ici même.

– Savez-vous qui en est l'éditeur ?

– Jarsdel & Raynott, si je ne m'abuse. Êtes-vous toujours intéressée, madame ?

– Je reviendrai dans deux semaines, merci.

Kathryn quitta l'établissement sans se rendre compte qu'elle venait de passer devant le fantôme d'Esther, qui avait conservé sa forme invisible.

– Comme ce sera intéressant, murmura-t-elle avec un sourire.

Table des matières

Composition et mise en pages
Nord Compo à Villeneuve-d'Ascq

Imprimé en Espagne
Dépôt légal : mars 2023
N° d'impression : 01
ISBN : 979-10-224-0612-3
POC 0403